Abel Posse

La Pasión Según Eva

Abel Posse

La Pasión Según Eva

TOP EMECÉ

Diseño de la cubierta: Eduardo Ruiz

Emecé Editores España, S.A.
Mallorca, 237 - 08008 Barcelona - Tel. 215 11 99

ISBN: 950-04-1678-6
22.083

Depósito legal: B-1.477-1997

Printed in Spain

Impresión: Romanyà-Valls, Pl. Verdaguer 1,
Capellades, Barcelona

Abel Posse

La Pasión Según Eva

A Carmen Balcells

Nota

Sumario existencial de la personalidad de caudillo más fascinante de la Argentina de este siglo. Biografía coral. Novela de todos. Biografía de grupo, con personaje central (de capelina, sonriente) con fondo de coro y pueblo. El novelista ha sido más bien un coordinador de las versiones y peripecias que fueron delineando el mito.

Pero también es, necesariamente, un viaje a la Argentina profunda y a aquel Buenos Aires en su apogeo de fiesta lúdica y apuesta vital con media luz de tango, que Evita intentaría tomar por asalto. En realidad se encontraría con otro escenario, con el Leviatán del Estado, transformándose en la mujer políticamente más poderosa de un mundo de machismo universalizado.

Todas las circunstancias son históricas. Todas las palabras, o casi todas, surgen de versiones reconocidas, de declaraciones o de textos. Al final del volumen, el lector encontrará una lista de indispensables agradecimientos y una somera bibliografía.

Roland Barthes afirmó que la novela es esencialmente muerte porque transforma la vida en destino. Desde la larga muerte de Eva Perón, tan cruel y desproporcionada con su corta vida, el novelista trató de recuperar su destino, que fue de iluminada y desafiante tragedia.

A. P.

"Enoch caminaba en compañía de Dios; luego desapareció porque Dios se lo llevó."

(Génesis, 5,24)

"Ocurrió que mi espíritu fue arrebatado y ascendió al Cielo. Y vi a los hijos de los ángeles sagrados andando sobre llamas de fuego."

"El Paraíso está situado entre la corrupción y la incorrupción."

Libro de Enoch

¡Sólo nueve meses! Nueve meses y quince días. Nueve veces un mes.
Sólo nueve veces esto que pasa volando, un mes.

No queda nadie. Acomodaron los muebles y luego el servicio subió para preparar el traslado de la ropa, de los cosméticos y de la vitrina de los remedios, que siniestramente desplazaron en cantidad a los aromáticos menjunjes de la belleza femenina.

Detrás del cortinado rojo del pasillo Eva descubre esos objetos que ingresaron con el sigilo con que el libertino desliza en la casa un par de prostitutas. Son dos tubos de oxígeno, golpeados y rayados del traqueteo, de ir de una muerte a otra. De ellos penden unas obscenas gomas rosadas. Los tubos de oxígeno parecen dos palurdos provincianos invitados en una fiesta médica de punta en blanco. Eva sabe que esos tubos suelen llegar apenas un poco antes que el cura. Los trataron de esconder detrás del cortinado del pasillo que da al baño.

Eva se desliza hasta el baño, enciende todas las luces y se planta en medio, ante los espejos, que tienen esa especie de implacable sinceridad de enfermera alemana.

Me desnudo. Hago lo que quería hacer desde hace días: afrontar la verdad del espejo. La bata y la ropa de satén se escurren demasiado fácilmente. Siempre me gustó el satén de seda de las batas de Jean Harlow. La haré reír a Irma, le diré que me vi como Jean Harlow pero sin Jean Harlow adentro, como quien dice guiso de conejo pero sin conejo...

Con modestia, con objetividad, me siento inclinada a decirme que soy todavía un poco más que mi cuerpo, tan poca cosa. Es como un retroceso a la infancia. Siento más o menos lo que sentí aquella vez, en la pensión de la calle Callao, hace dieciséis años: que era muy poca mujer todavía. Que si hubiera querido venderme, como temía mi madre cuando me prohibía viajar de Junín, nadie me hubiese comprado. Sólo algún perverso. Nunca he tenido un cuerpo que pudiese interesar mucho a los hombres, y menos a los argentinos. Era un cuerpo un poco neutro, y ahora ni eso.

Aquella vez en la pensión, sentí rabia. Rellené el corpiño con dos pares de medias de muselina hechas bollo y esa noche, durante la función teatral, atraje al menos cuatro o cinco miradas. Pierina descubrió el truco y se burló de mí.

Deberían verme los que me acusan con tanto optimismo de ser una ramera. Los oligarcas, las señoras de la beneficencia. No. No estoy en el rol ni mucho menos. Tengo poco material. Sobre todo los muslos, que suelen ser lo más tropical del cuerpo. Ni curvas ni la debida turgencia. Se me están angostando. Las manos resbalarían hoy a lo largo. Tantas manos. Aquellas manos. Las descaradas y ansiosas de la primera noche. Las manos que huelen a nicotina y avanzan en la penumbra del cine. Manos de locutores relativamente famosos que usaban bigotitos a la clarkgable. Manos de productores o directores ricos y seguros. Manos, manos que ya nada encontrarían.

El pelo es lo único invariable de uno. Es bastante inaccesible para la enfermedad. Dicen que resiste, y hasta crece en la muerte.

Pero debo confesarme que casi he vuelto al cuerpo decepcionante de cuando me fui de Junín. Casi tendría que hacer otra vez bollos con las medias y metérmelas bajo el corpiño. No es un signo agradable ya que dicen que, antes de la muerte, el cuerpo busca la línea de la adolescencia. Como que dicen también que en todo rostro de muerto hay un instante en que se posa la expresión del niño que fue...

En todo caso, en este espejo queda bien en claro todo lo que pagó el leño por el lujo del fuego.

Hubo en mí siempre algo desbocado, sin sosiego. Todo lo he tenido que conseguir al doble o al triple de precio.

Ahora se trata de otro salto. Hacia la vida. Sobre la barrera de la enfermedad. Le diré al padre Benítez: padre, aquí debe de haber un Dios que anda equivocado, yo necesito quedarme de este lado. ¡Y créame que no es por mí!

Y si no, al menos que Dios quiera darme cien días, padre, cien días.

Por fin los tobillos finos. Como de gacela, por fin. Pensar que luché para no engordar con aquellas horribles ensaladas de zanahoria y sopa de acelgas.

Era el otro cuerpo. El cuerpo para el Buenos Aires de las noches altas, cuando me había afirmado como actriz, después de tanto. Era el cuerpo para el deseo, para el temblor del deseo. Depende de tan poca cosa, es tan efímero. Una curva aquí o allá y recobraría su extraña atracción para la selva.

Aquel cómico juego, jugado por gente de ceño fruncido, esa extraña pareja sin humorismo, la pareja del deseo. Deseo, sexo, jadeo. Con el tiempo, los hombres dejan un recuerdo de cómica ternura, ¡tan empeñosos! Sus miradas terribles, pesadas. O cuando organizan el eterno ataque. Sus estrategias y trampas. Y cuando bufan y sudan y jadean y fuman. Los hombres. Y cuando huyen.

Cómico. Tragicómico.

Ellos, los dueños de la realidad y de todas sus escalas y puertas de acceso.

Saltimbanquis, resoplantes acróbatas que suben y bajan por nuestros pechos. Envolventes ilusionistas ilusos. Empujados, acosados, por el insaciable ardor del animal del celo permanente.

Malabaristas y trapecistas del circo de la noche. Mi piel, nuestra piel de mujeres, es la arena y el espacio de sus delirios, de su cacería de fantasmas. Payasos, domadores o gendarmes. Y nosotras, la muchacha del circo..

¡Qué larga historia! ¡Qué estúpido, interminable trabajo! Tener que aprender a temerles, ya de chicas. Mantener viva la innata intuición defensiva, como la del gato ante la eterna prepotencia del perro. O como el ratón frente al infinito acoso del gato. Aprender a distinguir las intenciones de cada mirada. Tener que dejarse recorrer por los ojos y la imaginación. Aprender a desmontar las repetidas trampas. Tener que vivir toda la vida con la precaución y el recelo de la gacela obligada a bajar a la aguada en cada mañana de su vida. ¡Todo por los pobres hombres!

Desde el nacimiento estar a la espera del acto criminal. El sexo. Miedo a toda penumbra, a todo camino solitario, a la casa vacía, al zaguán a oscuras. Ciencia de caminar en la noche, escurrirse (como tenía que hacer cuando al salir del teatro bajaba del tranvía y debía caminar hasta aquella sórdida pensión de la calle Pinzón).

Y entre nosotras, cambiándonos consignas, protegiéndonos desde los tiempos del colegio. Informándonos de la secreta guerra interminable, la eterna persecución, como una manada siempre acechada. Calladas instrucciones para esquivar el ataque de los machos, como si fuesen un definitivo error de la naturaleza.

Nosotras, las pobres hembras, aprendiendo el arte de transformar la violación en posibilidad de amor. Desde chiquitas moviéndonos por el mundo como quien atraviesa un criadero de caimanes... Y sin embargo, una aprende a jugar con los caimanes. Una aprende que hay que entrar en la noche para perderle el miedo a la oscuridad.

Cuántas veces tuve que acordarme de los dichos de la bruja-santa doña Asunción: A los perros y a los hombres nunca les muestres miedo. Huelen el miedo y se crecen en el ataque y se enardecen. Quedate bien quieta. Si se te vienen encima gritá sin parar y golpealos. Se desconciertan ante la violencia de los débiles y suelen irse con la cola entre las patas con todo su poder a cuestas, como los perros. Decía doña Asunción.

Ahora se recuesta. La última fiebre de la mañana es como un cobijador rescoldo de fuego.

Cien días.

Muñoz había escrito el libreto pensando en la película de la Garbo y Charles Boyer. La Walewska, *María Walewska*. Cruzamos desde el café cuando era ya la hora del estudio libre (calle Belgrano 1841). Me veo: aquel sombrero azul que todos elogiaron con un diminuto colibrí de plumas blancas oscilando en su tallo de alambre flexible. (Luz clara de mediodía, de día y de mañana alegre. La armonía fugaz deja su recuerdo con detalles mínimos como la hora de tragedia.)

Cortina musical y el aviso del aceite Cocinero, de los buenos el primero, y después el de los polvos Le Sancy, de Dubarry. Los cascos de una cabalgadura que va llegando al galope. Ruidos metálicos de estribo contra sable, típicos de militar que desmonta.

—¡Es Murat, es el Mariscal Murat!

Y yo, que soy María Walewska:

—¡Murat, mi fiel amigo! ¡Está usted pálido, exhausto!

—*Madame*! ¡He cabalgado toda la noche desde el amanecer de ayer! ¡Traigo una gran nueva!

—¿Él? *L'Empereur*?

¡Sí, sí! ¡Desembarcó huyendo de Elba y avanza!

—¡Oh, Dios mío! No podrá enfrentar una alianza tan pérfida como la que tramaron sus enemigos. Wellington la comanda, tienen todas las fuerzas de Austria y hasta el apoyo de los lacayos que usurparon el trono imperial de Francia. ¡Oh, Dios!

—*Madame*: mis fuerzas me abandonan. Sólo quiero trasmitirle el mensaje del Emperador: Nadie lo podrá detener... ¡Que no tardará más de cien días en volver a tener Europa en su puño, y sólo para poder caer rendido de amor en sus brazos...!

—¡Oh, mi buen amigo, me hace usted llorar! ¡Vladimir, urgente traiga una copa de *cognac*!

"Radio Belgrano y la primera cadena argentina de broadcastings, presentaron a la primera actriz Eva Duarte en su ciclo..."

Seis mil pesos. Comprarme el *petit-gris* y la estola y poder invitar a Pierina a comer las papas infladas de Las Delicias, al lado de Radio El Mundo, que a ella le gustaban tanto. Y reírnos como locas, de los hombres. Fue ella la que me dijo que Napoleón era medio impotente...

ANTES DE LA HORA CONVENIDA se desliza el bueno de Renzi. Ella observa cómo pone sobre la mesa del corredor *La Prensa y Democracia* doblados. Como es miércoles, dentro de ellos viene disimulado *El Tony*. (¿Qué pasará con el Llanero Solitario? ¿Se habrá librado de la emboscada de los buscadores de oro?) Renzi espía hacia el interior del dormitorio. La cree dormida. Pero Eva está en el sillón de la antesala, en la penumbra, con las piernas recogidas.

—¿Te sorprende que me haya librado del uniforme hospitalario?

Está vestida como si estuviese en la quinta de San Vicente: pantalón verde oliva, blusa celeste y una campera de cuero fino, de esas que parecen ajadas o muy usadas. Se puso unas botas cortas de cabritilla marrón oscuro que parecen tener dos números de más. Se peinó con cuidado, el pelo muy recogido sobre las sienes y tomado hacia atrás. Se pintó hasta lograr teñir su palidez. Renzi intenta una frase entusiasta al verla levantada. Eva lo corta con su voz seca, la voz de la impaciencia que Renzi bien le conoce.

—Bien que viniste a tiempo. Tenemos mucho que hablar y que hacer. Te voy a necesitar. Cuento con vos, porque sos de los que en el fondo no creen que me vaya a morir. Ya me empiezan a tratar como muerta. Me doy cuenta. La enfermedad crece cuando estamos contenidos, frustrados. Desaparece o la superamos cuando somos, cuando atacamos. Las enfermedades aparecen y desaparecen por razones misteriosas que escapan a los médicos. Mueren los que ya están muertos. Viven los que quieren vivir. Cuando ya no nos animamos a pelear, a gritar, empezamos a morir. Casi todos están muertos, son desenterrados. Yo voy a pelear, Renzi, entonces voy a vivir. ¡Vas a ver! Y te voy a necesitar, Renzi, más que nunca y para cosas muy delicadas. Yo no quisiera que lo hagas por obligación, o por equivocada lealtad... Quiero que elijas ayudarme con entera libertad. Pero nadie, nadie, debe conocer los pasos que pienso dar.

—Señora, yo siempre estaré con usted, para lo que fuere...

—El que afronta la intemperie, se salva. Vas a ver cómo con esta patriada me curo —dijo como si no hubiese oído la respuesta de Renzi; luego agregó—: De nadie puedo estar más segura que de vos, Renzi... ¿Han encontrado al hombre del que hablamos?

—Todo salió bien. No fue fácil, pero trabajaron muy bien los amigos del servicio de informaciones del Ejército, camaradas de mi promoción...

—¿Cómo lo situaron?

—Resulta que el hombre vivía en la ribera de Quilmes, en el mayor anonimato, con nombre falso. Lo ubicaron apretando a otros alemanes, que se reúnen en la cervecería de la calle Sucre. El general vive en una casita de morondanga, una tapera. Quedó muy sorprendido cuando le dimos el trato de general y más todavía cuando pronunciamos su apellido real. No se lo esperaba.

—¿Cómo reaccionó?

—Mal. Dijo que no quería saber nada. Que sólo había venido a la Argentina para morir en paz, olvidado de todo. Al final le dijimos que lo denunciaríamos si no colaboraba, que los alemanes mismos pedirían su extradición. Tuvo que transar. Ya está en contacto con los muchachos. Tuvieron dos reuniones y está haciendo el primer proyecto.

—¿Sabe bien lo que queremos?

—Se le explicó perfectamente.

—Como comprenderás, todo esto es más que urgente, las cosas se precipitan y nosotros estamos dormidos en el triunfo. Hay que tener a ese hombre bajo vigilancia permanente, será nuestra gran ayuda. Habrá que alojarlo en el Plaza o donde sea, para que trabaje día y noche con todos los medios y la colaboración que pueda reqsuerir. Habrá que pagarle lo que pida, de fondos reservados o de la Fundación misma. No hay tiempo que perder, Renzi, ya se están moviendo contra nosotros, como si en este país no hubiese pasado nada. ¿Cuáles son los informes de los Servicios?

—Tengo la misma información que hoy mandaron al Presidente, me la pasó Juancito. Se supo de nuevas reuniones de políticos con oficiales del Ejército, sobre todo del arma de caballería. Pero se estima que en el Ejército el complot estaría fracasando: los de Córdoba y los de Campo de Mayo no se ponen de acuerdo. Además los políticos... En cierta medida, la teoría del General...

—¿Qué teoría, Renzi?

—La de su renunciamiento, Señora. Lo del renunciamiento a la vicepresidencia el 22 de agosto... Renzi no encuentra las palabras adecuadas.

—¿Vos también creés que por eso fracasarán las ratas? ¿Creés que no van a seguir adelante?

Renzi siente que la voz de Eva se vuelve aguda y seca. Es la voz de su rabia, la voz de la zona más terrible de su carácter.

—Las ratas nunca cesan ni fracasan, Renzi. Por eso sustituirán a los humanos sobre este sucio planeta. ¿Nunca observaste a las ratas? Es bueno que lo hagas: sólo tienen objetivos, nunca plazos ni costos. Sólo objetivos. Las ratas no conocen ni gloria ni triunfo ni amor. Son simplemente una especie en eterna, continua acción. Las ratas no me perdonarán nunca, Renzi. Saben que si no es hoy, será mañana. Empiezan a olfatear, por primera vez, nuestra debilidad. Piensan que siguen teniendo todos los resortes del país todavía en sus manos, los resortes de plata... ¡Hay que seguir, hay que ir a la madriguera, exterminarlas con un lanzallamas!

Después de respirar con ansiedad, le preguntó:

—¿Quiénes más se reunieron? Renzi miró la carpeta:

—Frondizi, el radical, volvió a estar con el general Menéndez, la primera vez fue el 31 de julio, en un departamento de Olivos. Pero parece que el partido no lo apoya. Ghioldi, el socialista, es el que más se mueve. Frecuenta a los marinos. Dice que todo se levantará como fuego de un pajar. Su teoría es que la Nación está indignada con el peronismo y que la Federación de estudiantes, la FUBA, los profesionales, y hasta algunos gremios, ganarán la calle espontáneamente.

La mirada de Eva está encendida hasta enrojecerse.

—¡Ghioldi, el socialista! ¡Llaman a los generales, a Braden, al roñoso buen sentido internacional! ¡No pueden soportar al pueblo! ¡No pueden soportar la verdadera democracia, el surgimiento de la verdadera Nación! ¡Hay que exterminarlos, Renzi! ¿Te das cuenta de la fuerza que tienen? Osan conspirar incluso cuando estamos en pleno triunfo. No hay que equivocarse: nunca soportarán que les hayamos dado vuelta el país y que les largásemos los descamisados por la avenida Alvear. Hemos despertado a la gente, Renzi, y eso no se perdona...Y no hay que perder el sentido de la realidad: Sólo hemos encendido una chispa y ya corren, ya vienen, a apagarla. Las ratas parece que no nos temen. ¡Somos apenas un islote en medio del mar rabioso y nos creemos algo! Hay que seguir empujando a la gente, a los nuestros. Hay que enseñarles a que defiendan su pobre amor con mucho odio. Renzi: si no los destruimos todo seguirá igual. Estamos apenas en el comienzo del viraje. Si no seguimos golpeando no seremos más que una anécdota, una travesura, un bache en el medio del camino de los ricos.

Eva estaba en la claridad de su furia. Santificada en su llama más pura, más allá de toda razón o verdad. Su piel misma parecía haber convocado la sangre, su llama.

—¿Ves, Renzi? Mirá cómo tengo color en la cara y en los brazos. ¿Comprendés lo que decía...? Me gusta que hayan dado con el general. ¿Será el mismo, no? El que señaló el general Molina, el que había sido asesor de los chinos...

—El mismo, Señora, no hay error.

—Vigílenlo entonces. Que se le pague. Que se le dé lo que pida. Vale oro. Y no te olvides que todo esto debe manejarse en el mayor secreto. Nadie debe saber los contactos que yo haga... No te preocupes por el General porque vos sabés que él sabe todo, se entera de todo y me deja hacer... ¡Empezamos, Renzi! Mirá qué bien: tengo la piel caliente. ¿Ves lo que te decía sobre la enfermedad y la vida?

Renzi cree que está más transigente. Extrae un recorte traducido, tratando de halagarla.

—Hoy llegó este recorte del diario *Star* de Londres. Dice que la señora Perón es la mujer más poderosa de la Tierra. Habla del acto del 22 de agosto, del renunciamiento. La mujer más poderosa del mundo, dice...

—Tiralo, Renzi. Si hablan así es porque ya me andan oliendo la muerte, como las hienas. Tiralo, Renzi. Nunca te tragués el elogio del enemigo. Quiere decir que andás mal. Que andás p'al gato...

MIRE: EN 1919 LOS TOLDOS ERA UN POBLACHÓN MARGINAL. Barrial gris en invierno, polvareda ardiente en verano. Casas de ladrillo sin revocar, puestas a la bartola a lo largo de las seis calles de tierra donde crecían los mismos cardales que en campo abierto. Techos de zinc donde repiqueteaba la lluvia sus melodías de agua, tristes en la tarde de invierno, cantarinas en verano. Esas casas se tornaban horno en enero: no se podían tocar las chapas sin quemarse (el criollo, pese a las críticas de los gringos, no suele poner árboles; es como si no le gustase apartarse del desierto-madre). Caballos sueltos, perros vagabundos que conocen a todos y ladran con furia a los cirujas que se apartan de las vías del tren para mendigar en las casas. Y después de los caballos y los perros, los indios vencidos que por entonces sobrevivían sin destino, exterminados por la civilización y la automática impiedad de los cristianos.

A veces se los encontraba echados cerca del almacén: habían encontrado en la ginebra Llave alguna sombra de sus dioses, de *Genechén*. A veces anclaba algún gaucho tardío, de esos que trabajaban temporalmente en las estancias o como reseros, ya sin chiripá ni bota de potro y hasta permitiéndose llevar una pava o un sartén colgando de la cincha del caballo. Con la victoria de la civilización, muchos soldados se habían hecho gauchos, lanzándose a la intemperie, huyendo del orden sedentario, de los jueces, de las maestras de Sarmiento y del jabón Federal. Se entendían mejor con sus vencidos, con los indios. Habían sido agentes armados, vencedores, para una nueva Argentina que los derrotaba y los excluía como a enemigos. En aquellos almacenes, bisabuelos de los anodinos supermercados de hoy, se hablaba todavía de Coliqueo, de Pincén, de los blancos de Villegas, del coronel Mansilla y del coronel Borges que había comandado el fuerte de Junín.

Algunos despechados intentaron la locura de la rebelión, como la matanza de puebleros e italianos en Tandil, en defensa de la religión y del espacio abierto sin alambre. Hicieron un estropicio enorme. Los fusilaron en nombre del progreso. Venció el alambre. Los sobrevivientes tuvieron que buscar lo profundo del Sur, allí donde late, o latía, la Patria antes de ser Estado...

Por toda la línea de frontera y aún más, hasta Junín y Bragado, era conocido y respetado el nombre de Petrona Núñez, la abuela de Eva. Había empezado como soldadera, mujer de muchos y de ninguno, mujer de ejército en armas. De esas a las que se les permitía asistir a la formación cuando la unidad salía en campaña. En tiempos de paz, las soldaderas más respetadas y enteras pasaban a ser cantineras o se abrían camino en mínimos comercios en esos fuertes, donde la pulpería se iba haciendo almacén de ramos generales y la Comandancia, municipio. (Obviamente, el mangrullo era como el garabato que señalaría el lugar del futuro campanario de material.)

Petrona Núñez sabía manejar a aquellos hombres temibles que volvían con la visión del desierto en la mirada. Se la respetaba: se sabía que tenía un fiyingo siempre escondido en el corpiño. Se dice que ella y sus hermanos tuvieron tierras y que las perdieron, como todos. Diógenes Núñez, hermano de Petrona, no quiso llegar a sargento por cuestión de dignidad. Cuando lo premiaron con alguna legua de tierra, seguramente no quiso ponerse de parte del alambre. Creería que el alambrado era una afrenta a esas distancias abiertas, los espacios del Creador. La vendió por monedas en la pulpería, a los capataces de los ricos de Buenos Aires, tal vez al mismo Ugarte, el mandante de D'Huart. Los gorditos de Buenos Aires, los gorditos de levita, se quedarían con todo. Los felices gorditos y los gringos. El "Ternero Alegre", como llamaría Eva a la burguesía porteña, a la aristocracia campestre.

Petrona tuvo que hacerse a la paz. Hizo pareja con Joaquín Ibarguren y se largaron de Bragado y después se afirmaron en Los Toldos, tierras de Coliqueo. Se ve que aprendieron como pudieron los códigos de la propiedad, de la explotación del otro y de la ganancia. Esa cultura capitalista que ya llevaba a la Argentina hacia los primeros puestos de la clasificación moderna. Ibarguren tenía una chata de transporte, de esas que tiran heroicamente cuatro percherones llevando las mercaderías a los almacenes de ramos generales de General Acha. Tuvieron dos hijas, que se sepa, Juana y Liberata. Juana tomó el apellido del padre y se llamó Juana Ibarguren. Fue la madre de Eva.

Vea: no me caben dudas de que Eva heredó la raza de esa abuela bravía. Eva tenía *raza*, esa cualidad indefinible que apenas señala esa palabra ambigua, y que puede llevar un ser a la catástrofe o a la grandeza (o a ambas cosas...).

Juana Ibarguren parece que fue demasiado buena moza: llegó hasta los diecinueve sin casarse. En esos pueblos se teme la belleza y la inteligencia, son peligrosas. Por suerte conoció a Juan D'Huart, Duarte, que se había establecido en Los Toldos para explotar el campo de La Unión, cuyo verdadero propietario, decían, era el terrateniente Marcelino Ugarte. Todos conservadores rabiosos. Duarte formó con ella segunda familia, porque estaba legítimamente casado en Chivilcoy con Estela Grisolía, de lo mejor de la zona. Pero antes era así y la familia grande tenía respetos y jerarquías que ya no se conocen. Juana y Juan tuvieron en 1908 la primera hija, Blanca. Después Elisa, Juan y luego Erminda en 1914, todos inscriptos con el apellido Duarte. La cosa se habría enfriado, váyase a saber. Lo cierto es que Duarte mantenía el hogar paralelo pero no ya el amor. Sin embargo, seguramente después de alguna de esas discusiones que terminan en desilusionado reencuentro, engendraron a María Eva, la última de la serie, que nacería tardíamente en mayo de 1919. Juana Ibarguren ya tenía 32 años. Duarte no la quiso reconocer y la inscribieron con el nombre de María Eva Ibarguren, aunque fue tenida siempre por Duarte, emparejándosela con sus hermanos.

Juan Duarte les había puesto casa cómoda en General Viamonte (estación Los Toldos). Les pagó sirvienta hasta el día de su muerte. A mi modo de ver, se criaron como señoritos de pueblo, y eso queda. Las Duarte nunca se reconocieron como de abajo...

• • •

LE CUENTO: Dicen que yo nací en ese campo de La Unión (por cuestión de decoro, porque mis hermanos eran ya mayores y no sería bueno que tuviesen que oír los gemidos de mi madre al parirme). Nací, pues, en ese campo de La Unión en el amanecer del 7 de mayo, al final de una larga noche de perros. La partera fue la señora Rawson de Guaiquil, como ve, gringa casada con indio. Se decía que había sido cautiva y que soñaba en inglés. Son cosas que no se pueden preguntar mucho, pero cuando yo nací parece que mi padre no quería ya saber nada de mi madre... Aunque nadie me lo dice, y menos mi madre, yo sé que me inscribieron tarde en el Registro porque no me quiso reconocer. Desde entonces seguramente me intuí distinta. Me anotaron como María Eva Ibarguren. Nada de Duarte. Como se puede apreciar, nací en el corazón de una estancia levantada con plata de los fuertes conservadores de la región... (aunque nosotras éramos las que entrábamos por la puerta trasera y los peones nos dedicaban un saludo de segunda). Yo siempre estuve segura de que El Hombre quiso durante años a mi madre y que hasta amó a los hijos que fue teniendo... Menos a mí, que fui la manzana de la discordia. No, no quiso saber nada de mí. Yo fui el punto final de un amor largo y largamente ocultado. Aunque alguna vez lo vi, lo debo de haber visto, y hasta puede ser que haya estado mateando en la galería de casa alguna media hora, antes de seguir viaje hacia el almacén de Los Toldos. Pero en realidad nunca lo vi o no lo quise ver, lo sacaba a empujones al olvido... Lo vi sólo cuando muerto. No tengo otra imagen de él que la de muerto. Es curioso cómo suele avanzar el olvido cuando quiere...

Del único hombre que me acuerdo es de mi tío abuelo Diógenes. Diógenes Núñez, hermano de mi abuela

Petrona. Caía por lo de mi abuela, en un rancho muy caleado y florido que llamábamos "la lomada". No hablaba. Armaba cigarrillos de picadura fina. Tenía el pelo blanquísimo y barba de santo. Los domingos estaba de bombacha blanca impecable, con alpargatas también blancas, abiertas con un tajo en el empeine. La piel surcada y oscura, como talla en quebracho. Ojos oscuros, quietos, sin resignación ni esperanza. Don Diógenes: nombre de semidiós, de filósofo. Así lo veía yo bajo la parra del fondo, en el desvencijado sillón de mimbre. Sin caballo, porque ya no podía montar, parecía cortado por la mitad, como esperando la otra mitad del ser. Imponente, sí, allí, entre la parra y la higuera. Siempre como de paso, por dos o tres días, porque era gaucho y le habían robado, alambrado o envilecido el mar libre de sus pampas. Hablaban con su hermana mucho, como susurrando. No se quejaban ni pedían ni acusaban. Tenían como una dignidad distante y callada. Eso era lo criollo. Una cualidad muy rara. Sin nada, eran señores. Los señores de mera plata tenían que arrugarse ante ellos (veo a Juan Duarte, que atraviesa el redondel de los asadores y se dirige hacia el Viejo con una copa de vino en la mano. "Para usté, don Diógenes".)

Ni él ni la abuela Petrona me hablaban. A veces me trataban de usted: ¿Cómo anda usted, niña? Y muy de tarde en tarde don Diógenes me acariciaba el pelo con mucho recato. Yo olía el aroma de ancestral tabaco negro enredado en sus dedos. (Era el mismo olor del Coronel, ese coronel Perón que olía igual y que estaba a mi lado en el festival del Luna Park, a beneficio de los damnificados del terremoto de San Juan. El olor de ese humo azul. Condal, a veces Imparciales o Particulares fuertes.)

No quedó en claro cómo ni cuándo murió don Diógenes. Yo nunca creí que había muerto porque él no tenía verdadera casa ni lugar ni querencia. Es verdad que tosía mucho y largo al despertarse, pero no era el cigarrillo, decía Petrona que se le había asentado el rocío de las noches de invierno de las campañas, las noches a cielo abierto, empapadas de lluvia. De hacer patria. Empezó a no venir, y a no volver y a no volver. En cambio, la abuela Petrona murió en 1927, un año después de El Hombre. Cuando fueron hacia la lomada ya era tarde, la encontraron muerta, como dormida. Entonces fue que me pasó eso tan raro. Yo apenas me acuerdo: dicen que me revolqué como en un ataque de epilepsia. Que no me podían tener. Estrellé contra el piso la locomotora de latón de Juancito y las ruedas saltaron para todos lados (de eso sí me acuerdo). Sería rabia, como epilepsia, sí. Todos se acuerdan de eso, ¿por qué habrá sido?

CON LA LAPICERA QUE TRAJO RENZI y en el cuaderno de borrador de tapa dura, anota, probándola:

"Eva Perón. Eva Duarte. Yo, Eva María Ibarguren, la Irreconocida. María Eva Duarte de Perón. Marie Eve D'Huart. La Chola. La Negrita. Cholita. Mi negrita. Eva, María Eva. Evita.

"La Puta. La Yegua. La Ramera. La Lujosa. La Enjoyada. La Descamisada esa. La Resentida. La Trepadora. La Santa. La Jefa Espiritual de la Nación. Evita Capitana. El Hada de los Desamparados.

"Hay que aceptar todos esos nombres y apellidos. Soy, podría ser, todas y ninguna. (A todos nos debe pasar lo mismo.) Pero en la etiqueta de la tapa del cuaderno puse *Evita*.

"Día importante: día de balance. Renzi consiguió un objetivo fundamental al encontrar al general escondido, el general que no se puede nombrar, en una tapera de la ribera de Quilmes. Hemos atrapado al pájaro y lo mantendremos en jaula de oro para que segregue esa ciencia militar que tanto necesitamos ahora, cuando empiezan a pasar del odio a la acción y asaltan el poder que siempre tuvieron hasta nuestra llegada.

"Sí: es una buena pluma, escribe bien aunque mi letra esté mal (la letra de cuando ya tengo 37,5º). Ojalá sirva para una declaración de guerra y no para testamento. Será como el Destino quiera, como en la taba: culo o triunfo."

A VECES LA FIEBRE NO LEVANTA LLAMA. Es un rescoldo, un lecho de cenizas. Una se abandona. Se dormita y surgen visiones de entresueño. El cuerpo, el ser, es llevado como hoja caída en la corriente mansa. Se va navegando el pasado. Y el ayer se produce más allá de toda voluntad. Las imágenes llegan sin esfuerzo, a contraolvido, como quien puede decir a contracorriente.

Así, cuando me arrebujé en la paz de los calmantes, apareció aquel fatídico 9 de enero. Tengo tal vez siete años. Es una mañana de tormenta y me despierto con el tableteo de las gruesas gotas en las chapas de zinc. Gorda lluvia de verano. Como lluvia de monedas blandas. Me deslizo hacia el zaguán lateral y veo en el potrero de enfrente al pobre percherón de la pata quebrada. Un día más sin que nadie hubiese venido a sacrificarlo. Se mueve revoleando el casco de la mano rota. Va de la mata de espinillo hasta la lata oxidada de aceite único. Humea su anca ante el redoble cerrado de la lluvia. Antes, en sus ancas de percherón apacible, solía posársele un bichofeo insolente y gritón. Por momentos yo sentía el dolor y la picazón de la pata agusanada. Me sentía mareada, como si ese aire lechoso, húmedo y caliente me resultase intolerable. Comprendí que me tocaba a mí matar al caballo. Que nadie lo haría sino yo. Creía lo que me había dicho mi hermano Juan: junté coquitos de paraíso (muy venenosos) y hojas de cina-cina y preparé una ensalada en la palangana agujereada que no falta en ningún potrero. Me largo bajo la lluvia. Dejo que las gotas calientes y gruesas me empapen y hago oler el disimulado veneno a esa bestia desdichada. Sus belfos calientes, su mirada sin muerte ni ya vida... Espero inútilmente. Después pongo la palangana ante él y trato de hacerle bajar el pescuezo. Se niega. Mi hermano Juan había dicho que bastaba morder uno de esos coquitos para caer muerto, hombre o animal.

Y así, cuando volvía hacia casa, me tuve que esconder y deslizarme disimuladamente porque el taxi del Turco estaba estacionado en el fangal de la puerta. Era él quien habíatraído la noticia. Se oyó el largo grito desgarrado de mi madre. Todos mis hermanos estaban agarrados de sus polleras, como atajándose de la intemperie que se abría ante nosotros. Murió. Había muerto El Hombre. Iba en coche hacia Junín y el auto había volcado en una cuneta. Había muerto el dador de vida, tan lejano, poderoso y remoto como un Dios. Juan D'Huart o Duarte, mi no-padre había muerto.

Mire: en esa época desde Los Toldos hasta Chivilcoy se podía emplear mucho más de tres horas. Al Turco se le ocurrió que sería mejor el camino corto, pasando por Bragado, sin tener en cuenta que la lluvia de toda la noche había transformado los caminos en alcantarillas jabonosas.

El auto era un Lasalle "doble faetón". Mi madre iba adelante, junto al conductor, con su estrafalario sombrero negro con largo tul que el viento movía. Nosotros íbamos callados, con todo el negro que habíamos podido obtener en Los Toldos. Los cinco en el vasto asiento de atrás y en los dos traspontines.

Madre se jugaba una patriada digna del orgullo de mi abuela. El mismo Turco, tan hablador, iba sin opinar. El horno no estaba para bollos. Ya entrando en Chivilcoy, mamá hizo parar el auto en un taller de reparaciones y le dio dos pesos al encargado para que manguerearan el coche como se pudiera. El fango fue cayendo y reapareció la elegancia del enorme Lasalle con sus cristales biselados.

En el velatorio estaba todo Chivilcoy. Se rumoreaba que había venido el mismo Marcelino Ugarte y otros grandes dirigentes conservadores. Avanzamos en el cerrado silencio que precede una batalla o una gran desgracia, hasta que el Lasalle paró ante la doble fila de coronas y palmas. Mamá se acomodó el tul negro y nosotros nos pusimos atrás, en fila india, por fecha de nacimiento. ("Cinco flores del amor", como decía aquella rumba.)

Se veía que estaban prevenidos para el incidente: antes del umbral nos detuvo un pariente relamido seguido por un enterrador de frac. (Yo nunca había visto un frac. Estaba entre asustada y maravillada. Asustada, porque creo que entendía todo, o lo intuía.) Creo que me acuerdo más de lo que me contaron o de lo que oí comentar sobre ese día espeso e importante... Sentía que mi madre estaba enfrentando una batalla de honor y que empezaba a descargar la tensión que había acumulado durante el viaje. Le estaban diciendo que no podía ni debía entrar en el velatorio de Juan Duarte, del hombre que había querido-odiado-querido. Le decían que no le correspondía. Yo creo que temblaba de miedo... ¿Miedo a qué?: a ser humillada, a la humillación. Hoy todavía recuerdo la voz firme de ella. Una voz *final*, terrible: "Si usted quiere yo me quedo caminando aquí afuera, pero usted nunca podrá negar que los hijos despidan con un último beso a su padre..."

Lo dijo con voz alta. El relamido perdía su calma. Intentó alzar la voz. Entonces avanzó otro señor, mayor, como un caballero de película —que después supe que era don Luis Grisolía, el hermano de la mujer legítima de mi padre— y atemperó las cosas. (Grisolía fue Intendente de Chivilcoy y había convencido a la otra viuda y a sus parientes que, ante el empecinamiento de mi madre, convenía evitar el escándalo.) Madre había vencido. Fingiendo serenidad volvió a acomodar el tul y todos entramos en la casa mortuoria como en misa. En fila india, respetando el orden de la tribu. Para mí era ingresar en algo maravilloso: los cirios, las coronas con sus cintas con letras doradas, el extraño e intenso olor de la aglomeración floral y el olor denso y perfumado que emborracharía varios panales de abejas. Lo más insólito era esa indudable barca lustrosa, negra como una góndola o un colosal instrumento musical, donde El Hombre yacía. Lo rodeaban con los ojos brillantes de lágrimas, las Grisolía, la tribu legal, capitaneada por la madre oficial.

Madre se persignó con dignidad y luego indicó a Blanca y a todos nosotros que besáramos al difunto en la frente, según se estila. Juan me alzó y tuve que besarle la frente a El Hombre. Entonces, lo recuerdo patente, tuve una súbita mezcla de desagrado y miedo: tenía la frente más que fría, helada como piedra, como mármol. Me pareció que había hecho un descubrimiento personal e incomunicable. Nadie jamás me había dicho, ni yo había oído o podido imaginar, que los muertos están fríos, incluso en un caliente día de enero como aquel. Otra impresión inolvidable de aquel día quedó en mí para siempre: la sensación de que la nariz de los muertos cobra una extrema importancia, se destaca más que el lugar que suele ocupar sobre el rostro del vivo. Vistas desde mi altura, las fosas nasales aparecían como dos desagradables (e insospechadas) aperturas hacia el interior de un misterio o de una amenazadora oscuridad. Deduje, además, que la cantidad de flores tenía que ver con ese espeso aroma deletéreo que rodeaba ya el rostro de Juan Duarte.

Después, muy callados y formales, volvimos a ocupar el Lasalle. Se iba formando el cortejo de estilo, detrás de un armatoste napolitano con columnas llameantes y ángeles negros. El Turco dudó en poner en marcha el motor, como esperando ubicarse detrás del camioncito donde cargaban sin mucho cuidado las coronas y las palmas. Pensaría que nos correspondía ir detrás de ese vehículo de servicio. Mamá se levantó el tul y dijo con calma:

—Haga el favor de arrancar de una vez y póngase entre los automóviles.

Volvimos a Los Toldos ya entrada la noche. Con menos tensión y silencio. No llovía y nos guiaba una enorme Luna, débilmente iluminada, como luz de farol municipal. Antes de acostarme, me escurrí hacia el zaguán y fui hasta el cerco del potrero de enfrente. El caballo estaba todavía allí, con las ancas ahora plateadas. No había muerto. Duraba miserablemente y seguramente no se había decidido a comer mi preparado. Dos días después lo sacrificaron los de la Municipalidad, a mazazos.

A partir de aquel 9 de enero todo cambió. Todo giró en redondo, hacia lo opuesto, hacia la intemperie. La libreta negra del almacén. La suma rapidísima que sabía hacer Lozano. La cifra final que me mostraba mientras yo, disimulada, metía rápido las cosas en la bolsa, sabiendo el gesto de impaciencia de Lozano. Y aquel cartel vulgar —generalizado detrás de todos los mostradores de aquella Argentina— que decía: "Hoy no se fía. Mañana sí".

"UNA RENACE DE CADA MUERTE, de cada frustración o fracaso", dijo alguna vez Eva a su manicura.

Pese a la gravedad de la enfermedad, presentida por todos y por ella misma, intuía que estaba en el umbral de una nueva época de su vida. Un renacimiento, si se puede usar esta palabra tan empleada. Parece irónico que se pudiera hacer ese tipo de ilusiones. Pero entonces estaba segura —todavía— de que, en relación con su cuerpo, su voluntad de vivir y de hacer era todopoderosa.

Sólo esto puede explicar que haya vivido el "día del renunciamiento", el 22 de agosto, como algo negativo.

Si me permite, arriesgaría decir que ella empezó a creer que cumplía con un designio casi sagrado, en todo lo referente a su frenética entrega a la beneficencia directa, a la caridad... (¿por qué no decirlo?) Caridad mayúscula, como misión de Estado, como compasión politizada o estatizada o como se quiera... Tal vez se podría decir, justicialismo hecho acción.

Ya que me pregunta, creo que sólo así se explica que llamase "alfilerazo" al dolor causado por la ambigua situación creada en el anochecer de aquel 22 de agosto.

Como usted sabrá, ella hablaba de alfilerazo refiriéndose a las punzadas del mal. Punzadas que la sorprendían en cualquier momento y que le producían un horroroso dolor que le costaba uno o dos días de postración para asimilar las descuidadas dosis de calmantes que le propinaban. (Me dijo que imaginaba que le hundían uno de aquellos largos alfileres para sostener el sombrero con el cabello, que tanto se usaban entonces.)

En 1951 se cumplían los cinco años triunfantes del primer gobierno. El General había preparado institucionalmente su reelección (más allá de todo puritanismo constitucionalista, él creía que había un elemento fundamental, de democracia real, confirmada por una mayoría electoral absoluta, que lo obligaba a mantener el poder para cumplir su plan de transformación nacional). En noviembre se votaría y se presentaba la posibilidad de que Evita fuese candidata a la vicepresidencia. Es en este punto donde creo que podría referirme a la "tentación de Eva" (las manzanas no son sólo para Adán). Si usted considera objetivamente las cosas verá que Eva tenía un inmenso poder pero que no respondía a cargo alguno del esquema institucional. Esto, con las dificultades del caso, se puso en evidencia durante su viaje a Europa, cuando fue recibida por el Papa, por Franco, por Auriol o Saragat, como "una especie" de Jefe de Estado (¡Evita tenía apenas veintiocho años!)

El esquema mental dominante en la Argentina, y especialmente en el Ejército, no podía tolerar la presencia de una mujer ambiciosa, de una hembra capaz de dominar y seducir y enamorar a la masa —tarea exclusiva de machos. Perón, político nato, lo sabía, y seguramente Eva lo comprendía. No hay que olvidar que estábamos en una Argentina donde mujeres instruidas como Victoria Ocampo y las hermanas Grondona salían por las calles blandiendo sus paraguas y cantando fervorosas marsellesas, para oponerse al voto femenino otorgado por Perón —y sobre todo por obra y pasión de Eva Perón.

Pero Eva seguramente no quiso resistir a la manzana de la tentación. Si usted me permite que avance en mis psicologismos improvisados, le diría que Eva estaba cansada de ser marginal, paradojalmente, protagonista y marginal. Si era la segunda fuerza de la vida política argentina —hablando en verdaderos términos de democracia—, ¿por qué no postularse a vicepresidente? Yo le puedo decir que ella dejó correr la propuesta de los sindicalistas que la adoraban, adulaban y temían. Honestamente Espejo, secretario general de la CGT, fue imponiendo esa candidatura. Mientras tanto Perón, el gran zorro, observaba. Sólo temía una cosa, y era la ofuscación terminal de los militares. (Esto quiere decir que en un momento decisivo, la suerte institucional de la Argentina se jugó según ese esquema del "machismo" del que tanto hablan los psicoanalistas disolventes y las feministas feas.)

Sí. Se lo afirmó: Eva, que había sido marginada desde su nacimiento, pensó que era justo para ella tener un cargo legal, elegido por la mayoría electoral. Pensó que eso pondría punto final a su eterna descalificación. Para ella ese cargo sería como extenderse una partida de nacimiento perfectamente legítima y con todos los sellos en orden. Sería el instrumento para su pasión de justicia social, de caridad entregada. Esa pasión que la había llevado a imponerse como horario de trabajo desde las nueve de la mañana hasta las dos de la madrugada. Hubo días de veintidós horas corridas. Treinta mecanógrafas contestando las dudas, dolores, quejas y pedidos de todos los indigentes de la Argentina, América latina y hasta de otros continentes. Ni Perón ni nadie podían pararla. Hasta creía que la enfermedad era una conspiración en contra de su tarea, que ya escapaba a todos los ordenamientos de la llamada "política".

Una vez, viéndola ya muy demacrada, le conté que algunos santos habían caído en el peligroso "vértigo del bien" que los había llevado a arriesgar o sacrificar sus vidas por salvar, por ayudar, por aliviar... Ella me contestó con algo que no sé de dónde lo habrá tomado: "Al atardecer de tu vida, sólo te examinarás —y te examinarán— en amor".

Ella impulsó desde mayo del 51 su candidatura, como un hecho natural, reclamado por la sección femenina del Partido (las mujeres votarían en la Argentina por primera vez en noviembre de ese año) y por los sectores sindicales.

Y así llegamos a aquel 22 de agosto, con su rápido atardecer de invierno, pero visitado por un anticipado aire cálido, de primavera. Yo estaba en el palco. Yo se lo puedo decir: ocurrió un episodio no calculado. En algún momento, todos sentimos que Eva ocupaba esa noche un espacio —político, afectivo, mágico— tan grande, como para que Perón pareciese la segunda figura. Algunos tal vez sentimos que ese pueblo que rugía en la penumbra su dolor, su amor, su desesperada esperanza, buscaba en Eva lo que ya veían que no quería hacer Perón por ellos, ir hasta el extremo... (Aunque en el extremo pueda haber un precipicio, un abismo, ¿qué otra cosa puede intentar el que ya está en el extremo?)

¿EL ALFILERAZO? Sí, lo sentí así, como una punzada tan dolorosa como las de la enfermedad. ¡Hay golpes tan fuertes...! Ocurrió lo inesperado: el pueblo estaba vivo y era libre. Miles y miles de desdichados, de postergados, que se aferraban a mí con su esperanza, decidieron en esa noche que yo no podía abandonar ese palco sin aceptar la vicepresidencia que ellos me otorgaban. Me ungían (¿se dice así?). Ese monstruo enorme, sumido en la penumbra, se estaba escapando del libreto.

Era una concentración imponente. Tal vez la mayor movilización. Vinieron en ómnibus y trenes especiales desde todas las provincias. Un millón de personas. "Perón-Eva Perón, la Fórmula de la Patria 1952-1958." Subí al palco un poco más tarde que el General. Pero fue tan atronadora y viva y sincera la ovación que prorrumpí en un incontenible sollozo antes de ocupar mi lugar. Estaba floja: la noche anterior había tenido una punzada (entonces todavía lo ocultaba).

Perón había dejado correr lo de mi candidatura, a ver qué pasaba. Yo había hecho más que dejar correr: vi la oportunidad de muchas cosas y alenté desde la

CGT una posibilidad que, yo sabía, molestaba a Perón en su continuo, eterno, enfrentamiento con sus camaradas militares por causa de mi existencia...

Pero ese pueblo en la noche no entiende de ambiciones y ambigüedades. Odia o ama. Todo lo procesa en amor de vida o en odio de muerte.

Ese gigante se había enamorado de mí, como un King-Kong, se extendía con su fervor desde Belgrano hasta más allá de Corrientes. Lima, Bernardo de Irigoyen, Carlos Pellegrini, Cerrito. Una marea ululante. Yo sentí, se lo confieso, que estaba pasando algo raro y excepcional. ¡Me alzaba hacia Lo Grande! Me levantaba en sus tremendos brazos invisibles y me arrojaba a volar. Estaba haciendo conmigo —ese anónimo pueblo enamorado— lo que había hecho con Perón casi seis años atrás, el 17 de octubre de 1945: me ungía (repito), me ponía en el primer lugar. Me poseía para siempre, como en un pacto de sangre.

Usted estaba presente. Usted sabe de qué hablo. Es un acto como sexual, y allí nace la verdadera democracia, como algo biológico, y no la democracia de los doctores...

Dejé de llorar y en la penumbra empecé a sentirme como le dije, alzada por una fuerza invisible, absolutamente espiritual, como lo debe ser una aparición de Dios. Era algo que sólo puede venir de muy alto. Algo que cuando se produce, como el amor o la maternidad, una comprende o siente o intuye que tiene realmente esencia divina.

Un clamor profundo, una comunión sin hostias. Una comunión de corazones. La multitud forma un enorme animal terrible y santo. Y una sube llevada por ese gran corazón invisible. Asciende por el espacio, flota sobre la ciudad. ¡Qué fuerza de hermandad!

Me consagraban, esa es la palabra, padre. Viví los minutos más maravillosos que cualquier ser pueda vivir. No puede haber nada más sublime. Aquello era la democracia en carne viva. ¿Quién puede hablarme a mí de democracia con artículos de código en la mano?

Yo estaba también. Le tenía un chal bastante pesado, por si se levantaba viento. No puedo decirle que ella hubiese preparado lo que iba a pasar. Pero la verdad es que en el auto la vi muy tensa. Tal vez ahora resulte extraño que se haya demorado en la Residencia y que haya ido en otro auto, conmigo y con la escolta... No habló ni una palabra. Iba a renunciar. Seguramente tenía que renunciar a la vicepresidencia (hubiera sido la primera mujer del mundo en acceder a un cargo así). Pero no iba a tragarse las palabras. Por momentos había un tono de desesperación o de rabia. Decía Evita:

"El pueblo son las mujeres, los niños, los ancianos, los trabajadores que están presentes aquí porque han decidido tomar el porvenir en sus manos. Ellos saben que antes del general Perón vivían en la esclavitud y, sobre todo, habían perdido la esperanza de un futuro mejor. ¡Saben que la oligarquía, que los mediocres, que los vendepatrias, todavía no están derrotados, y que desde sus guaridas están atentando contra el pueblo y la libertad!"

La Señora le estaba gritando a toda la Argentina, desde ese palco, que el enemigo contraatacaba.

Después se produjo lo del "renunciamiento".

"Les digo lo que vengo diciendo desde hace cinco años: que prefería ser Evita antes que la mujer del Presidente. Si es que Evita podía aliviar algún dolor de mi Patria, ahora digo que sigo prefiriendo ser Evita."

Fue entonces cuando la multitud se rebeló. Es extraño: es como si esa enorme masa informe, derramada hasta más allá del Obelisco, en la penumbra del anochecer, tuviese una voz única, precisa, misteriosamente exacta para hacer llegar su voluntad. Todos oímos esa voz y Espejo, que era el "dueño" del acto, miró a la Señora y al General. Intentó retomar el micrófono pero la protesta se hizo atronadora al grito de: ¡Evita! ¡Evita!

Ella comenzó aquel insólito diálogo:

"¡Compañeros, compañeros! Yo no renuncio a mi puesto de lucha, sólo estoy renunciando a los honores. Ustedes creen que si el puesto de vicepresidente fuese útil para nuestra misión, y si yo fuese una solución, ¿no habría contestado ya que sí?"

"¡Que conteste! ¡Que acepte! ¡Sí, Sí!" Aquello desbordaba todo lo previsto. Espejo no sabía cómo manejarlo. El General miraba hacia adelante, impasible, detrás de Evita. Ese día, no era el protagonista.

"¡Huelga general! ¡Huelga, huelga general!"

El griterío desordenado se iba unificando en torno a la amenaza y la exigencia. Ese enorme cordero sumiso, la masa, mostraba ahora los colmillos. Por ella, por la Señora.

Todos sentíamos que pasaba algo desagradable e imprevisto. Algunos de los eternos obsecuentes de palco sonreían disimulando. Hasta que la voz del General se oyó, impersonal, seca, nítida:

"Levanten este acto de una vez."

Con discreción, busqué la mirada del General. Creo que por primera vez no la encontré. Creo que resbalé por unos ojos inmóviles, absolutamente impersonales. Ojos de jugador de póquer, como se dice (y disculpando la comparación).

Es que aquel monstruo múltiple se había despertado y su voz era como si dijese: Anímese, General. Convóquenos hoy. Este es el día. Saltemos, ¡ahora o nunca!

Pero el General no es hombre de patriadas (ni en el 55, cuando tenía toda la fuerza militar casi intacta, se animó a convocar a una batalla final. Tenía sus razones, que no eran ciertamente las razones del corazón...)

Muy por lo bajo el General le ordenó a Espejo: "Levantemos este acto de una buena vez."

Después de las idas y venidas, del regateo (Eva y Espejo llegaron a pedir "dos horas para reflexionar") y las miradas desorientadas, la Señora cumplió con lo que le había ordenado el General: "Decí que sí, sin decir sí".

"Compañeros: ¿cuándo Evita los ha defraudado? ¿Cuándo Evita no ha hecho lo que ustedes desean? Sólo les pido una cosa: esperen hasta mañana..."

Creyeron que había aceptado. Sólo así se desconcentraron. Pero el 31 de agosto, por la red nacional de radiodifusión, leyó su renuncia: "Quiero comunicar al pueblo argentino mi decisión irrevocable y definitiva de renunciar al honor de..."

No puedo decirle cómo estaba la Señora después de aquello, porque volvió en el mismo auto del General. No sé qué pudieron haber hablado. Cuando antes de retirarme fui para dejarle los diarios, estaba encerrada en su cuarto. A mí no me consta lo que dice su amiga Vera, que la Señora le habría contado que esa noche estuvo tres horas hablando con el General...

(Me pregunta si la Señora lloraba. No. Bueno... Lloraba de emoción. Pero no tenía ese llanto femenino por la frustración o la contrariedad. No tenía lloro de debilidad de mujer, por decirlo de alguna manera porque en la mujer hay muchos llantos diversos. No era de esos personajes femeninos de las películas que suben corriendo la escalera y se echan en la cama a llorar... Llanto de emoción, sí. Del otro, nada.)

Dos días después, como la vi contenta y distendida antes de recibir al canciller Hipólito Paz, me atreví a responderle a un comentario:

—A veces pienso, Señora, que usted y el General son como dos rieles, separados, de acero, perfectamente paralelos, pero para guiar el mismo tren...

Bien, Renzi... se limitó a decir ante mi avance.

Estábamos en la terraza que da al jardín sobre la avenida Alvear y los caniches de la Señora no dejaban de ladrar. Lo más fresca le dijo al doctor Paz:

—¿Sabe, doctor? Tienen tanto pedigree que si supieran, en lugar de ladrar, ellos también me insultarían.

MI CONSPIRACIÓN CONTRA LA CONSPIRACIÓN tiene algo de intrínsecamente irrisorio. Mi renunciamiento les valió de poco. Las fuerzas siguen actuando. (Tampoco importa mucho ya, aunque me odien visceralmente. Les importa lo que representamos: la conciencia y la acción para la revuelta social, para imponer la justicia social.)

Pero sí, irrisorios mis complotados: el santo de Renzi y sus ex compañeros suboficiales, por suerte infiltrados en todos los recovecos del ejército. Pichola Marrone, mi ordenanza en mi despacho de la Fundación, que sirve para llevar mensajes. Sara, la manicura, a la que a veces pedimos la entrega de algún mensaje. Y mi hermano Juan, que tiene ya tal fama de irresponsable que es extremadamente útil: nadie creería que sensatamente se le pueda confiar algo delicado (como exhibe sus amantes actrices por todos lados, ahora la contra le puso el apodo de Lux porque "lo usan nueve de cada diez actrices de cine").

Mi barra es casi de opereta. Pero los servicios de informaciones y los militares se ocupan sólo de gente seria. No sospechan de ellos.

Es cómico, pero nuestro cuartel central, si puede decirse, está en la casa de los padres del ordenanza Pichola, en la calle Crámer al 3300. Es allí donde llevaron al General Von F., o F., cuando lo convencieron —o secuestraron— sacándolo de la paz de su tapera en la ribera de Quilmes, donde vive solo y escondido (seguramente de los imaginarios enemigos que más bien mueven sus muchas culpas). Lo tuvieron en el patio del fondo, escuchando la radio con el padre de Pichola, que es un jubilado.

Este hombre que estuvo en la Cancillería de Berlín, en la campaña de Francia y en los más peligrosos incendios del Extremo Oriente, está ahora en la casa de Pichola Marrone, junto a un jaulón, viendo los pajaritos saltar y cantar, bajo una higuera, donde se toma el mate de la tarde...

Y ahora por fin me presentan, me traen, al general. Lo hicieron pasar, según una ocurrencia de Juancito, disfrazado de enfermero.

Tiene una mirada y un perfil de pájaro, de calandria. Es una mirada gris vítrea, saltarina, donde invariablemente rebota la de una. Como suele ocurrir en los hombres ligados a oficios de muerte —sepultureros, verdugos, cirujanos— es extremadamente tímido. Me observa inmóvil, parado entre Juan y Renzi; con su delantal blanco y la toca de enfermero en funciones, resulta como un tigre cubierto de vellones de cordero.

Explica las cosas en un castellano rígido pero preciso, por fuerza, ya que cada palabra le cuesta. Dice que le resultaría difícil hacer un trabajo serio sin obtener antes una exacta descripción de las unidades militares de la Capital y del resto del país.

Renzi afirma que eso es muy fácil de conseguir con nuestros suboficiales del Ministerio de Guerra.

Von F. nos dice que hay un aspecto puramente militar y otro de instrucción militar para la gente del Partido y especialmente de los sindicatos, que habrá que formar con una disciplina militar.

El tercer aspecto —el más engorroso— será el de crear nuestra propia red de comunicaciones.

Nos dice que la Argentina tiene características similares a las de la planicie central de China, donde actuó como asesor del Kuomintang. Dice que allí el ejército venció y dominó en la planicie entre los dos grandes ríos, el Amarillo y el Rojo, y desde Chunking hasta Shangai, pero sólo donde había montañas; en el norte y en el sur, nada pudieron hacer con el ejército popular. Dice entonces que en un país como la Argentina, las únicas "montañas" podrían ser las ciudades, que sólo puede existir una resistencia seria del Ejército de parte de la guerrilla urbana. Dice que sería necesaria una técnica complicadísima, nunca frontal.

Para aliviar su pesimismo técnico, le digo que en un país como la Argentina, una vez que se produzcan varios focos de resistencia seria, habría levantamientos espontáneos y anárquicos. Le digo una frase de la novela de Muñoz Azpiri que hicimos en Radio Belgrano sobre la vida de la señora Chiang Kai Shek, *Una mujer en la barricada*: "Ante la opresión los pueblos improvisan su propia historia". Me parece que queda muy impresionado.

El General afirma que presentará un plan de "armamento mínimo y práctico". Por las razones que conocemos, le informo de nuestra posibilidad de conseguir preferentemente armas belgas, sin perjuicio de completar lo que fuera necesario en cualquier otro mercado.

Antes de alejarse con Pichola llevando un ridículo carrito de falsos tubos de oxígeno, se me acerca y me expresa su agradecimiento personal, y el de sus camaradas (él fue uno de los que se embarcó en Génova haciendo "la ruta de los conventos", con uno de los tantos pasaportes que mandamos con Adolfo Savino). Me parece notar un destello de emoción en sus fugitivos ojos de calandria.

Para concluir me explica que comprende perfectamente que su refugio en la Argentina está sólo garantizado por nuestro poder, pero preferiría que cesase la vigilancia a que lo someten los suboficiales complotados por Renzi. No quiere vivir más en la calle Crámer y menos aún en un hotel, por lujoso que fuese.

Quiere volver y estar en paz y trabajar en su tapera de Quilmes, de la que, según dice, nadie sospecha. Allí vive con una salteña negra y gorda que canta y hace empanadas, según me enteré.

Este hombre de batallas, fugas, poder y derrota, actor y víctima de las grandes atrocidades del siglo, parece que es feliz en las noches largas y quietas de la ribera de Quilmes, pescando bogas y tomando semillón con soda.

El secreto encanto de la Patria argentina.

Faltan sólo ocho meses.
Las dos terceras partes de un año.
De sólo un año.

EVA AHORA SE ACERCA A LA VENTANA que mira hacia el jardín y la gran avenida. La luz de la tarde inunda los salones de la Residencia. Llovizna suavemente. Una garúa que moja ese aire tibio, espeso, que es frecuente en Buenos Aires. Cielo gris, pero encendido de un resplandor perlado. Aire de verano mojado de lluvia.

Entonces ve a lo lejos, como llegando desde Plaza Francia, una figura frágil, muy imprecisa.

Cree ver la chica de la valija marrón. Sí, la chica de la valija marrón. Es tan esmirriada la chica, que la valija de cartón atada con un piolín parece enorme y muy cargada.

Pero es una ilusión de la garúa y de esa luz. Eva sonríe ante el velo de la cortina. Queda, sí, el recuerdo nítido de aquella tarde gris, tan gris como su pena, y su miedo.

Porque sí: fue bordeando toda la Plaza Francia hasta pasar frente a la estatua ecuestre de Mitre y siguió según la dirección que le habían anotado en la arrugada servilleta de papel aquellos que estaban en el café de Callao y Corrientes. Eran tres individuos que la oyeron preguntar por una "pensión buena".

El mozo le había indicado una, a mitad de cuadra, sobre Callao, pero ellos intervinieron y la llamaron.

Entonces le recomendaron ir a la "calle Austria casi esquina Alvear. Una buena pensión."

La chica dejó atrás el cuidado verde de la Plaza Francia. Siguió por Alvear y alcanzó la esquina de Austria. Apoyó la valija en la humedad de la vereda y corroboró la dirección.

En esa cuadra parecía haber sólo un gran palacio estilo francés, como los de las películas de terror o de amores lujosos. Enfrente, un largo muro por donde se veían copas de árboles.

Había varios autos. Una camioneta policial y soldados. Volvió a apoyar la valija en el piso, indecisa.

Por fin un oficial gordo, de bigotitos cuidados a lo William Powell, se acercó casi indiferente.

—¿Qué querés, piba?

—Busco la pensión Unzué, me dijeron de preguntar por don Justo, el encargado...

¿Pensión? Seguí nomás, piba, esta es la Residencia Presidencial y hay que circular...

Sin rabia ni resignación, la chica tiró la servilleta de papel en la alcantarilla. Decía "Pensión Palacio Unzué. Austria y Alvear. Preguntar por don Justo".

Al recordarla, Eva siente en las piernas la desolación de aquella chica. Le parece verla allí, en la esquina de Austria, doblando hacia Callao con su paso sin tiempo. Se siente unida desde la enfermedad con aquel cansancio de la humillación. ¿Cuándo era? Hace dieciséis años. ¡Tanto, tan poco!

Eva se dice: ¡Qué fuerte eras, Eva, qué inconscientemente fuerte! Ni siquiera te enojabas.

Veamos, debía de ser en la segunda o la tercera semana de mi llegada de Junín. Después de la trifulca, al mediodía, con el encargado de aquella horrorosa pensión de putas y rufianes de la calle Sarmiento, casi llegando a Callao. Entonces sería un 15 o un 18 de enero. Enero de 1935 y yo tenía casi dieciséis años. ¡Te habías largado al mundo con aquella patética valija marrón! Llegué hasta la puerta de esta residencia y ahora, dieciséis años después, estoy del otro lado, de adentro, mirando hacia la intemperie através de los visillos. Y si toco el timbre, toda la Argentina viene corriendo. Primero, el querido Renzi; después, los veinte millones restantes. Hace sólo dieciséis años que estabas parada allí, con la valija marrón atada con un piolín. Tan poco, que creo que te estoy viendo.

Cosas de la vida. Es un juego fascinante. Un ir y venir misterioso. Una brillante ilusión. ¿Cómo podría definirse este misterio? ¿Quién se atrevería? La magia de la vida. ¿A quién se le ocurriría buscarle razones? Estamos en la mano de Dios o del demonio, y ellos juegan con nosotros. Juegan, nada más.

Piensa que ese cansancio que siente en los brazos y piernas, esa fatiga malsana, tiene que ver directamente con su vida. No basta una larga noche de quietud. El lecho no absorbe esa fatiga. Piensa que corrió durante treinta y dos años. Jadeante, sin aliento. Nunca descansó, nunca estuvo en paz. Ha venido a ser y es como si el camino no tuviese meta ni descansos.

Pensándolo bien, se dice que debe de haber nacido con la extraña vocación de salir a provocar o buscar o adelantarse al destino. Corrió por un bosque de pasiones, acechanzas, premios y sórdidos castigos, con la misma excitación y asombro que sintiera en aquella inolvidable vuelta en el "Tren Fantasma" del Parque Japonés.

Imagina que le pregunta al padre Benítez: Padre Benítez ¿quién me persigue? Me doy cuenta de que he llegado a los treinta y dos años corriendo, sin un minuto de paz. ¿De quién huyo? ¿Será Dios o el demonio, o ambos? ¿A quién se le ocurrió premiarme con esta triunfal fiesta triste? ¿Quién me dejó ser lo que quería?

Y si es así, ¿por qué no sé tener un instante de alegría?

• • •

DISCULPE QUE INTERRUMPA, pero ya que habló del velorio de Duarte y de su extrema importancia en la vida de una persona, déjeme que le pregunte: ¿Sabe usted cómo se conocieron Juana, la madre de Eva, y Juan Duarte, su padre? No fue nada ocasional ni convencional. Pero tampoco nada sórdido, como quisieron imaginarlo quienes difunden la leyenda negra de Eva Perón.

Ella, Juana, la hija de Petrona Núñez y del gaucho Ibarguren, estaba un día en el almacén de ramos generales, frente a la iglesia, comprando puntillas para su trabajo de costurera. D'Huart o Duarte había caído de compras con su puestero principal. Era un tipo alto, de grandes bigotes negros, bien plantado, efusivo. En el despacho de bebidas se había mandado dos ginebrones con el atroz café de pulpería. Animado, vio a la moza del lado de los estantes del sector de mercería, eligiendo cintas para los vuelos de sus proyectadas faldas y enaguas. Era muy linda la Ibarguren, tenía raza —como le dije— y de su raíz vasca, del lado del padre, le venía esa extraña tez blanquísima y como transparente que también Evita y Juancito heredaron.

Era una moza de trenzas, en esa edad en que la pollera amplia apenas logra contener la hembra. Porque era una real hembra. El Duarte, achispado y un poco todopoderoso (había obtenido lo que más ambicionaba en su vida: ser concejal conservador de Chivilcoy) se le acercó y se atrevió a decirle que quisiera verle puestas esas puntillas. La respuesta de la Ibarguren fue clara, gaucha, decidida: un sonoro bofetón, que hizo huir al galán disimulando con carcajadas su papelón. Dos días después llegaría el encargado de Duarte en sulky, trayendo a la casa de los Ibarguren un lechón adobado con un delicado poema arrollado y metido en la trompa chamuscada, lugar que generalmente se decora con una hoja de lechuga. Sería el *Nocturno* de José Asunción Silva, digo yo, o algo de Bécquer, tal vez aquello del harpa...

—Pasado vendré al almacén y recogeré la fuente enlozada —dijo lacónicamente el enviado.

Fue un verdadero amor: ¡cinco hijos!

Pero con un final triste. Y Eva fue la hija no deseada de ese crepúsculo de amor. Es verdad: Duarte no la reconoció como poniendo en esa negativa el punto final a lo que ya no debía ni podía seguir...

Pero fue un gran amor. Fueron la pareja más prohibida y más bien plantada de Los Toldos. Juana era mucho más mujer que la legal, Estela Grisolía, la señora de Chivilcoy. Había amor, y sexo, y grandes furias como tormentas de verano. El encargado de La Unión, donde nació Eva, sabía que cuando había griterío y platos rotos tenía que refugiarse en su casa y esperar que amainara la tormenta, aunque hubiese cosas urgentes a resolver.

Pero, volviendo al tema: cuando murió Juan D'Huart cambió la música para aquella "tribu" de la altiva Juana. El tiempo viró en redondo, como le gustaba decir a Eva. La música de la casa pasó a ser el ronroneo incesante de la máquina de coser de la pobre Juana, que había puesto un cartel en el almacén de ramos generales, el almacén de Lozano, y otro en la parada del ferrocarril ofreciendo servicios de costura. Sus principales clientes serían los ferroviarios: le dejaban al pasar las camisas de trabajo rotas, a veces un simple atado con un papelito con el nombre y lo retiraban en el viaje de vuelta. Entre esos ferroviarios estaba seguramente Damián. Me juego a que Damián conoció a las Duarte desde entonces, y con los años fue que conoció a Eva...

No. No era una máquina Singer, la llamaban Singer. Era una máquina inglesa. Juana no la dejaba tocar ni por broma y se enfurecía si apoyaban la pava del mate en su madera barnizada. Lo más sagrado eran las agujas, envueltas en sobrecitos de papel engrasado, que ella guardaba como si fuese material de alta cirugía en una latita de té Sol, ¿se acuerda?

El eterno ronroneo de la máquina de coser, desde la mañana, bien temprano, hasta la larga noche, a veces hasta la una de la mañana.

El ronroneo, el zumbido constante, interrumpido por el paso de los trenes y por el silbido del viento.

La radio Ericsson que Duarte había traído como regalo de su penúltima Navidad en este mundo (encargada a la casa Max Glucksmann de Buenos Aires) estaba intacta, como una catedralita de intención gótica envuelta en papel celofán original: tenían radio, pero no había electricidad en Los Toldos: se manejaban con candiles, velitas Nochebuena y el farol "sol de noche" que pendía sobre la máquina de coser y que en las largas noches de invierno concentraba todo el calor del hogar desvalido. Siempre tenía un vago aliento a querosén.

Días tristes de 1926. La necesidad había transformado a Juana en una capitana de tormentas. Todos tenían que colaborar. Juancito fue empleado como mandadero del almacén de Lozano y poco después Elisa conseguiría un puesto en la estafeta del Correo.

Eva me contó que más de una vez, en las inquietas, febriles, noches de enfermedad infantil, se despertó y se quedó mirando hipnotizada el incesante sube y baja de la agujita alternándose con el cilindro niquelado de la máquina, iluminado por el "sol de noche".

El zumbido, el permanente ronroneo. Bajo la máquina había una zona de oscuridad, una caverna, donde se movían las piernas de la Madre. Las pantorrillas iban perdiendo su forma, se empezaban a marcar las várices. Pero eso quedaba disimulado en la oscuridad, cubierto por los metros y metros de géneros remendados que se deslizaban bajo la perfecta aguja inglesa. Eva, según la hermana, trataba de dormirse rezando, pidiendo a Dios que ayudara a su madre, que no le dolieran las piernas y que no se volvieran a quebrar las agujas de la máquina, que había que encargar a Buenos Aires.

Una vez, en la campaña de reelección de Yrigoyen, le encargaron el único trabajo mayor que se le conoce: hacer ponchos blancos para los indios principales de la toldería. Los radicales querían que los indios desfilasen ante Cantilo de poncho y boina blanca. Pero los indios se mamaron y no llegaron a la plaza de Los Toldos. En todo caso doña Juana logró cobrar un par de cientos de pesos.

Duros años de 1927, 1928. Juana empezó a ser doña Juana. Se manejó como pudo. En Los Toldos dicen que la hija, Elisa, entró a trabajar en el Correo por recomendación de Rosset que era amante de Juana. También hablaron de otros. Pero nadie podrá probar nada. Lo cierto es que se vengaron de aquella belleza de Juana y de su amor insolente con D'Huart.

Los aislaron.

Eva iba a la escuela, que no eran más que tres galpones con techo de zinc.

Allí veía llegar, a pie o montados de a tres en desvencijados matungos, a los indiecitos que llegaban de la toldería. Nietos de Coliqueo, de Pincén, de Baigorrita, derrotados dueños —o hermanos— de la pampa libre. Esos, los vencidos, fueron sus impenetrables, silenciosos, discontinuos compañeros. Trataban de aprender civilización. Trataban de creer en los dioses ajenos, en los héroes ajenos. Pero pronto abandonaban. No llegaban a nada. Bastaba la sola cercanía de los blancos para que se enfermaran. Se morían de varicela, de sarampión, de gripe, de tristeza, de alcoholismo.

Eva los estudiaba de reojo en el banco largo de la clase: tenían los ojos muy lejos. Muy lejos, en la nada. Y oían el relato maravilloso de la aventura militar de SanMartín o la vida de Rivadavia.

Allí, en Los Toldos, como en todos los pueblos de frontera, de ex fortines, se producía por entonces lo que los sociólogos llamarían "encuentro de culturas", frase elegante que suele esconder un crimen.

Simplemente el anonadamiento de los indios, su callada disolución, como un terrón que desaparece en los charcos de la tormenta. En el nombre de Dios... y de la instrucción pública y de la vacuna sarmientina.

¡Y la buena Juana temía que fueran los indios los que les contagiaran enfermedades a sus hijos! En marzo, en los primeros días de clase, fabricaba unos escapularios para colgárselos al cuello, debajo de las camisetas, con una pastilla de oloroso alcanfor, sustancia tenida por capaz de ahuyentar contagios y, de paso, malos espíritus.

Y Eva era, de entrada nomás, difícil para el colegio. Era la más pequeña, la más frágil, pero difícil de sujetar. Doña Juana la corría cada dos por tres por los fondos... ¿Probó usted mantener un aguilucho posado en el brazo? ¡Uno cree que lo tiene, pero más bien es él que lo tiene a uno!

ES VERDAD LO QUE DICE MI HERMANA ERMINDA: ante una mujer viuda o abandonada o sola en la indigencia, no se me ocurre otra cosa que mandarle una máquina Singer. Está en la lógica de las cosas, ¿no?

La Fundación manda centenares de máquinas de coser, por la Capital, todo el interior y Brasil y América latina.

El ronroneo eterno de la máquina de Madre se fue transformando en la música de las treinta máquinas de escribir de la Fundación, respondiendo día y noche a las necesidades de esos miles de olvidados que malviven bajo el brillo de las ciudades o tras del silencio de la "normalidad".

Todos tenían que tener su respuesta. El no no existía, salvo expresa disposición mía. Cantaban las máquinas de escribir, cantaban... ¡Renzi! ¿Estás ahí?

Renzi viene del otro salón. Siempre está cerca.

—¿Estás seguro de que todo anda bien por la Fundación?

—Llamo dos veces por día...

—¿No les hiciste sentir que mi ausencia podría ser larga?

—No. Para nada. Se trabaja como siempre. El turno noche termina a las tres de la mañana.

—¿Salió el camión con las mantas y catres para los de la inundación?

—Sí, claro. Terminaron de cargar a las diez de anoche y ya deben de estar llegando

Siente que saltó del mecanismo y que sin ella aquel aparato terminará por detenerse. Un rayo de angustia súbita la paraliza.

—¿Cómo le llamabas al depósito del garaje?

Allí, en el garaje de la Residencia, nació la Fundación, cuando encontramos centenares de cajas de galletitas, de esas que comen las viejas y los obispos cuando se visitan y sirven oporto, y las bolsas de azúcar y de café y de arroz de la Residencia presidencial, y nos pusimos con vos y con mi hermano Juancito a empaquetarlas para regalarlas a los chicos pobres del barrio.

En este barrio no había chicos pobres. Los únicos pobres éramos Juancito y yo. El otro día, cuando guardamos el auto con el General, los faros iluminaban los diamantitos de aquel azúcar todavía derramada.

—Lo llamábamos Almacén Las Delicias, Señora...

—Renzi, ¿me oís?

—Sí, Señora.

—¿Sabés que me pasa algo raro? Me veo como de muy lejos... Como si estuviese en otro planeta. Ayer, hoy, estuve evocando los días de mi infancia, la casa de mi madre, el campo aquel, los veranos. Todo quedaba como muy lejos ¿extraño, no? Veo todo muy claro, como si fuesen visiones, pero al mismo tiempo muy lejos... Siento que el presente es como estar haciendo trazos en el agua, es efímero: todo es nada, todo va a parar a la bolsa del tiempo ido...

¿Qué querrá significar eso de recordar?

Es difícil explicarlo: nunca me había pasado. Es como si una cayese en la trastienda del tiempo. Pero todo se ve de lejos, de muy lejos... Presiento que en esto hay algo malo, de muy anormal, ¿o te parece que ya estoy en tiempo de recordar?

—No hable así, Señora. A mí también me pasa de tener algún momento de depresión. Usted, al no poder ir a la Fundación, se siente como pez fuera del agua...

—¿Estaban todos? ¿Estaba todo el turno completo? No me mientas...

—Ni una faltó, se lo juro, Señora. Todos vienen, sobre todo porque todos entienden su situación...

La "situación"...

Las infinitas cartas. La letra de la gente humilde. Las hojas de cuaderno prolijamente cortadas o las hojas satinadas, de papel de envolver. "Señora Evita, necesito, le cuento, le informo, le pido, me encuentro en una muy mala situación..."

¿Qué piden? Ollas, muletas, alpargatas nuevas, colchas, penicilina, órdenes de internación, órdenes de excarcelación, dientes postizos, un puesto en la Gobernación, un brazo artificial, libros y útiles de estudio, animales de granja, herramientas.

Una madrugada apareció un lechero con sus bombachas y su rastra cubierta de monedas, llorando en la puerta de la Fundación. Había desaparecido o le habían robado su carro de lechero, con todas sus medidas y recipientes de estaño y zinc. Aquel noble vasco no podía creer en esa infamia o broma que destrozaba su vida. Llamé a Cereijo que dormía en su casa y le dije que tenía un gran problema que someterle en su calidad de ministro de Economía de la Nación. Esperé que se despertara (eran las cuatro) y le conté el caso y la necesidad de conseguir un carro de lechero completo, con sus tachos y el correspondiente caballo lo antes posible, con toda urgencia, antes de que un vasco noble pueda descreer completamente de la vida y de la Argentina. Sé que se movilizó a la policía. A las diez de la mañana se iba de la Fundación con ese maravilloso objeto que se oye titinear como un cascabel en cada amanecer, sobre el empedrado del barrio.

Aquello era abrir la puerta que daba a la corte de los milagros, a la trastienda del pueblo argentino.

Que alguien conceda importancia a tu inexistencia, a tu dolor. ¡Que alguien te mande una carta con membrete oficial! A vuelta de correo. Y sobre todo, Renzi, el milagro: ¡que te digan que sí, que te manden la dentadura postiza o la muleta o la orden de internación o el nombramiento de guardabarrera! ¡Volvés a creer en la vida! (y en la política). ¡Que alguna vez el miserable Estado diga que sí! ¿Cómo creés que podrían olvidarlo?

Renzi: en realidad la gente pide muy pocas cosas. Lo que quiere es ser oída. Es como si nadie los hubiese escuchado, durante siglos... Lo evidente es que quieren amor. Les importa tanto que les contestes la carta o que les des la mano al decirles que sí, como que efectivamente les entregues la muleta.

La gente se muere por falta de amor. Todos creen que yo hago eso que los técnicos llaman "asistencialismo" y que tanto desprecian, porque lo ven como la "caridad" de las millonarias de la Sociedad de Beneficencia. Pero se equivocan, yo siento amor por ellos y lo entrego. Y esto es lo más revolucionario, esto es "el escándalo" bíblico. Porque esta sociedad miserable quiere prescindir del amor, Renzi, y todos sus triunfos se transforman en derrotas secretas de millones y millones de seres grises, neuróticos con heladera y auto, marginales.

Nunca piden derechos o libertades o lujos (salvo aquel loco que me pidió la luna de miel en Acapulco que le había prometido a su novia, la maestra de Bell Ville, o aquel desfachatado guardabarreras que tres veces me pidió una casilla para cada una de sus tres novias).

El dolor es sintético, Renzi. Yo nunca leí las cartas, lo que se dice leer, de renglón a renglón. Las miraba y lo esencial saltaba al corazón. El dolor no se oculta. Lo verdadero es, no necesita retórica.

Y Geraldina, aquella carta terrible. ¿Te acordás, Renzi? Quería nada menos que sus ojos, quemados por un producto químico. Y allá en Brasil, ella oyó que yo era un hada o una diosa y que podría darle nuevos ojos... Geraldina. ¡Y su tanta fe cuando llegó con su madre de Brasil! Cuando su vocecita me pidió que le devolviera la vista. ¡Qué ganas de haber sido diosa, qué ganas de no haber sido lo que soy, apenas esto, lo humano! La adorable Geraldina rezando junto al padre Benítez en aquella misa que improvisamos, y ella, que creía que yo podía ser escuchada por Dios, y ella con sus manitas alrededor de mi cuello, y yo torciendo la cara para evitar que note mi sollozo. ¿De qué poder hablamos, Renzi?

Cuanto más se trata del poder mínimo, el de un comisario o el encargado de una casa de pensión. Poder irrisorio, el nuestro... Somos apenas amanuenses del bien, en el mejor de los casos... Siempre piden algo, pero es como si hubiese un misterioso sobreentendido: lo que piden es exterior, aunque necesario, sea la máquina de coser o el puesto en el Correo. Lo que cuenta, lo que los animará a creer que todavía es posible la vida y que todo esto no es una atroz bufonada, es el hecho de que alguien reciba su palabra, que alguien corresponda a su ser y que con la mayor prontitud, a vuelta de correo, se conteste a su señal desamparada. Este es el secreto. Esto es lo que cuenta... La gente vivió siglos de olvido, Renzi, de silencio.

¡Qué silencio aquí! ¡Qué tiempo más inútil, estar aquí, al costado del mundo, vigilando la agresión de la enfermedad a los treinta y dos años! ¿No habrá un demonio triunfal detrás de todo?

Ella, la chica, se quedó desconcertada, con la valija de cartón apoyada sobre la vereda húmeda. Hubo un silencio. Seguramente el prepotente oficial gordo comprendió malhumorado de qué se trataba.

Seguramente levantaste la cabeza y miraste estas ventanas del primero. Habrás visto estos visillos de seda. Habrás pensado durante un instante ilusorio que de haber podido pasar, hubieras pedido ver el cuarto de la calle. ¿Querría yo estar en tu lugar, querrías tú estar ahora en el mío? ¿Quién comanda, o inventa o mueve las piezas de este extraño juego del mundo?

Levantaste otra vez la valija, que pesaba poco, en verdad. Y empezaste el camino de vuelta, Alvear abajo. Subiendo ya por Callao te agarró el chaparrón fuerte y, cuando por fin alcanzaste Corrientes, estabas ya empapada de gruesa lluvia tibia.

Volviste al café temiendo que la valija se disolviese, tan mojada estaba. Pero los tres tipos, los tres graciosos argentinos, no estaban en la mesa. Entonces no habías comprendido aún aquel brillo travieso, bastardo, en los ojos de los tres irresponsables bromistas. Era el brillo de la broma sádica. El de los ojos del que arroja un fósforo en el corso de Flores para encender al disfrazado de oso Carolina. Era el peor producto de aquella Argentina: la *broma* inhumana, como oscura revancha del que se siente parido o exiliado de su tierra de origen por una broma semejante. Los busqué en el café, pero ya no estaban. La viveza argentina es como el enano de la inteligencia. El mismo mozo fue el que te dijo que te guardaría la valija detrás del mostrador. Te prestó su propia toalla y su jabón para que pudieras secarte y evitases una pulmonía. Cuando volviste te había servido un humeante café con leche con medialunas. Y en ese momento entraba Juancito con su flamante uniforme de conscripto. Te había buscado en la pensión del escándalo y luego pensó que estarías en el café.

Juan, que estaba de festejos, te invitó a comer pizza en Guerrin. Pero antes fueron a la pensión que había indicado el mozo, a mitad de cuadra, y subieron hasta el segundo piso por una escalera de mármol roto y sucio. Te pidieron ocho pesos de depósito y tomaste la habitación porque no parecía sucia y aunque no tenía ventana, tenía algo simpático o conveniente.

Seguramente esa noche, al volver, sacaste las pertenencias de tu valija de cartón y colgaste los tres vestidos de percal y el saco tejido rosa y el tapado marrón con raleado cuello de terciopelo que había sido de Blanca. Y acomodaste todas esas cosas. ¿Qué cosas?

Eva piensa, se esfuerza con un gesto de lejana simpatía. Intenta tomar la lapicera nueva pero desiste de escribir. ¿Apunta mentalmente?

Los tres vestiditos floreados, que mamá llamaba *chemisier*, moldeados de un recorte del *Para Ti*, los pulóveres tejidos, el par de zapatos de taco muy alto en su caja de cartón. El bloc de escribir marca Coloso, la caja del polvo Le Sancy (base y matizador). Le Sancy de Dubarry. El rouge Tangee y el lápiz de cejas grasoso que usaba para darme edad. Y la caja de útiles de dos pisos con su olor a goma y a pino profundo de lápiz afilado (sin contar las tres plumas "cucharita" y el enigma solar del transportador de lata). Las alpargatas, el peine, el champú, los jabones ingleses que ganó Juan en la kermesse de la parroquia y el cuaderno SanMartín con todas las direcciones útiles y obligadas máximas escolares, como aquella famosa "Serás lo que debas ser o no serás nada".

Y allí, sin tocar, como un objeto infame y obsceno, estaba, espantosamente rosácea y atrozmente "cárnica", la faja enteriza marca Hollywood, que Juancito metió en la valija a último momento en Junín pese al empujón que le di. Serviría de cinturón de castidad, de extrema defensa. Había cosido los tres botones de la entrepierna con hilo del grueso, en forma primaria pero eficaz, como suele ser toda costura de los hombres.

La faja Hollywood, que sólo usaría de vez en cuando para rellenar un poco los vestidos, para ser un poquito más en la escena y en las miradas.

El cinturón de castidad... Juancito rojo, contrariado, sin encontrar las palabras

COMO QUE ME LLAMO JUÁREZ que soy primo segundo de Eva, que aquí, en esta vereda que se confunde con la calle de tierra que usted ve, hemos jugado muchas veces, con ella, que entonces toda la cuadra llamaba la Chola. Ella ni se acordará, Eva era la más chica de las Duarte. Allá, entonces, se hablaba de las Duarte porque era una familia sin hombres (pese a Juancito que siempre fue chico, aun de grande, como si nunca hubiese madurado, tal vez hasta el instante final de aquel tiro misterioso que le quitó la vida sin que nadie pueda no hablar de suicidio...). Sí, eran un clan o una tribu femenina, de verdaderas amazonas.

Eva era una chica rampante: siempre trepada a los árboles... La madre, con su eterna Singer, le hacía calzones con retazos de tela floreada y desde abajo, entre las hojas, lo único que se veía eran esos colores sobre el verde del follaje. Se mimetizaba como un pajarito y se quedaba horas en lo alto de esos paraísos viejos que usted ve, y de los aromos. Ya eran árboles grandes en los días de su infancia. (Eran sus amigos, su refugio. También solía andar por el cerco de cina-cina. Ella sabía dónde podía atravesarlo sin llenarse de espinas.)

Cuando escapaba después de alguna travesura, Eva se trepaba a sus árboles con mucha más agilidad que todos los machitos de la cuadra. Es que ella, la Chola, era una nada, un gorrioncito de ojos negros brillantes, mucho más grandes que la cara, y podía afirmarse en las ramas jóvenes, las más altas, casi aquellas donde suelen posarse los bichofeos para sus llamados del atardecer... Era inalcanzable. Nadie la sujetaba. Y allí en lo alto escuchaba las amenazas e imprecaciones de doña Juana que enviaba a Juancito, inútilmente, a tratar de alcanzarla y de bajarla.

Era una niña rampante, bien digo.

Y la casa es lo que usted ve: ladrillos sin revoque, techo de zinc. Allí hay un solo cuarto largo con una salida para el fogón y el piletón de la cocina, con suelo de tierra. Al fondo, una galería o alero amplio, y cruzando el patio de tierra con parral, el excusado de campo. Eso era todo: una tabla con un agujero sobre un pozo.

¡No! A Eva no la sujetaba nadie. ¡Ni la madre, que era una tirana!

No. Nadie la podía. Imponía todas sus ocurrencias.

Inventó un circo. También cantaba. Hasta decía que hacía los deberes en la altura, en sus árboles. Una vez se cayó la hermana y en otra ocasión ella misma. Pero no lloró, se la aguantó con tal de evitar la intervención del orden familiar.

Como que tampoco lloró aquella tarde de lluvia cuando doña Juana puso la sartén llena de aceite para hacer tortas fritas. Eva, traveseando con la hermana, se echó encima el aceite hirviente. Pegó un alarido, pero enseguida quiso disimular la atroz quemadura. Durante tres días se le ennegreció la cara. La daban por perdida. Luego cayó la piel quemada y apareció ella como era, con el cutis aún más blanco, más extrañamente blanco...

Se aguantaba, era distinta, como toda la gente que tiene la mala suerte de estar llamada a un destino no común... Aquí, en Los Toldos, había una vieja llamada doña Asunción, medio bruja, medio chiflada, que regalaba caramelos a la salida de la misa, como si los chicos fuesen palomas que se arremolinaban a su lado. Después de la quemadura, en el primer domingo que vio a Eva, le dijo: "Usted, m'hijita, puede nacer si quiere, si se le ocurre. Sus hermanas no vale la pena que lo intenten, pero usted, niña, si quisiera podría nacer..."

Estuvieron aquí, en Los Toldos, hasta el 30. La gente es mala, y como Juana había sabido ser muy orgullosa de su amor con Duarte, cuando la vieron sola y desprotegida, le cayeron encima. La menudearon por el lado del honor, la moralidad y todos esos valores que sólo se esgrimen desde la envidia hacia quienes viven o han vivido. Fue cuando empezaron a llamarla "la manceba", y que si había tenido que ver con Rosset o con Calviño o con Tomasse...

Juana vio que la cosa no podía seguir así. Como su hija trabajaba en el Correo, la única posibilidad de sobrevivir fue ir a verlo a Lettieri, el intendente radical, y éste le consiguió el pase de Elisa a Junín. Fue justo antes del estropicio militar del 30. Doña Juana llegó a tiempo para conseguir lo que quería. Después, usted ya sabe lo que pasó con los radicales personalistas... El mayor Galasso me decía que ellos tenían orden de tirarles a granel en los maizales de la provincia. Los pobres radichetas caían como liebres, con sus trajecitos con dos pantalones comprados en la casa Braudo...

Eran imitación de señores, y no se les perdonó. Los verdaderos señores han sido siempre los conservadores, en la provincia y en todo el país. Pero volviendo al tema: en ocho días llegó el nombramiento de Elisa en el Correo de Junín y se tomaron el tren con todos los bártulos, sin despedirse casi de nadie. Allí, en Los Toldos, no tenían nada que agradecer, ni a los parientes. Si doña Juana no hubiese sido una tigra, una mujer gaucha, se la hubiesen comido los piojos junto a toda su cría

Eva arroja las hojas mecanografiadas con rabia.

—¿Quién es el imbécil de Juárez? —Busca ansiosamente. Le parece ubicar a un flaquito, muy morocho, aindiado, pariente quizá del lado de los Valenti, si lo era...

—¡Renzi! —llama Eva. Inútilmente. Hay un silencio que la saca de quicio, como si su rabia corriese sin objeto por los corredores alfombrados, deshabitados, de la Residencia.

—¡Renzi!— Y aparece Renzi, con temor por esa furia que bien conoce.

"¡Renzi! ¿Quién es el hijo de puta que fue a Los Toldos y que dice que nací en Los Toldos? ¿Esto se publicó?

—No. Justamente lo trajeron del Servicio de Informaciones y me pareció que la Señora debía leerlo... Consultaron si podían dejarlo publicar en una revista...

—¡Que estos miserables sepan que nací en Junín! Hay partida oficial, y si insisten irán a parar a la cárcel de Sierra Chica. ¡Que ubiquen a ese imbécil de Juárez y que le adviertan que no existe libertad de prensa alguna, que ahora soy yo la única que tiene libertad de prensa! ¡Ahora me tocó a mí! ¡Ubicarlo y hacerle la advertencia de que si vuelve a meterse conmigo, con mi pasado o con mi familia, va a aparecer acribillado en un zanjón! Yo no tengo ni pasado ni presente ni futuro que no me haya hecho yo misma. ¡No quiero saber nada de parientes ni de hermanos ni de infancia ni de la puta que me parió!

Renzi está inmóvil, aterrorizado, en el arco de ingreso del salón. Tiene en la mano la pequeña radio de bakelita marca Excelsior, la preferida de Eva. Es el atardecer. Es la hora en que la Señora suele escuchar, muy bajito, el *Glostora Tango Club*.

Renzi teme. En la penumbra le parece que los ojos brillantes de Eva tienen unos peligrosos reflejos o rayos amarillentos. Es tanta la furia, que hasta tiene un poco de color en las mejillas.

Irma, que venía con un café, se desliza, corredor afuera, huyendo.

Ahora sí, Eva es una llama en la penumbra. Una llama en el terrible desgaste de un incontenible viento de rabia. La pequeña radio peligra transformándose en el objeto necesario para la descarga de su ira. Así las cosas, Renzi se queda inmóvil, indeciso. Se retira llevándose a salvo la radio. Luego parece evidente que Eva intenta adormecerse.

A la hora renueva su intento. Eva no duerme.

—Tuve fiebre. Por suerte ya bajó. Me dormí recordando los árboles. Los sentí como seres vivos. Gigantes amigos. Amigos verdes, callados. Misteriosamente poderosos. Gigantes en lejanas siestas de verano. ¿Por qué me parecerá todo tan lejano ahora? El canto de las chicharras. El heladero... Esas hojas tiernas del verano, siempre refrescadas por la brisa. Al fin de cuentas es verdad lo que dijo ese Juárez...

¡Pero cuánto odio contra mí, Renzi! Son implacables. Yo hace rato que me fui de la casa del odio, pero ellos siguen. Es ya un destino: me tocó ser la resistida, desde que nací, desde que mi padre...

Ya desde 1944, desde la primera vez en que Perón me pidió que lo acompañara al Colón, cuando era vicepresidente de Farrell, me di cuenta de la oposición hacia mí. Bastaba observar la forma como se me saludaba.

Me pregunto cómo he podido deslizarme entre esas cortinas de rechazo, de odio. Por suerte he sido casi inconsciente. Fui como una chica que corre entre llamas.

En algún momento —inexplicablemente, como sucede con las modas— se asoció la oposición política a las ideas de Perón con el odio o desprecio hacia mí. Ahora hay como sindicatos de odio: el de los estudiantes de FUBA, los profesionales de Buenos Aires, el cagatinta bancario, las sojuzgadas señoras de la clase media, los generales casados con solteronas de buena familia provinciana, los capitanes de fragata que viven en el barrio Norte... ¿Quién no me odia, Renzi, en esta ciudad? Hasta los chicos del Nacional de Buenos Aires... Mi enfermedad no debe de ser otra cosa que un gualicho colectivo. Renzi: estoy segura: debe de ser el odio de todos transformado en mal de ojo.

Me toca ser aquella desdichada y formidable Madame Lynch que interpreté en el ciclo de grandes heroínas de Radio Belgrano. Era irlandesa, casada, pero a los dieciocho años conoció en París al general Francisco Solano López y se fue con él al Paraguay. Conquistaron el poder, pero ella fue la mujer más odiada del mundo, tal vez más que yo misma... Era un ser diferente. Nadie puede explicar lo que le pasó. Simplemente no fue aceptada. Pero persistió hasta la muerte. Lo que me toca vivir ahora, Renzi, estaba prefigurado en aquella radionovela que interpreté cuando todavía pensaba que la gente me quería, o me toleraba. La novela se llamaba *La amazona del destino*. ¡Qué título de radionovela! Ella logró cabalgar el destino sin caerse del caballo.

—No crea, Señora, nadie tiene un destino marcado, ni para bien ni para mal.

—El destino son las decisiones que vamos tomando en cada momento de la vida, como sin darnos cuenta... Pero llega un momento, Renzi, que el destino está allí, y efectivamente lo estás cabalgando, quieras o no, como pensó Muñoz Azpiri al escribir el libreto. Y puede ser que te encuentres arriba de un dragón o de una oveja. Madame Lynch logró tenerse de la montura hasta el final. A mí me ahogan en odio puro.

—No diga eso, Señora. Lo suyo parece el balance del judío: se olvida de anotar todo lo que está escrito con tinta azul, en el haber. Discúlpeme, Señora, pero hasta allí no la puedo acompañar, porque usted es también la persona más querida de este país, de este continente, digamos. Son millones y millones de personas. Rezan por usted. La esperan y lloran al verla pasar en el coche. Y es el llanto más emocionado, honesto y santo que pueda imaginarse. Los otros, los que la siguen odiando, se quedaron transformados en estatuas de sal, mirando hacia atrás. Usted desencadenó algo nuevo y extraño, algo que el mundo necesita. Es como si hubiese saltado por encima de la política, de la razón, de todo lo previsible, y se hubiese metido en una extraña historia de puro amor. De puro amor como me dijo ayer... No se queje, Señora.

Es la primera vez que Renzi ve el perfil de Eva, en la penumbra de la hora, sin espesor alguno, como el perfil de una figura en una lámina.

Cuando Alcaraz dejó de hacerme aquel peinado de la película *La pródiga*, levantado y con rellenos laterales, que dicen que yo imité, empecé a dejar de odiar. ¡Me quedé sin odios, Renzi! Me atrapó el trabajo en la Fundación, todos los minutos de mi vida se empezaron a ir hacia allí, y no me quedó tiempo para el odio. Se salvaron... Porque yo puedo odiar mucho, Renzi. Y bastaba saber que alguien se me ponía enfrente y de mala fe, para que yo quisiese exterminarlo. No, no te asustes, nunca pasé de desearles la muerte... Es como si una circunstancia misteriosa me hubiese impedido cumplir con mi pasión de odio. Yo hubiese sido una gran odiadora, Renzi. Una de esas que fundan campos de concentración, de exterminio y cosas por el estilo. Es la verdad... El padre Benítez lo sabe y alguna vez me lo dijo. Y podría ser temible. Y ahora me parece ridícula esa maligna inclinación.

Sí, debo de haber cambiado con aquel cambio de peinado que me hizo Alcaraz. Tal vez el odio tenga su morada en el pelo. ¿No era Sansón el que se quedó como eunuco porque su mujer le cortó el pelo? Algo debe de haber. Con el rodete y el pelo tirado hacia atrás, sobre las sienes, empecé a ser lo que vos me estás diciendo: una santa...

Me olvidé de comentarte algo que se me ocurrió leyendo el artículo de ese periodista ingenuo: toda infancia es rica, Renzi, incluso —a veces— las infancias pobres. Es el único socialismo de este Dios injusto y egoísta. No sé cómo explicarlo, pero hay una riqueza en ese abrirse a la vida, a la naturaleza, al mundo. Eso es lo que llaman Gracia... (Aunque enturbien tu infancia con miseria o maltrato. Sos como todopoderoso, poderoso... Todos en un momento hemos tenido o hemos sido un Dios. O por lo menos su pariente predilecto...)

—CREERSE REVOLUCIONARIA y no tener fuerzas para tenerse en pie es risible —dijo Eva con una expresión de sarcasmo.

Era ya el 14 de septiembre de 1951 y su hermano Juan había llegado de la Presidencia con noticias alarmantes sobre la prosecución del complot militar que capitaneaba el general nacional-moralizante Benjamín Menéndez.

Descaradamente, los políticos democráticos seguían conspirando con los militares. Aspiraban al golpe en nombre de la democracia formal, la democracia sin nación, expresión castradora del juego de poderes de la sinarquía internacional. "Los príncipes ocultos", de los que solía hablar Perón.

Fue cuando, después de escuchar el informe negativo de Juan Duarte, Eva dijo aquella frase terrible: "La Argentina y yo tenemos un mismo cáncer. O lo vencemos, o caeremos juntas".

A pesar de su debilidad, Eva estaba extraordinariamente exaltada. Me dio la impresión de estar sola, como abandonada por el mismo Perón, que parecía seguir los informes del inminente alzamiento con cierta extraña abulia o indiferencia.

Eva no dejaba de repetir que el estado de "alzamiento" era ya una perversa constante nacional. Y que ella era el símbolo "desde aquel maldito 9 de Julio de 1944 cuando el coronel Perón, vicepresidente, me invitó a acompañarlo al Colón. Entonces, en el *foyer*, tuve la señal de lo que sucedería sistemáticamente."

El levantamiento de Menéndez era el mismo, pero con un cambio de apellido: ya no estaba el general Ávalos como principal protagonista, como en 1944 y 1945.

El mismo Perón me contó el "encuentro entre camaradas", cuando Ávalos fue a hablarle al departamento en la calle Posadas (seguramente Ávalos no sabía que el Coronel lo había alquilado en el mismo piso del que Eva tenía desde meses atrás). Tampoco Ávalos sabía que, puerta por medio, en la pequeña cocina, Eva preparaba un pollo al horno —su plato "seguro" como improvisada cocinera. Ávalos, en representación del alto mando, amistosamente, recomendó a su coronel que "como oficial argentino debía respetar el uniforme" y no casarse con una persona "desacreditada en el medio artístico, que no goza de opinión aceptable en el Ejército, probablemente una aventurera...".

Perón dijo que en ningún momento Ávalos había pronunciado la palabra "puta" o cosa parecida.

Pero cuando irrumpió Eva con la fuente con el pollo, era como si la hubiese dicho. Los ojos de Eva llameaban. Se ve que no pudo contenerse y le enjaretó el pollo con su salsa todavía peligrosamente caliente. Era el comandante más importante del Ejército.

Apenas hacía dos días que vivían juntos en el departamento de Posadas. Ambos se empezaban a conocer... Eva desapareció en el dormitorio. Perón corrió al baño en busca de un toalla grande porque al general Ávalos le chorreaba salsa de tomate por las charreteras.

Eva le mostraba la reacción de una mujer a quien, una vez más, se le endilga lo que no es ni podría ser nunca. Pero para Eva el incidente fue aún más revelador: Perón, el Coronel, se rió. Sí. Se rió a carcajadas mientras entregaba la toalla al Comandante. No dijo una sola palabra a modo de excusa por lo ocurrido. Era como si estuviese afuera, como un espectador absolutamente desinhibido.

Seguramente aquello era tan escandaloso para el general Ávalos —y tan ridículo— que prácticamente no tuvo consecuencias.

La conducta de Perón era más sorprendente y atípica que la de la misma Eva. Se comprende que, quizá desde entonces, Perón haya querido a Eva en una dimensión inhabitual: como la única persona a la que respetaba y consideraba de algún modo su igual, su par.

El informe de Juan Duarte, que no era otro que el que tenía el mismo Perón en su despacho, preparado por los servicios de inteligencia, demostraba que, pese al renunciamiento de Eva a la candidatura a la vicepresidencia, apenas un mes atrás, la fuerza conspirativa continuaba su acción. Esto indignaba a Eva, que iba y venía por el saloncito del antedormitorio donde estábamos informalmente reunidos.

"Si yo no estuviera, esos cabrones hasta serían justicialistas con tal de seguir recibiendo una orden anual de importación de un auto"

Pero Eva, la noble impulsiva, no comprendía que al menos en esas semanas, había triunfado la estrategia astuta de Perón: Menéndez se quedaba aislado con unas pocas fuerzas de Campo de Mayo y de la Capital, pero el general Lonardi, de las fuerzas de Córdoba, abandonaba el complot, al igual que los principales dirigentes del radicalismo, que no veían en el viejo Menéndez un general lo suficientemente serio y eficaz como para anonadar la mayoría nacional y popular en nombre de la democracia aséptica, internacionalmente emasculada y aceptada. ("La democracia de los otros, de los de afuera", como decía Perón.)

"¡Estamos como cuando vinimos de España, tenemos el país en el puño, con un apoyo nacional y revolucionario, pero tenemos que vigilar como atemorizados los movimientos de un viejo caduco mandado a Campo de Mayo a patadas en el culo por sus amigos de la oligarquía!"

Eso se lo oí decir yo, más o menos textualmente, esa tarde.

Entonces pidió información de lo que llamaba la contraconspiración. Renzi explicó que todos los suboficiales fieles habían recibido sus consignas.

El general *"Von F."* continuaba con sus trabajos y continuamente se le proporcionaba la información que requería.

Según le había comunicado uno de sus enlaces con *"F."*, éste consideraba ingenua la doctrina de crear un ejército depurado, que significase una superación o remodelación del ejército actual, tradicional. Hablaba de crear una fuerza secreta. Una organización militar diferente, semejante a la que triunfó en China.

El general "*F.*" no es un entusiasta ni un improvisado. No ve en los argentinos fibra alguna de guerreros o de gente dispuesta al largo sacrificio. Piensa, además, como había pensado su Estado Mayor en Berlín, antes de la derrota, que en América latina, Argentina es irrelevante (precisamente por sus cualidades tan europeas). Para él el centro de gravedad de todo lo que pueda ocurrir en el futuro, "cuando este continente viva", será Brasil.

Eva escuchó estas apreciaciones con desagrado. Reaccionó ordenando que reforcemos nuestro trabajo. "Ni ese alemán ni nadie sabe para dónde salta la Historia, es como un pelota que arroja un mono"

Pero la vi abatida. Cuando ya nos íbamos se abandonó en el sofá largo, que era como su trono de enferma, y exclamó: "¡Qué mal todo! ¡Cómo se me pudo haber ocurrido largarme de Junín!"

¿JUNÍN? ¿CÓMO PODRÍA RECORDARSE ESO? Todo allí era cuadriculado, a partir de la plaza central, la plaza SanMartín, que yo bauticé como "el bostezo". Un bostezo enorme, eterno. Como venido desde el fin de los tiempos. El bostezo del vivir sin para qué, como dice el tango. De un lado, San Martín; enfrente, una iglesia donde Dios no entraría por razones de buen gusto.

—No diga eso...

—No. Es verdad, soy demasiado mala. Lo que pasa es que las palabras la van llevado a una... En verdad, en cualquier iglesia vive todavía y siempre el dios alegre de los chicos y el dios de los novios de misa de once. ¿Se acuerda?: "Voces de bronce/llamando a misa de once/en la florida mañana/de mi dorada ilusión" ¿Era así, no?

Más allá la confitería París, que dicen estaba en el lugar donde había estado la pulpería y almacén, en tiempos de los fortines.

Los clubes sociales: la Sociedad Italiana y el Club Español. Allí entraban, muy distinguidas, las parejas de ingleses resecos —los ingleses de los ferrocarriles Pacífico y Oeste— para jugar al bridge.

La vuelta del perro en el sentido del reloj y a contra reloj (decían que en esta dirección iban los maricas, los cornudos del pueblo, la directora del colegio que era tan mala y el comisario Landolfi). El helado en la esquina Rivadavia. Las hojas secas de los plátanos que el viento de la pampa lleva y trae en las tardes de invierno. Noches largas de verano con gente que saca sillas de paja a la vereda, para ver pasar la gente. ¿Sabe qué toman?: Grandes vasos de refresco de granadina con soda y hielo. Lo que más me gustaba.

Con esto le dije todo, ¿no? Sobre todo, téngalo presente, el bostezo de la plaza del bostezo... Eso es lo que descubrí en Junín. Pero claro, sólo mucho más tarde de nuestra llegada, a los dos o tres años, cuando tuve la ocurrencia de ponerme a nacer. "Querer nacer", como decía doña Asunción de Los Toldos.

Porque en realidad, cuando llegamos a Junín nos pareció París, no sólo a mí, sino a toda "la tribu". Bajamos del tren llenos de paquetes (como si viniésemos de Los Toldos), y pronto empezó a andar todo mejor, aunque las várices de mi madre empeoraron por el cambio de clima. Lo primero que hicimos en la casa vacía fue enchufar aquella radio Ericsson que habíamos mantenido envuelta en papel celofán. Era como si la vida empezase a entrar mágicamente a chorros. La pusimos en una repisa alta, adosada a la pared, para que nadie pudiese tumbarla al pasar. Desde allí empezó a caer la vida, el mundo exterior, Buenos Aires, la voz de Ada Falcón, de la Simone, el teatro de *Las dos carátulas*, los boleros de Elvira Ríos.

¿Pero sabe qué fue lo importante?: que las horas de mi madre en la Singer empezaron a durar la mitad. Cuando yo volvía del colegio, al mediodía, oía desde la ventana que daba a la calle Roque Vázquez el ronroneo eterno de la máquina y la feliz estridencia del novelón de Yaya Suárez Corvo que justamente terminaba a esa hora. Radio Prieto, Radio Stentor, Radio El Mundo... Conocíamos de memoria sus números en el dial de celuloide.

A mí me tocaba rebautizar las cosas; a esa radio Ericsson que nos había regalado mi padre —o mejor: Juan Duarte— antes de morir, yo la llamé "la basílica" por su forma ojival. En realidad tenía mucho de catedral medieval o de basílica de Luján. De ella brotaba el mundo através del género afelpado del parlante, que parecía un cortinado corrido detrás de las ventanitas góticas con columnas de madera tallada. Aquellas viejas, enormes, radios de madera, eran un templo, un extraño espacio de revelación...

Mi madre, a la que ya le costaba caminar, hasta escuchaba misa por radio. Se vestía para la ocasión y se ponía una mantilla en la cabeza. Eso pasaba los domingos, a las diez de la mañana. Después guardaba con cuidado la mantilla y volvía a su máquina de coser.

La imité: una vez me vestí como para ir a alguna fiesta. Me peiné con cuidado (tendría diez años) y me presenté ante la radio para escuchar el concierto de Alejandro Brailowski que habían anunciado con publicidad solemne. Todos se rieron de mí, claro. Yo me había vestido como para estar sentada en la primera fila de una noche de gala, con mis mejores chucherías y los zapatos que a veces Erminda me prestaba.

La radio traía la vida. Algunas audiciones obligaban a la familia a reunirse en torno a la "basílica". *Chispazos* de *tradición*. El concierto del Príncipe Kalender. El comentario de *El amigo invisible*. El boletín sintético de Radio El Mundo. *La Gran pensión del campeonato*. *La Noche de Gala* con Azucena Maizani. Y tanto más...

Otro elemento que traía vida (diría mejor: que acercaba el escándalo de la vida) eran las revistas. Mis hermanas mayores juntaban el *Para Ti* y *El Hogar*. Las guardaban en un baúl alargado, de madera, que siempre tenía un desagradable olor a aceite de ricino, no sé por qué motivo.

Esas revistas, en la etapa de Los Toldos, les costaba mucho conseguirlas. Traían la moda, noticias de París, los grandes bailes de Buenos Aires, los compromisos y triunfos de las damas de sociedad. Por ejemplo, allí aparecían comprometiéndose Raquel Pueyrredón con Alejandro Lastra o Clara Ocampo Alvear con Mariano Castex (con fiesta en la París, no la de Junín, la otra, la del verdadero mundo). La señorita Videla Dorna recomendaba sensatamente que, para tener un cutis como el de ella, usaran la Crema Ponds para descanso nocturno e hidratado de la piel.

Un día en que habían salido todos, asalté el arcón que olía a ricino y entonces me permití un verdadero viaje al otro mundo. Ese mundo brillante que dormía en el fondo del arcón de mis hermanas mayores, mantenido como algo peligroso o casi obsceno... Sólo la pobreza es puritana.

De esas revistas surgía una vida de planeta maravilloso y lejano. Inaccesible. Buenos Aires: dos palabras mágicas... "Inés Anchorena de Acevedo venció en las dos pruebas de hidroplano y se clasificó campeona."

El mundo de París y de Londres con una crónica sobre Lucienne Boyer, con foto del Arco de Triunfo y sórdidas callejas románticas de Pigalle. El balneario de Brighton, seguramente en la neblina gris, que a tantos argentinos les resultaba lo más *chic*.

Aquello era asomarse a un abismo o a su más allá fascinante, vagamente pecaminoso.

Creo que pude pensar que yo debía entrar en el arcón que olía a ricino y alcanzar esa corriente de vida, ese más allá luminoso. Lo que sí me pareció impensable fue que Junín pudiese ser integrado de algún modo a esa vida

Grandes vestidos de alta moda, con croquis para recortar. Rumor de salones. Jóvenes tenistas de pulóver blanco junto a un piano donde alguien canta *Hay humo en tus ojos*. La espalda desnuda de Pola Negri en el Negresco de Niza. El Jockey Club de San Isidro. El buque *Andes* zarpando de Buenos Aires rumbo a Londres y las chicas vestidas de marinero despidiéndose de sus novios. Hay una banda con trombones, clarinetes y bombos, hay guirnaldas de colores y enormes autos Lincoln y Packard a lo largo del muelle. La vida, en suma. La vida fácil y alegre de las grandes ciudades...

El centro del mundo estaba en todas partes, menos en Junín.

EN EL TEMPLO DEL CINE se producían todas las magias. ¡Qué exaltación las de esas infinitas matinés con tres o cuatro películas, desde las dos hasta las ocho y media de la noche!

Lilian Gish en *Romola* (con William Powell y Ronald Colman). La bandida de Jean Harlow. Clark Gable. Héroes de la penumbra y de un simple juego de luces que sólo se ponía en evidencia cuando el público inerte exclamaba "¡se cortó!" y se encendían las luces de la sala, hasta que el operador con su pincel con acetona devolviese coherencia y continuidad al mundo ilusorio (el único que valía la pena vivir).

Entonces *Ben-Hur*: Ramón Novarro, el justo, se iba salvando de las infamias y su cuádriga triunfaba en la línea de llegada de todos las trampas del poder romano. Todo se arreglaba en los últimos tres minutos, antes de la palabra "Fin", "*The End*".

La penumbra mágica presentaba luego *Mujeres bonitas* con esos seres rubios, platinados que bailaban en una *chorus line* como la de las *Follies de Ziegfeld*. ¡La aventura! La vida como debiera ser: riesgo, desprotección, el coraje de la justicia. Cabalgatas, navegaciones, amores insensatos, proezas que quitan el aliento. Y allí, comprensiva, elegante, dulcísima, Norma Shearer, que se transformaría en ídolo y modelo de Eva.

Junín era más Junín (sí esto fuese aún posible) cuando se encendían las luces y se encontraba con sus hermanas, con los ojos irritados como si hubiesen estado en una manifestación atacada por gases lacrimógenos, caminando otra vez por la calle Rivadavia, rumbo a casa, por una realidad sin sueño ni riesgo. "Un día comprendí claramente que la realidad, lo cotidiano, no era más que una hoja en blanco para escribir lo que uno tuviese el coraje de hacer con su vida. Entrar en el cine era para mí salir de la Nada, sobre todo en aquel frenético año de 1934, cuando había terminado el colegio y me amenazaba el peligro de proseguir normalmente, esto sería: ser maestra o contadora y ponerme de novia con el primer Caturla que me respetase. Y una vez, volviendo del cine por la calle Rivadavia sentí una incontenible rabia. Me aparté de mis hermanas, caminé sola como una endiablada y me acuerdo con nitidez que me dije (como quien se lee a sí misma una proclama revolucionaria): Un día más perdido aquí, en Junín, será un día perdido para siempre y en todo el mundo, en todo el universo..."

• • •

El circo, ya que me pregunta, debo decirle que me daba francamente miedo. Siempre percibía algo estremecedor en la gracia del payaso, en la soltura sobreactuada de los trapecistas, en la docilidad de los elefantes, en el rugido de la tigra en la sección vermut.

No. Yo no creía que aquello fuese una fiesta ni cosa que se le parezca. El circo llegaba con puntualidad de cometa cada año. Improvisaban un desfile de animales y contorsionistas por la plaza SanMartín. Yo no compartía la alegría de la clase ni la de mis hermanas. Sentía que era una farsa trágica que presentarían una vez más como una alegría. Y un lunes de descanso, un día gris de lluvia interminable, me filtré entre los carromatos y jaulones y sorprendí lo que siempre había sospechado: "el otro lado". La trapecista en ruleros haciendo huevos fritos en un calentador a querosén. El domador húngaro jugando a los dados, borracho. La tigra dormitando, espantando con la cola desganada los moscones atraídos por sus poderosos excrementos.

Desde entonces no fui más. No quise más tener que mirar para otro lado cuando redoblaban los tambores por el peligro del doble salto mortal ni quise más descubrir lo que había detrás de ese pintarrajeado payaso siempre humillado por el Dominó (¿de qué se reían?).

Sin embargo, casualidad, mi primer contrato importante de cine fue por *La cabalgata del circo*, con Hugo del Carril. Aquella noche fuimos todos a festejar, con Enrique Faustín y tantos otros. Me alegré de que la película no tuviese casi nada que ver con el circo. Aquel circo de Junín, en que querían imaginar una alegría que hacía agua por los cuatro costados. Sin embargo ¡cómo gozaban los tontos de la clase! Para mí, desde las fieras hasta la emplumada y esbelta trapecista, estaban todos disimulando las llamas de un invisible infierno.

AÑOS DE LUCHA. ¿POR QUÉ LA GUERRA DEJARÁ MÁS NOSTALGIA QUE LA PAZ? La pureza de la austeridad, la movilización de la sobrevivencia. Eso es lo que marca.

¡Aquella casa de la calle Roque Vázquez 70! Ayudaba el trabajo de Juancito en la farmacia de la plaza, luego el empleo de mi hermana mayor como maestra. Íbamos zafando de lo peor. Luego la casa de Lavalle y Alfonso Alsina, la de la calle Winter y finalmente la mejor, la de José Arias 171.

Mi madre pudo abandonar la máquina de coser, como algo obligatorio, y puso una pensión para dar almuerzo o cena a funcionarios sin familia. Así, entre ellos, el mayor Arrieta y el abogado Justo Álvarez Rodríguez, que se casarían con mis hermanas. Dos verdaderos señores.

Sí, todo empezó a andar bien. Después Juancito entró como corredor del jabón Guereño y el mayor Arrieta le prestó dinero para comprar una estupenda *voiturette* 1928 que multiplicaba las posibilidades de su trabajo de corredor. Se transformó en un *play boy*. Siempre bien vestido. En los carnavales se disfrazó una vez de Zorro, con una gran capa de rayón con una Z blanca; otra vez de príncipe ruso, con el clásico blusón estepario abotonado al costado y un poco de polvo plateado en las sienes. Iban y venían en la *voiturette* por el corso, con sus amigotes, Pajarito Barrios y Albizu. Eran una especie de ruidosos niños bien. Porque Juancito le decía a quien quisiese oírlo que era "hijo de Juan Duarte, el estanciero conservador de General Viamonte".

Pero mi madre pudo abandonar la máquina de coser y se le cicatrizaron las várices.

¿Qué significó para mí, me pregunta?

Bueno, para mí, Junín fue el tiempo del colegio. Uno no se acuerda según un esquema lógico y ordenado. Ahora, que estoy como parada en la banquina y puedo permitirme hablar de estas cosas a las cuatro de la tarde, le diré que lo que más me impresionó era el olor especial del colegio. Era el olor de todos, de *lo* público (no sé cómo explicárselo).

Predominaba, en invierno, el vago aroma de querosén quemado de las dos estufas Volcán de "seis velas" a las que había que dar presión entre recreo y recreo ¿se acuerda? En los baños el fuerte olor de ese desinfectante que llaman acaroína, que usan en las estaciones de ferrocarril y en los cuarteles... Pero en la clase, el olor de la tinta Pelikan que la maestra distribuía en cada tintero de cerámica blanca del pupitre. El olor del lápiz sometido al sacapuntas. La caja de útiles de dos pisos. Y el limpiaplumas, que mi madre me fabricó con ocho o diez retazos de color, era como un pájaro loco que saltaba al abrirse la caja. También las gomas: la blanda, de lápiz, y la ruedita dura de la goma de tinta. Las tizas ásperas. El pizarrón turbio. Las horas de transportador y escuadra sobre el cuaderno de clase (forrado con una tapa de Sintonía) y el de borrador con garabatos y manchones, como el lugar de la libertad. Aquellas horas de la tarde lluviosa, calcando los bordes de Arabia. El misterio de frica: las fieras, Stanley y Livingstone, las fuentes del Nilo y ese Sahara abierto y deshabitado, como debe ser lo puro. Y en una punta del mundo, como chorreando hacia el Polo Sur, la Patria, en el hemisferio azul, de casi puras aguas oceánicas, con el bombo de Samborombón y el pie desnudo de Tierra del Fuego, como tanteando el frío de las aguas del Antártico.

Los guardapolvos blancos, planchados en el melancólico atardecer de aquellos domingos. Y el gran moño azul con pintas blancas que sólo la madre era capaz de hacer, después del apurado desayuno. De eso me acuerdo. Lo demás no era tan interesante ni agradable: "Y ahora vos, Evita Duarte, que sos tan traviesa y voladora: Matemáticas 4, Historia 9, Lectura 6. Faltás mucho y sin la debida justificación. Pero si algo te puedo reconocer pese a todo, es que ninguna es capaz de recitar como vos. Tendrás que continuar, pues tienes un don especial..." Esa era la frase que yo necesitaba. Las notas no importaban.

¿Sabés cómo me inscribió mi madre en el colegio? Fue una de las suyas. No quería que yo fuese más distinta de lo que ya era. Todos mis hermanos, reconocidos, se llamaban Duarte, según los documentos. Así se los inscribió. Una mañana, no bien habíamos llegado de Los Toldos, la vi muy nerviosa, vistiéndose. Intuí que se trataba de algo importante y difícil. Fuimos para el colegio y pidió hablar con la directora. Le dijo: "Mi hija se llama Eva María Duarte, pero su documentación la perdimos en la mudanza. Tengo los documentos de todas sus hermanas, vea. Es injusto que pierda el año, sería un crimen, ¿no le parece?".

Me inscribieron provisoriamente y la cosa se fue olvidando. Ella creyó que yo no comprendía el problema. Es una ilusión de los grandes creer que los niños son niños. Fue siempre una invencible luchadora. Estaba tan contenta de su truco que al salir, olvidándose de que yo no debía comprender de qué se trataba, me guiñó el ojo.

En el colegio tuve mi prestigio. Fui la imaginativa, la inventora de travesuras y juegos, la recitadora de la clase (una declamadora bastante patética que trataba de imitar a Berta Singerman, cuya voz llegaba volando desde Radio Belgrano).

Era la dispuesta a la aventura. Era la que me pasaba la noche en blanco porque me habían dicho que a las seis saldríamos a escondidas para ir a cazar patos en la laguna, y eran las seis y nadie llegaba, porque se habían quedado dormidos. ¡Qué desilusión eran siempre los otros!

Pero era también la secretamente desprestigiada. ¡Me di cuenta de que se hablaba a mis espaldas desde los nueve o diez años! ¿Se da cuenta?: éramos las Duarte, que habíamos venido de Los Toldos, y decían que éramos de lo peor. Se ensañaban con mi madre. En la clase éramos chicos de segunda. Era como luchar con un fantasma. Eso es el desprestigio. Perón, que vivió en carne propia estas cosas, una vez me dijo: el prestigio bueno se quiebra como el cristal, el desprestigio se te pega como la tiña.

Además mi caso era más complejo: yo tenía un solo apellido aunque me hubieran engendrado dos personas (desde los nueve años sabía que yo era sólo Eva María Ibarguren).

Eso parece que fue un secreto a voces. Las reacciones fueron claras: muchos chicos del colegio tuvieron que dejar de frecuentarme; fue el caso de mis primeros novios, Ricardo Caturla, que por suerte lo llamaron para la conscripción, y Mario Sabella, que se había enamorado de mí, perdidamente como se dice, al verme cantar en "La Hora Selecta", en la vereda de la casa de música. La familia casi lo echa de la casa. Pobre. ¿Qué será de él?

Pero el poder es magnífico. Alabado sea el poder (y que los anarquistas que están en el cielo me perdonen). Ya en 1945, cuando nos casamos, obtuve una partida corregida. De eso se encargó Nicolini con sus amigos del Registro Civil de Los Toldos. Aquellos de tan comedidos se pasaron: yo misma me quedé sorprendida cuando al leer el acta, el jefe del Registro afirmó que yo había nacido en Junín, pero el 7 de mayo de 1922. Me regalaba tres años que, como se comprende, me venían de perlas. Una no siempre tiene la oportunidad de poder tener de rodillas a la burocracia. Nuestro amigo Ordiales, del Registro de Junín, constituyó su Registro Civil de Junín en nuestro departamento de la calle Posadas, en Buenos Aires. Era el 23 de octubre de 1944 a las siete y media de la tarde, cuando me hice justicia (aunque el acta de casamiento dijese que era el 22 de octubre).

PASABA LA CARRERA. Ernesto Blanco, con su auto embarrado. Los números enormes pintados en la puerta, ilegibles. Íbamos con Juan y mis hermanas y los amigos del colegio, y pasaban esos bólidos enfangados, luchando en la curva del aserradero. ¿Qué furia los movía?

Pasaban como queriendo huir de Junín lo antes posible. Zatuzek, que había cruzado los Andes marcha atrás, se decía. Riganti y también aquel de apellido casi impronunciable, Kartulowicz, "Kartulo", que yo encontraría después, en las vueltas del torbellino de la vida, como dueño de la revista Sintonía. (Y fue él, quien me daría aquella gran noticia efímera que me llenó de alegría y exaltación: "Eva, saldrás en la tapa de la revista en el número de la próxima semana".)

Aquel día había pasado él también, como un cometa fugitivo.

Y la carrera pasó, dejando el polvo suspendido en las curvas. Nosotros volvíamos en silencio, como desilusionados. Fue cuando aquel intento de novio conscripto, Ricardo Caturla, me dijo que me quería. Tuve que explicarle que eso era imposible.

—¿Imposible? —preguntó.

—Sí, imposible —dije yo.

—¿Qué quiere decir imposible? —insistió.

Y yo seguí caminando en silencio. Esa era la exacta palabra. Pero yo tampoco sabía el porqué. Imposible.

Yo hubiera sido "la señora de Caturla". Los Caturla tenían granja y negocio de pollería y venta de miel y productos lácteos, no sólo en Junín y Chivilcoy. Hubiera sido un verdadero disgusto para los Caturla que llegase el atolondrado de Ricardo a decirles que estaba de novio con la menor de las Duarte, una de las hijas de Juana Ibarguren, aquella que vino de Los Toldos...

Los autos de la carrera, en la curva de Sargento Cabral, derrapando y rugiendo con furia de gigantes enloquecidos. Y luego el silencio por la calle de regreso y la voz temblorosa de Ricardo Caturla, ofreciéndome un futuro, en Junín.

Una dulce eternidad, en Junín.

EL DEMONIO, EL MUNDO Y LA CARNE. Esta terrible frase del catecismo la usaba Juancito, el hermano de Eva, como si fuese el título de una película de Jean Harlow con Charles Boyer y Norma Shearer. Había prometido una excursión secreta a Eva y a Erminda para ir a ver la realidad del demonio, del mundo y de la carne, en directo, en alguna propicia noche de sábado estival.

Con mucho sigilo fueron hasta el burdel "Sin Nombre" por la calle Solís. Se apostaron detrás de la cerca de un potrero, frente a la entrada. Por las ventanas iluminadas sólo muy de vez en cuando se veía alguna sombra de mujer.

La clientela llegaba en vehículos de todo tipo, desde sulky y bicicleta, hasta el lujoso Packard de los invitados de la estancia Los Nogales.

Había gran excitación. Estaban apostados frente a frente al Mal. El demoníaco templo atendido por las polacas y francesas del Camino de Buenos Aires. Con vergüenza o fingido desparpajo entraban los solitarios: empleados de ferrocarriles, ruidosos niños bien que bajan de una camioneta con la insignia de una marca de ganado en la puerta.

Allí estaba, claramente, el mal, el peligro, la caída. El más atroz destino que podían tener las mujeres; las "garras del placer", como escribiera el poeta del suburbio.

El mundo del "pase", del permanganato; de purgaciones y garrones. Fangal surgido de la concepción mecánico-neopositivista según la cual lo sexual era considerado una imprescindible descarga higiénica. Tiempos de liberalismo desbocado en los que la esclavitud del prójimo puede ser considerada un ejercicio de la libertad o una forma de libre comercio. Cuatro o cinco mafias internacionales manejaban ese atroz tráfico con precio al kilo vivo (la Sociedad "Zwi Migdal", los franceses, el gallego Julio).

Albert Londres escribió durante esos años, con estilo cartilaginoso a la Paul Morand, la crónica de *El Camino de Buenos Aires*, la Thailandia erótica de aquella década, donde una esclava podía dejar ocho mil dólares libres de impuesto por mes. Se las reclutaba como ganado hambreado en los barrios pobres de Francia o en el gueto de Varsovia.

Espiaron fascinados, en silencio, desde la penumbra. Eva se había escurrido para mirar por una ventana que daba al potrero vecino. Se oía una rumba de Lecuona ejecutada por la "orquesta tropical". Eva volvió informando que los hombres esperaban en unos bancos largos, "como en el dentista", y que la mujeres no tenían estolas ni adornos de plumas de avestruz, andaban de batón. Eva pareció desilusionada.

Como era sábado, sobre la medianoche llegó la orquesta de tango. La orquesta nacional. De dos grandes taxis bajaron los protagonistas, los melancólicos del tango, con su palidez de máscaras chinas. Engominados, de traje negro y corbata de moño. Cada uno llevaba su instrumento que cuidarían de los vaivenes de la barca de la noche como si se tratase de una cesta de huevos frescos o de diamantes.

Sentimentales, siempre enamorados de la prostituta con hijo, pero fingiéndose implacables rufianes. En eterna lucha contra las caries, la acidez estomacal por las comidas de pensión de pueblo, y las recurrentes gonorreas, que en el ambiente burdelero adquiría la degradada rutina del resfrío.

Hombres del vino tinto o de la cocaína. Sacerdotes que esperaban ese instante en que la orquesta zafase de la rutina para alzarse en la creación de un instante musical sublime, logrado. Entonces parecían despertarse de la somnolencia del tedio, de la inefable derrota, de la nostalgia. Era cuando el aire espeso del burdel era renovado por la brisa virgen de algunas frases del violín de Agesilao Ferrazano o de Elvino Vardaro.

Volvieron en silencio, como avergonzados. Eva, que tenía catorce años, no supo que su madre había encargado a Juan que las llevara, para que viesen, para que comprendiesen el abismo del demonio, del mundo, de la carne que las amenazaba si abandonaban la protección de Junín.

1934, AÑO DE DEMONIOS Y DE NAVIDAD. Porque fue decisivo: en febrero Juancito tuvo que dejar Junín llamado al servicio militar. Fue destinado a Buenos Aires. Esto aceleró los proyectos de Eva y empezaron las primeras, feroces, discusiones. La rotunda negativa de la madre, apoyada por sus hermanas, por los novios de las hermanas (el doctor Álvarez Rodríguez y el mayor Arrieta) y por el mismo Juancito que ya había ido varias veces al Sin Nombre y creía que

Buenos Aires no sería otra cosa que el desbarrancamiento de la hermana.

En marzo Eva aprueba las dos materias que debía, geometría y dibujo, y termina el primario. El tiempo apremia: o salta o se queda. Se pasa horas en el cuarto, encerrada, ofuscada contra toda la familia, con la mirada clavada en la lámina de Norma Shearer. No quiere cantar en "La Hora Selecta". No responde a los mensajes que le manda Caturla para encontrarse en la vuelta del perro del próximo domingo.

A ella no se la sujetaba. Sabía sustituir la desesperación y la furia por la renovada determinación. Su madre amenazó con presentarse al juez de menores. Eva se negaba a ser maestra, a trabajar en un puesto del Correo o a iniciar el largo tedio matrimonial con el más apto de los pretendientes a su alcance.

Se la convocó ante toda la familia reunida en sobremesa dominical. Eva dijo que no soportaba la vida. No se doblegó. Todos conocemos ese griterío de la familia con razón, ante la sinrazón suicida del adolescente. Eva rechazaba el orden de los manteles, la paz dominical, los ravioles, el futuro y el orden del general Justo, que había decretado el fin del estado de sitio. "Serás pasto de los hombres." "Te venderán a los burdeles de Rosario o de Asunción." "Morirás de tisis."

Yo solamente puedo reunir lo que se me dijo por entonces. Todos supimos en Junín que Eva desertaba del orden y que no quería hacer carrera, nuestra carrera.

Eva tenía una sola carta apenas admisible: que Juan estaba en Buenos Aires, como conscripto en el Regimiento 1, y que quería probar ser actriz, pues todos sabían que había demostrado sobradamente su vocación. La otra carta era más bien disuasiva: mostró una tenacidad que, más que heredada de la madre, parecía provenir de su abuela gaucha, la soldadera, la abuela Petrona Núñez, capaz de emprenderla a lonjazos con la tropa borracha. Eva "tenía raza", como le dije en nuestro primer encuentro...

¿Quién era Magaldi?: un hombre con toda la quebradura moral de la inmigración. Triste. Como cantor se decía que tenía "una lágrima en la garganta". En 1934 alcanzó su apogeo. Su cuerda era la sentimentalidad, la queja, el tango como lloro de ausencia o como denuncia. Ante públicos obreros, como el de los talleres ferroviarios de Junín, cantaba piezas de inspiración anarquista como *Acquaforte*, *Nieve* o *Mis harapos*, con un fondo de guitarras afónicas, como envueltas en bufandas. Sus letras discurrían sobre las estepas nevadas y el confinamiento del revolucionario noble condenado a Siberia. Para alegrar con ritmo de fox-trot, cantaba otro gran éxito: *Tristezas del harén*, de Spadoñe: "Eres la favorita del Sultán/la de rostro angelical/la más hermosa del harén..."

Llegó en gira por Junín. Cantó en el cine-teatro, para la gente decente, y en un bar-burdel, para los más "divertidos". Es sabido que Eva obligó a su hermano Juan a comprar entradas. Una vez en el teatro, Eva se escabulló entre los cortinados y alcanzó el modesto camarín donde Magaldi templaba su guitarra y jugaba a las cartas con sus músicos.

Era una jugada atolondrada pero no ilógica. Ante la sorpresa del cantor, Eva le pidió apoyo para su propósito de ser actriz. Le dijo que sólo quería sus recomendaciones. Y que, como su madre lo admiraba como al mayor cantor nacional, le rogaba que la recibiera para explicarle que era posible ser actriz en Buenos Aires, y que él mismo lo había hecho de muy joven abandonando la ciudad de Rosario.

Aburrido, desorientado, Magaldi se expresó más o menos como la familia de Eva: destacó más los peligros que las posibilidades. En el camarín, una mujer bostezaba y se pintaba las uñas; Eva seguramente presintió que no la consideraba como eventual competencia sexual. Como diría Pierina Dealessi, "Eva era una cosita transparente, delgadita, finita, tanto que no se sabía si iba o venía, cabello negro, carita alargada".

Eva lo convenció por fin de que recibiera a su madre y a sus hermanas.

Por ese entonces habló también con su maestra, que siempre había creído en su posibilidad artística. La instó a que hablase con su madre y toda la familia congregada. Pero la señorita Palmira también vio más el peligro que el posible logro. Se negó. Le habló de las enfermedades venéreas, de Buenos Aires como un *maelström* implacable. Afirmó que no podía asumir semejante responsabilidad. La señorita Palmira se explayó sobre la perversidad de los hombres, la debilidad de la mujer y el valor de la honradez.

De las dos interlocutoras en aquel largo atardecer de octubre de 1934 en el aula vacía del colegio, tal vez una de ellas ya no era virgen.

Eva, sin saberlo, adoptaba como lema un verso capital de Whitman: "Muchacha, nadie puede hacer por ti tu propio camino".

YO LE DIRÍA QUE FUE POR ENTONCES, en aquel clima de huelgas, silencio peligroso y persecución de dirigentes sindicales (los componentes básicos de esos años que algunos llamarían "la década infame") cuando Eva conoció a Damián. Un personaje quizás decisivo para su vida secreta. Eva ya no tenía que ir al colegio, tenía todo su tiempo para ir y venir por la ciudad, llevada por la violencia de su propia ambición, por su propia revolución.

Probablemente ya en Los Toldos la familia Duarte habría tenido algún contacto con él, pues era trabajador de los ferrocarriles, aunque su fin no fuese precisamente el trabajo sino los trabajadores.

Poco antes de morir, Martín Prieto contó la historia de este Damián, un hombrecito increíblemente tenaz en su carrera hacia la fatalidad y la muerte. Treinta y tres o treinta y cinco años, flaco, austero, con barba siempre de dos días donde se podría raspar un fósforo Rancherita y encenderlo, vestido invariablemente con traje de fajina del que usaban los peones de los talleres ferroviarios, para poder disimularse en la masa cuando se producía algún control policial. Admirador de Simón Radowitsky, quien había sobrevivido a veinte años en las heladas mazmorras de Ushuaia, le parecía indecoroso el lujo de estar refugiado en los vagones abandonados y poder comer salteado, interrumpiendo su casi eterna dieta de mate con galleta de campo. No se le conocía la sonrisa. Era anarquista. Se había iniciado en el sindicato de fora y luchaba empecinadamente contra la tendencia razonable de los obreros a creer en el socialismo o en el comunismo, sin comprender que sólo eran la cara oculta de la misma luna burguesa. Que ambas ideologías compartían la misma adoración fatal: el Poder, el Estado.

Damián había militado cuando la feroz represión patagónica en tiempos de Yrigoyen y había asistido a algunas reuniones en Buenos Aires con Severino di Giovanni y Paulino Scarfó. Había sido enviado para preparar el levantamiento de los ferroviarios de Junín. Repartía o leía artículos de *La Protesta* y de *Antorcha*, explicando sus necesarias disidencias personales. (En los folletos había un epígrafe ilustrativo: *El mundo no será mundo mientras no se cuelgue al último cura con la tripa del último militar.)* Era un duro.

Uno de esos que consideran que toda vida es provisoria y que todo momento de felicidad personal es una traición. Uno de esos que llegan a la política con el sentido de lo absoluto y que no sólo pretenden cambiar el mundo sino fundar una nueva Jerusalén. Su ídolo ideológico era Eliseo Reclus y aspiraría a la muerte noble del anarquista: frente al pelotón, como Severino di Giovanni, Sacco o Vanzetti...

Sus ardientes monólogos estaban encaminados a denunciar la farsa del capitalismo, el opio religioso y las mentiras convencionales de la humanidad. Creía con la pureza de un niño, pero como fue común en la desdicha neorromántica del anarquismo, imponía su creencia con la implacabilidad de la hiena. Había terminado por instrumentar su propia vida al servicio de su causa, hasta el punto de transformarla en una daga o en un Colt .38.

Los días de Damián Gómez estaban contados, como los de todos los anarquistas de acción, después del fusilamiento de Severino di Giovanni en la Penitenciaría de la calle Las Heras en la madrugada del 1º de febrero de 1931. Huía de las requisas policiales pasando de un vagón abandonado a otro. Eva seguramente se deslizó en alguno de esos vagones mientras Damián aleccionaba a trabajadores quietos, vestidos con sus overoles manchados, que escuchaban a su redentor rojo. Seguramente Damián mechó pasajes de Di Giovanni y de Reclus: "Vivir monótonamente las horas grises de la gente común, de los resignados, de los acomodados, no es vivir. Eso es solamente vegetar. Eso es sólo arrastrar una masa de carne y huesos. ¡A la vida hay que ofrecerle la exquisita elevación de la rebelión del brazo y de la mente!"

"¡Agitar las almas! ¡Vengar a los cados debe ser la orden de todo revolucionario, hoy, mañana y siempre! ¡Podemos triturar la prepotencia burguesa con nuestra santa ira y arrastrarla en la avalancha de nuestra rebelión incontenible! ¡A la acción, rebelarse, levántense! ¡Sean implacables! ¡El que perdona se condena! ¡No caigan en cristianismos de ninguna especie!"

Fue allí, en ese sórdido vagón del Ferrocarril Oeste, iluminado por un exánime candil a querosén, cuando Eva escuchó por primera vez las palabras explotación, revolución, represión, Marx, rebeldía, pan y trabajo, burguesía, Sorel, capitalismo, etcétera. Aunque no entendería el contenido de esas palabras —como seguramente apenas las comprenderían esos obreros inmóviles y mudos, fascinados por la furia santa de Damián— Evita debió sentir por primera vez que estaba ante la presencia de lo justo. Y por primera vez debió de haber experimentado la fuerza del poder, la atracción, el carisma de ese hombre que inventaba la libertad y la vida ante esos entes fatigados que lo rodeaban mudos. El poder de Damián era el poder negro, nacido del que paga con su propio sacrificio. El aura del condenado a muerte que levanta su palabra en el fondo de la catacumba ya sitiada por los romanos.

Eva se quedaba escuchando al apóstol. Sometida, como todos los presentes, al carisma de aquel iluminado de la muerte y de la lucha sin tregua.

Eva mantendría su mirada fija, sin disimulo, y seguramente surgió en ella un impulso de deseo o de amor.

Tal vez, como analizaba Prieto, hubo en esa chiquilina que le llevaba cosas a escondidas, una extraña confusión entre la primera atracción (física) y la fascinación de ese poder del subversivo que ya se sabe derrotado de antemano. Ella le llevó ropa zurcida a la salida del colegio, después algunas provisiones o tabaco. Y en algún momento en que estuvieron enfrentados y solos, ella, como haría casi siempre, se decidió a pegar el salto superando sus terrores y desafiando a Junín, a su madre y a todo el Universo, y sin que él haya dejado de mirarla, en silencio, le debe de haber dicho "Sí, quiero, sí".

Diría Martín Prieto: "Para mí, ese solo acto me hubiese bastado para admirarla toda la vida. En ese instante tuvo el coraje de saltar el Rubicón del mito de la virginidad. Tal vez la chiquilina insignificante se dijo: Bueno, ya he cometido lo peor, lo que tanto se teme, la desgracia. Ahora que se guarden la gracia para ellos. Ya soy libre porque me zambullí en lo peor".

Todo eso debió de ocurrir por octubre de 1934. Damián fue detenido, a finales de diciembre, e inmediatamente transferido a Buenos Aires. Los hombres de Orden Social se ensañaron brutalmente con él. Fue espantosamente torturado para que delatase a sus cómplices. Se acababa de estrenar el sistema de la picana eléctrica, usando como fuente energética baterías de camiones. Aquellos toscos obreros, subrepticias sombras azules que se deslizaban por las vías muertas, seguramente informaron a Evita lo ocurrido y le pidieron que desapareciera y callara para siempre.

Nunca hubo un comentario. Nadie puede saber lo que sintió al verse despojada, arrancada de esa incipiente relación.

Tal vez todo aquello fue como echar aceite en el caldero de tensiones que vivió Eva en aquellas semanas. Según Prieto, cuando llegó a Buenos Aires, en los primeros días de enero, quemados todos los puentes y naves que la unían a Junín y a su familia, Eva se presentó en la cárcel de encausados. Hizo la cola junto a las desdichadas mujeres, las madres, hermanas o prostitutas de los detenidos, pero nunca pudo alcanzar a ver a Damián, que aparentemente seguía con vida. Dicen que se presentaba como su hija natural, para ser más o menos oída por los carceleros de guardia. Pero ocurría que Damián no tenía "causa". Se lo mantenía detenido por infracciones imaginarias:

ebriedad, desorden callejero, por orinar en la vía pública. Y de treinta en treinta días se lo retenía sin defensa alguna. Se sabe que lo mataron con torturas los de Orden Social, que procedían con carta blanca, impulsados por el hijo de Lugones, que había transformado el heroico llamado a la "hora de la espada" de su padre en la hora de la picana eléctrica y del látigo del esbirro.

Algún día, en la cola de la cárcel, alguna compañera del anarquista se debe de haber acercado a la chica esmirriada, a "la hija de Damián", y le susurraría la verdad del crimen. "Lo mataron."

Esta fue la versión de Martín Prieto que por cierto Eva tuvo en el más absoluto secreto.

Ese era el segundo secreto de la vida de Eva. Jamás dijo palabra sobre ello, salvo a su hermano Juan y en una carta alusiva a Perón, al comienzo de su relación, cuando alguien de Junín la había difamado ante él.

EVA RESISTIÓ todas las amenazas y los peores vaticinios de todos. Comprendió, quizás, que nadie en el mundo podía darle razón en lo que pretendía. Sabía que era menor de edad y que podrían frenarla con el juez de menores o con una denuncia policial (pero ella era consciente de que no se atreverían a tanto escándalo. No sería extraño que, con los rumores que corrían sobre el pasado de doña Juana, el juez pudiese ordenar la internación de la chica en alguno de los horrorosos institutos que sólo sirven para acelerar o precipitar la perdición de la gente).

Lo cierto es que en las fiestas de fin de año de 1934, Eva era una rencorosa exiliada en su propia casa.

Se impuso. El 3 de enero viajó de Junín a Buenos Aires. Llegó a Retiro a las ocho de la noche. Aquellas fueron las horas más exaltadas que había vivido.

Jamás la vida la pudo atrapar con semejante carga de pasión de existir, de poderío, de posibilidad.

Dejó que el aire de la pampa la golpease. Aspiró el humo de la locomotora como una droga de liberación. ¡Alegría de nacer! ¡Alegría del mar abierto! ¡Zarpar! Ser. Dejaba atrás su pasado y el de todos. No sintió culpa. Supo que iba hacia sí misma. Quizás intuía esa extraña palabra que había visto como nombre de un bar de mala muerte en una esquina de Junín: "El Destino".

Tenía la valija marrón asegurada con una piola anudada. Y sobre la barriga, el sobre de género que doña Juana le preparó como última condescendencia, entre rezongos y gritos, con un cierre relámpago y un bordado de hilo azul que decía "Evita". Allí estaban los billetes de a cinco pesos de la malhumorada ayuda familiar para las primeras semanas de pensión.

Zarpar. Ser. La ansiedad puesta en movimiento, transformada en apuesta. Alegría del mar abierto.

Ya nunca podrá olvidar el olor profundo del humo de la locomotora ni las húmedas nubes de vapor caliente que se alzaban al arrancar.

El que parte para un nacimiento de aventura abre la ventanilla y respira el aroma del campo abierto. Agreste perfume de cardales: el polvo de la tierra reseca en la tarde de enero. Los postes sucediéndose en el marco de la ventanilla. Las alambradas, los lejanos puestos con sus arboledas y el oasis del molino.

Sintió, como todo aquel que parte hacia el riesgo, que ese día la Patria era lo abierto del espacio y ese tiempo desatado de toda costumbre. Que ésa era la libertad.

Y la estrepitosa alegría lanzada del tren, con su canto salvaje de metales, huyendo frenéticamente de lo cotidiano, de lo quieto y repetido. Con toda la esperanza de lo desconocido y de lo nuevo. Ruedas decisivas, sin retorno.

El viento y el jadeo de vapor y hollín revuelven su cabello y se deslizan hacia el pecho y las piernas como el juego de un ángel salvaje e irreverente.

Más tarde, en el larguísimo atardecer, el tren se desliza lentamente por el laberinto de rieles que parten la gran ciudad mítica. Y se detiene en los andenes de asfalto oscuro, bajo el gigantesco hangar de Retiro, donde nadie la espera más que ella a ella misma.

Ahora se trata sólo de unos meses. Meses rápidos, con semanas que caerán vacuas, como días secos, como hojas secas.

EVA SONREÍA EN LA PENUMBRA DEL LECHO, el ataque de la enfermedad fue terrible durante la noche. Tres alfilerazos profundos la mantuvieron aterrorizada. El ejército de células del mal avanzaba como una cuña al parecer invencible. El fuerte analgésico la arrebujaba, sentía el calor de la cama como una envoltura maternal. Se sucedían pensamientos dulces, en el borde de la sueñera causada por los antibióticos y el calmante. Sonrió entre las sábanas cuando se vio llegando a la casa de Magaldi, en la esquina de Alsina 1700. Con el papel de la dirección estrujado en la mano y después de tomar tres tranvías equivocados desde su llegada a la estación de Retiro. Era el 3 de enero, y era una noche de pesado calor. Eva subió con su valija de cartón desde Entre Ríos y vio el auto policial parado en la esquina que buscaba. Se había producido otra descomunal trifulca entre la señora Miserendino, Magaldi y la actriz que lo había acompañado a Junín, la "nueva señora Magaldi", como decían respetuosamente los vecinos. La puerta estaba abierta y los curiosos comentaban el escándalo. El comisario, honrado de haber tenido que intervenir en casa de un famoso, bajaba las escaleras que Eva subía.

Magaldi estaba echado en el fondo de un sofá, con sus piernas desnudas, muy blancas, cubierto por una *robe* de seda. Sobre el aparador, el cuadro de la abuela Coviello estaba inclinado y con el cristal roto. Era una rotura fresca: una ensaladera arrojada contra alguien había mancillado la memoria de la que reposaba eternamente en el cementerio de Rosario. Magaldi tenía los ojos rojos, como si hubiese llorado. Tenía la expresión, en su mirada amplia y plácida de cordero, de quien yace en la extenuación final del vencido por un alud. Las dos mujeres dejaron durante un instante de insultarse y vieron pasar a la esmirriada niña que atravesaba la sala con una valija, que en manos de su fragilidad parecía enorme y pesada.

Magaldi, sorprendido, se incorporó y trató de ser gentil en aquellas circunstancias. Casi no recordaba que le había ofrecido hospitalidad para la primera semana de sondeos en Buenos Aires. Todo lo de Junín le parecía remoto, olvidado.

Las mujeres se insultaban con renovada violencia. Magaldi condujo a Eva através de la cocina hacia un cuarto trasero. Le señaló una panera y una heladera de madera con serpentina para el hielo, donde él acomodaba sus botellas de cerveza Quilmes. Había una cama, un armario con la luna rota y una bombita de luz que pendía de un triste cable trenzado cubierto de pelusilla de polvo. "Aquí estarás bien, hasta que las cosas se arreglen", dijo Magaldi con optimismo.

La pelea recrudeció en varios momentos de la larga noche caliente sin tregua de frescura. A la mañana se despertó con la luz que llegaba del tragaluz. Se asomó con prudencia y descalza. Todo estaba en silencio como después de una batalla en que todos los bandos hubiesen sido exterminados. Magaldi dormía pesadamente en el fondo del sofá. No había rastros de las mujeres. Eva comió con avidez pan todavía blando untado con manteca casi rancia.

En la noche siguiente el conflicto recrudeció casi con la misma intensidad del día de su llegada. Las acusaciones e insultos alcanzaron lo inconcebible. Magaldi empezó a hacer airadamente su valija intentando iniciar una gira antes de lo programado. Tuvo la gentileza de dejarle a Eva varias tarjetas de presentación para gente de teatro. En un momento de la noche, Eva sintió que la puerta de su cuarto de servicio se abría. Era Magaldi, mortificado, que traía la guitarra —su objeto más preciado— y la ponía cuidadosamente arriba del armario. La protegía de un seguro recrudecimiento de la confrontación, de alguna atroz amenaza femenina ya que las mujeres saben golpear en lo que más quiere su enemigo. Pensó que Eva podría no estar dormida y en la penumbra hizo señas de complicidad o excusación que la joven no pudo comprender.

Al mediodía siguiente se resolvió a atravesar otra vez la peligrosa sala en guerra. Sólo había una de las mujeres contenciosas, la señora Miserendino, con los ojos hinchados, devastada por el amor. Alcanzó a hacer un gesto de saludo a la chica que se deslizaba como quien huye entre dos fuegos. Eva dijo algo agradeciendo la buena voluntad y una generosidad hospitalaria necesariamente interrumpidas por la catástrofe.

En la calle debe de haber respirado el aire a sus anchas. Caminó hasta la avenida Entre Ríos. Frente al imponente Congreso (donde entraría triunfalmente, escoltada por los Granaderos a Caballo, diez años después) puso la valija marrón en el suelo y preguntó si Callao quedaba muy lejos. Callao empezaba allí, donde apuntaba el brazo del vigilante: debajo de esa torre que parecía fugada de Nuremberg, con la insignia de la confitería Del Molino.

Eva seguramente se acordaba del relato de Damián hablando ante los ferroviarios en huelga y contándoles la pasión y muerte de Severino di Giovanni.

Su *via crucis* había empezado en Sarmiento y Callao, en las puertas de la gran tienda de cristal que había sido la antigua casa Moussión y Cía. Eva se detuvo ante el galpón de Callao 335 y se maravilló mirando el número, sobre la misma chapa ovalada y azul que había señalado los últimos momentos de furia y gloria de Di Giovanni antes de ser atrapado.

Seguramente le pareció que aquella esquina le traería suerte o la ilusoria seguridad de un *mandala*. Entró en la primera pensión que anunciaba su categoría con un anuncio de cartón despintado.

Eva recuerda. Se adormece en la entrega del calmante y en la tibieza de la cama. Sonríe Eva recordándose, olvidada de la atroz amenaza de la punzada del mal. Magaldi con su cara amplia y clara, itálica, escultural. A Eva le recordaba al general Belgrano del libro de lectura. Pero con un chambergo de ala baja, de gángster de Chicago que siempre estuviese lagrimeando.

Le parece que todo es agradable e infinitamente cómico.

HOY, 28 DE SEPTIEMBRE DE 1951, LA ENFERMEDAD COINCIDIÓ NOMÁS CON EL GOLPE MILITAR. La intentona de los generales moralizadores y nacionalistas. No hay ninguna jactancia en eso de que yo identifique la suerte de mi esmirriado cuerpo con la de la robusta República. Pero la verdad es que empezamos a llevar una vida (o una crisis o una muerte) paralelas. El día que me dieron esos fuertes calmantes después de la radiación, fue cuando ellos se decidieron por el asalto al poder.

El viejo general Menéndez, abandonado por casi todos los que lo habían acompañado durante la conspiración, se largó patéticamente con una brigada de tanques claudicantes. Pensó que el resto del Ejército, y sobre todo la Armada, lo seguirían desde que se pusiera en movimiento. Pensó que pasaría como con Uriburu en 1930, cuando se lanzó contra el gobierno radical de Hipólito Yrigoyen. Pensó también que "la gente decente" se lanzaría por las calles: los abogados gorditos de la calle Santa Fe, los dentistas progres, los chicos democráticos de la FUBA, las señoras que juegan a la canasta (señoras profesionales), los oligarcas, los cagatintas radicales, en suma, todos los protagonistas del Ternero Alegre. Todos en una explosión de santa ira contra Eva, la ramera bíblica, la ramera babilónica. La Corruptora.

Las células malignas se congregan, se alistan, antes de cada ataque o contraataque. Esto se lo escuché decir ayer mismo al doctor Iacapraro que hablaba con mi afligida hermana Erminda. (Cuchicheaban en la biblioteca, sin darse cuenta de que yo me había quedado cerca del cortinado al regresar del baño.) Iacapraro dijo que recién ahora se está conociendo la conducta de esas células. Si entendí bien, tienen costumbres que las asimilan a las ratas: cuando se ven atacadas y a punto de desaparecer, responden reproduciéndose (como los pobres, los desvalidos del mundo), cuando se ven perdidas por la inundación o el fuego, se lanzan a verdaderas orgías sexuales en sus madrigueras. La tribu responde con lujuria y fecundaciones al desafío destructor.

Según el doctor Iacapraro, mis células enemigas (mi contravida, mi contracuerpo) proceden en forma parecida. Así se explica que después de la medicación, el 23 por la noche hayan estado en condiciones de lanzar una ofensiva atroz. Fue la noche del feroz "alfilerazo" que por momentos me pareció una estocada final, un rejón de muerte. Era una cuña en la carne viva, como alguien desde dentro con un cuchillo... Fue a la una de la madrugada y me desperté en el mador y el temblor del agonizante. Es imposible describir el supremo dolor físico, del mismo modo que no podemos describir el extremo placer, el placer total del amor, por ejemplo.

Lo cierto es que el general Menéndez se decidió a salir. Desempolvó su uniforme de oficial retirado y se apersonó en los cuarteles de Campo de Mayo, completamente seguro de representar la moral pública y de ser el jefe de la cruzada restauradora del bien. Un capitán llamado Lanusse había ya tomado, a las tres de la mañana, la puerta Nº 8. El viejo arengó a la oficialidad de Caballería, gente más bien de la oligarquía ganadera. Ordenó poner en marcha los tanques, pero se encontró con que muchos no funcionaban y que otros estaban descompuestos. Nuestra quinta columna de suboficiales había actuado y es una experiencia que debemos tener en cuenta para nuestras futuras batallas con la prepotencia militar... Habrá que premiar a los suboficiales que cumplieron con el deber peronista, en forma escandalosamente generosa, para que se sepa, tal como premiaba Nerón a su guardia pretoriana. Otorgarles, por ejemplo, una orden de importación libre de un coche a cada uno de ellos, un Mercedes. Y habrá que hacer un héroe del suboficial que murió en el tiroteo, el cabo José Farina, que dicen que fue herido por el hijo del mismo Menéndez.

Parece que sólo arrancaron cuatro tanques de los grandes, con oruga. Los camiones no llevaban más que unos doscientos cincuenta soldados. Menéndez se ubicó al frente, en un coche de comando, y parece que tardaron una hora en alcanzar el Colegio Militar, pero allí nadie se plegó. Los tanques siguieron tosiendo hacia la capital y el viejo Menéndez tosería a su vez, en el aire frío de la madrugada... Iba hacia su desilusión definitiva: en San Justo tenían que reunírsele las unidades de la Tablada, que habían tomado el aeropuerto de Morón. Allí se quedó esperando, fumando calmamente mientras la mañana se hacía y sus tanques eran mirados con curiosidad por los empleados y obreros que iban hacia la Capital en colectivos, como todos los días. Se estaba pudriendo como un sábalo bajo el sol. ¿Dónde estaban los que toman claritos y comen traviatas en el Petit Café? ¿Y los marinos que casan a su hija en la París? ¿Y los gorditos de la FUBA? El Ternero Alegre se había desentendido del general Menéndez.

Ya las unidades de represión habían salido y la CGT había sacado su gente a la calle, y a las tres y media de la tarde, mientras yo estaba en mis ensoñaciones, el General había hablado por la red de difusión nacional, comunicando el "estado de guerra interno" y prometiendo el más duro castigo para los traidores...

Por orden de Perón, Renzi me había desconectado la radio. Mi radio de bakelita amarilla. Dijo que la llevaba a arreglar porque tenía una lámpara quemada. ¡En realidad me habían desenchufado a mí de ese día decisivo! Me dejaron vagando por las calles de Junín buscando algo discreto para contarle a mi autobiógrafo oficial, el señor Penella de Silva, en cuanto viniese; o rememorando la cara redonda, dulce, llorosa de Agustín Magaldi cantando *El Penado 14* en el bar Los Inmortales de la esquina de Inglaterra y Rivadavia, en Junín.

Sólo a las seis de la tarde entró el General para darme los detalles apuntados. Se reía, trataba de reírse. Adivinaba mi furia. Dijo que se trataba de una chirinada cómica que le serviría para depurar al Ejército de los enemigos que le quedaban. Dijo que si hubiese habido alguna verdadera sorpresa o peligro en la asonada de Menéndez y su brigada de tanques lentos, me lo habría comunicado.

—En todo caso, voy a hablar a las nueve de la noche. Convocaré a la red nacional... —dije con mi peor voz, la única que podía encontrar en ese momento. El General salió hacia la biblioteca y desgraciadamente no recordé que ya estaba Penella de Silva esperándome para corregir las pruebas de *La razón de mi vida*, porque grité:

—¡Me imagino que ya habrás dado orden de fusilarlo! ¡No quieren que una mujer esté en el poder, pero no vacilan en sacar los tanques a la calle en contra de la Constitución y de las leyes! Si hubiese llegado a la Casa de Gobierno, él te habría fusilado. Y a mí también, como a Claretta Petacci. ¡Fusilarlos!, ahora o nunca, para que nada siga igual. ¿Cómo es posible que ese viejo salga para acabar con nosotros y nosotros, que tenemos la mayoría nacional, el pueblo y la Constitución detrás nuestro, no hagamos lo mismo? ¡Fusilarlos! Antes del amanecer. ¡Lo que no se hace en las primeras veinticuatro horas no se hace nunca!

Todavía debe de quedar bastante vida en mí porque soy capaz de una explosión semejante, casi vergonzosa, como en mis mejores tiempos. Di la orden de instalar la red nacional de radiodifusión a las nueve y fui al baño para prepararme. Me di cuenta de mi increíble debilidad, me tuve que sostener del lavatorio y, para ahorrar fuerzas, me dejé el camisón como blusa. Es evidente que el jefe de las células malignas es más apto que el viejo general Menéndez. Me puse medio pote de colorete. Mientras me peinaban, por uno de esos juegos de la indominable conciencia, estuve en Radio Belgrano (¡hasta veía el óxido del micrófono!). Yo era Catalina de Rusia: "Que se dé muerte al preso Número Uno, el pretendido zar, en caso de que la conspiración ponga en peligro la seguridad de las Rusias. ¡Orlov! ¡Pronto, príncipe Orlov!" Y Orlov (que era Pablo Racioppi): "Majestad, me permito sugerirle se proceda con piedad con ese condenado que es juguete de los boyardos, los verdaderos enemigos de nuestro Imperio, los dueños de la tierra..."

Me senté en el sofá, frente a los micrófonos regimentados en la mesa ratona china. Intenté improvisar y fue todo muy malo, porque no podía mantener la voz firme.

"El general Perón acaba de enterarme de los acontecimientos producidos en el día de hoy. No he podido estar esta tarde con mis descamisados en la Plaza de Mayo de nuestras glorias. Pero no quiero que termine este día memorable sin hacerles llegar mi palabra de agradecimiento y de homenaje, uniendo así mi corazón de mujer argentina y peronista al corazón de mi pueblo, que hoy ha sabido probar, una vez más, la grandeza de su alma y el heroísmo de su corazón. Lo mejor de este pueblo, que es Perón, tiene que ser defendido así, como hoy, por todo el pueblo. Yo les doy a todos las gracias en nombre de los humildes, de los descamisados, por quienes he dejado gustosa en mi camino jirones de mi salud, pero no de mi bandera..."

Y así seguí a los tumbos, improvisando, viendo que el micrófono central se duplicaba, como cuando una está borracha. Y me precipité, con la voz como arrastrándose entre cristales rotos y con quiebros de lágrimas incontroladas:

"Yo espero estar pronto en la lucha con ustedes, como en todos los días en estos años felices de esta nueva Argentina de Perón, y por eso les ruego que pidan a Dios que me devuelva la salud que he perdido, no para mí, sino para Perón y para ustedes, mis descamisados..."

¡Lloraba! Para colmo me había sentado sobre la pierna izquierda y se me durmió. Vi el tobillo demasiado hinchado. Me tuve que masajear. ¿Pero quién masajeaba mis brazos exánimes como dos cuellos de cisnes?

Me pareció que Penella y los técnicos hacían como de no ver. Por suerte el General estaba ya arriba, en la puntualidad de su cena.

Pese a mi malhumor, era evidente que él era el triunfador y que mi "renunciamiento" a la vicepresidencia del 22 de agosto pagaba su rédito: los de Córdoba no se habían plegado, tampoco los marinos.

Eché con grosería y rabia a las dos enfermeras nuevas, tan bonitas, que vinieron en mi ayuda para tratar de masajearme la pierna hinchada y dormida como un ser extraño a mi cuerpo. El General no volvía porque se daba cuenta de mis estallidos de furia, como los aguaciles de campo que saben intuir la tormenta de verano. Cuando esto pasa, se escabulle como con vergüenza o vergüenza ajena, con la cabeza ligeramente echada hacia adelante.

Como vi pasar al desdichado de Renzi hacia la biblioteca, pese a que los técnicos estaban enrollando los cables, le grité inmoderadamente como a un traidor por haberme desenchufado la radio y el teléfono. Creo que hasta le dije que faltaba poco para que yo lo desenchufase a él de la vida, con mis matones (que siempre nombro pero que no existen). Que lo desenchufaría a él y a su madre. "¡A vos, a tu madre y a tu puta descendencia!" Parece que grité, pero me cuesta creerlo. Pobre Renzi.

Me ardían las mejillas, pero más como al enfermo que como al iracundo. Quería ser llama, espada, fuerza, explosión. Tomé un pedazo de papel y anoté una frase que dejé en la mesita del corredor, a la puerta del dormitorio del General. No me importaba el cuerpo, pero era el cuerpo quien me traicionaba. Logré alcanzar la cama y me desvestí con el apuro desesperado del borracho a punto de caerse. La ropa quedó al borde de la cama. Estaba en un estado calamitoso y creo que fue una de las primeras veces que pude medir mi enfermedad en relación a sentir que ya la cama era mi espacio natural. Un prolegómeno del ataúd. Era como cobijarse en el vacío o en la nada. En todo caso era confortable. Desde la tibieza del lecho todo se veía de lejos. Incluso los hechos peligrosos de ese 28 de septiembre que ya acababa. Como desde muy lejos vi a los dos protagonistas del día. Vi al General, en la mesita redonda de arriba comiendo su eterno bife con dos papas hervidas. Lo vi tomar lentamente su copa de vino Nebiolo. Después saca un cigarrillo y lo enciende. No está feliz, el triunfador.

Y también vi a Menéndez imaginándome vagamente cómo podría ser su rostro. Está también solo, detenido en el Regimiento I de Palermo. Imagino el mismo gesto: saca un cigarrillo negro, también seguramente un Particulares fuerte y lo enciende. No puedo odiar a ese viejo guerrero. Más que el presumible odio, siento cierta admiración por ese general de uniforme apolillado capaz de la patriada (o mejor, la antipatriada) de largarse con sus tanques desvencijados como un Quijote pampeano, seguro de la victoria y la moral.

Tuve la sensación de que eran dos protagonistas de un mismo y muy antiguo juego. Es como una historia de braguetas, esta historia argentina.

Ojalá que las células malvadas que dirigen la brigada que me propina los alfilerazos nocturnos tengan un jefe tan políticamente inhábil como Menéndez. Y ojalá que Finochietto, Taiana y los otros se decidan a fusilar a esos jefes, que no piensen en componendas con el mal.

De enjuague en enjuague, como una camiseta, se termina perdiendo el color. El rojo se vuelve rosado y el azul y blanco termina transformándose en un reflejo amarillento.

La frase que dejé anotada en la entrada del corredor decía: "No podemos quedarnos tranquilos porque la cosa haya terminado en chirinada. Sería como quedarnos conformes y contentos porque sólo nos hayan escupido en vez de habernos tumbado de un puñetazo."

BUENOS AIRES ERA UNA FIESTA, para los que podían. Más que de la habilidad de los arquitectos (que solían ser franceses o belgas), su *chic* elitista y aristocrático dependió del azar. Cuando la visitó Le Corbusier dijo que era un caso perdido. El único ejemplo de una ciudad que en vez de volcarse hacia ese espléndido río-mar, prefiere caerse hacia dentro de sí misma, como negándose a perder la intimidad de empedrado, corralón, parecita baja.

Por ese entonces, los años 30, la ciudad estaba asolada por deliciosos flagelos: el esnobismo; el culto de la hembra y la prostitución-refinada o masiva; el tango; el pacto económico argentino-británico "Roca-Runciman", que permitía usar gabardinas inglesas y sombreros Borsalino legítimos, pese a la gritería de la izquierda moralizante; la pasión por la noche; la droga como "toque", no como suicidio, y un extraño respeto por el arte y la creación. En los burdeles se tomaba whisky escocés; Carlos Astrada viajaba a Friburgo para transformarse en respetado discípulo de Martin Heidegger.

Los hijos de los italianos, españoles, judíos y alemanes ponían la fuerza motriz. Las estadísticas de 1930 ubicaban a ese pueblo venal, injusto pero inesperadamente interesante, como la séptima potencia económico-financiera del mundo.

La vida parecía preparada para los ricos (hombres), los fuertes y los aventureros de toda especie. Era una sociedad pagana, poco antes de su decadencia. Sí, era la Reina del Plata.

Por una extraña ocurrencia de los próceres del siglo XIX, los argentinos ingresaron en el siglo XX por la puerta grande, con paso de príncipe heredero, con insolencia de hijo de rico. Alguien, alguna vez, seguramente Sarmiento, Avellaneda, Roca o Alberdi, pensó que esos desiertos podían ser no sólo una nación, sino la primera nación del mundo. Algo que también imaginaron Jefferson y Lincoln para otro desierto igualmente poblado por el aluvión europeo (y la desdicha africana en ese caso).

En aquella década de atolondramiento y olvido, los ricos se creían eternos, los pobres se creían de paso por la pobreza (como quien tomó una senda equivocada antes de la gran avenida) y la gente de clase media creía que sólo la cultura y la universidad cambiaban definitivamente la vida personal.

Los criollos, vencidos por el alambrado y la instrucción obligatoria, se podían permitir la filosofía del estar y del dejarse estar, omitiéndoseles el trajín inelegante del ser y del hacer.

Discúlpeme que apunte estas cosas, pero las creo necesarias. De esa década se dijo cualquier tontería. Pero fue una culminación de nuestra calidad de vida. Es verdad que no había democracia desde que el golpe del 30 expulsó a Hipólito Yrigoyen del poder. ¿Pero a quién le interesa esa vacua geometría de derechos electorales? La democracia nunca había existido en la Argentina, ni con Rosas ni con Urquiza, Sarmiento o Roca. La democracia no fue cosa de gobierno ni forma de gobierno. Fue costumbre del pueblo. Hecho cotidiano, no institucional.

Los argentinos son casi indiferentes al grado de despotismo de sus gobiernos. Su democracia real y su aventura de vivir no les parece que tenga relación con las formas institucionales de la democracia.

Es curioso: los tiranos no pudieron con la libertad de la gente, con la libertad de cada día. Será por el espacio abierto, el desierto libre, digo yo... ¿Quién puede esclavizarte o robarte tu libertad cuando sabes que basta partir hacia el espacio abierto del desierto, para reencontrar la verdadera libertad?

Para Eva, la verdad, más que de una fiesta se trató de un sueño. O mejor: del ensueño de la ambición y de las batallas del triunfo, que es como una borrachera divina que nos hace aguantar cualquier extremo. Ella misma lo dijo: "Viví como mareada por mi deseo de triunfo, por querer ser actriz, por querer ser. Sé que dicen que pasé hambre, es verdad. Pero no me importaba. Era como un hambre necesario y sagrado. Como una expiación necesaria para todo iniciado.

"No tenía dieciséis años y ya estaba en Buenos Aires. Había vencido a mi madre y toda su legión familiar. Le aseguro que no me acuerdo si el cuarto miserable de la calle Sarmiento tenía una humedad grande como el mapa de un enorme país imaginario, o no. De la pensión de la Boca me acuerdo un poco más, porque para llegar a mi cuartucho de chapa había que cruzar un patio con macetas y gatos misteriosos y entrar por un puente o una escalerita que era de hierro."

Eva se la supo aguantar. ¡Tan chica! Después de la función teatral, se iba a pie hasta el Bajo y allí esperaba el tranvía 10 o el 22, no me acuerdo cuál de los dos, ambos salían frente al Correo Central. Y allí iba, solita. Los gallegos la conocían. Y cuando llegaban al empedrado peligroso de Pedro de Mendoza o de Suárez, como no iba nadie en el tranvía, le ofrecían acompañarla hasta la pensión. Pero Eva no aceptaba. Se hacía sola aquellas tres cuadras que eran la boca del lobo. Su amiga Vera cuenta que más de una vez alguna patota la abordó. Pero Evita no arrugó. Tenía muchas agallas. Los espantó como le había enseñado la vieja bruja de Los Toldos: "Nunca les demuestres miedo a los hombres. El olor del miedo los enardece. Atacalos, gritá y se van con la cola entre las patas." Era brava.

En esa pensión no había ninguna luz y era un lugar helado, sin calefacción alguna. (Le digo que entonces en Buenos Aires hacía frío. Una hablaba del frío, me acuerdo, no como ahora.) Y como no se me cerraban los ojos de sueño, me resolvía por prender el Primus y calentar una pava de agua para llenar un porrón de barro, de ginebra Llave, que metía en la cama y era la mayor delicia de aquellos duros días. La lluvia de junio sobre las chapas, la canaleta del patio y el carguero del ferrocarril Sur partiendo con su pitido la noche en dos mitades...

La pera de la bombita era de 25 W. Invariablemente pendía de un cable trenzado lleno de pelusa y estaba cagada por las moscas. Era tan mala la luz que una prefería la oscuridad

Pero ¡qué alegría la de la mañana! Me hacía mate cocido y lo tomaba con pan de ayer o de anteayer. Lo mojaba bien. ¡Qué espíritu tiene el mate! Hicimos bien en declararlo obligatorio en todas las dependencias del Estado.

Me maravillaba poder guardar el pan, o la bolsa de palmeritas azucaradas y decirme: Te queda para dos desayunos más. Lo mismo me pasaba con los tallarines que me preparaba los sábados y domingos. Me decía que el paquete me había costado treinta centavos y que me duraba para cinco almuerzos. (Había que agregar extracto de tomate y queso rallado que ponía del lado de afuera de la ventana, por el olor, y que un día me comieron los gorriones y las palomas municipales, que son más ávidas que concejales.)

Y en la pensión de la calle Sarmiento, después del desayuno, me largaba a los saltos por la escalera de mármol sucio y roto hasta encontrar la luz diáfana de la mañana en la vereda de Callao.

La caravana de taxis, los colectivos, los tranvías, los ómnibus Leyland bufando y con el motor hundido en la estructura, al lado del conductor, como si hubiera ya chocado de costado. El kiosco, las verdulerías, el bazar Dos Mundos. Más allá la peluquería de Basile con una antesala de "Salón de Lustrado" atendida por italianos de guardapolvo gris que acariciaban los cueros de cabritilla del calzado de los señores, untando la pomada negra directamente con las manos. Me parecía increíble. Todo me parecía nuevo y misterioso o increíble. Los señores leían *La Prensa* con los pies apoyados en dos columnitas de bronce pulidísimo.

Había algo de fascinante en la seguridad de los hombres, los dueños de la vida, de las cosas, de las mujeres. "Salón Caballeros." Yo los atisbaba desde la vidriera exterior, através de los acordeonados enteros de billetes de lotería. Allí estaban ellos en su reducto. Les enjabonaban las caras a la brocha y los rasuraban con relucientes y peligrosísimas navajas. Les masajeaban los pelos con Breel Cream o con Glostora, siendo lo más común que los peinasen muy liso y luego les aplicasen la clásica gomina Brancato. Lo más sorprendente para mí, que llegaba de un fondo provincial donde todavía agonizaba el salvajismo indígena, eran esas toallas calientes y humeantes que sacaban de un alto artefacto circular, de metal plateado. Con ágil y seguramente muy sabio movimiento de dedos, extendían la toalla ardiente en el rostro patronal y luego lo cubrían totalmente. Era el llamado fomento. Al rato la momia inmóvil, de chaleco y corbata de seda inglesa, emergía con la cara hervida, arrebatada, color camarón. Todos me parecían gángsteres de película. Como enormes, temibles bebés. Todos eran como Al Capone (o como Paul Muni, si usted quiere). Los hombres, los todopoderosos. Los dueños de la vida, del dinero, de las mujeres, de los autos. Allí estaban en su cueva predilecta. Hablando de Leguisamo, de Elías Antúnez, del Mono Acosta, o de Antonio Sastre, Arsenio Erico o Tesorieri. Apostaban. O pasaban subrepticiamente alguna nueva dirección tipo "Corrientes 348", del tango (dirección que nunca fue real), con un guiño de entendimiento. Como fue en aquel año que murió Gardel, descubrí todo lo que este nombre podía significar para ellos.

El poder de esos dioses parece que residía en sus braguetas. La bragueta, palabra enigmática. El poder de las braguetas.

¡Pero la luz de Callao! El aroma del café llegando a la esquina, y el taller del carpintero con sus rollos de viruta que olían a bosque perdido.

Esa era la ciudad, la enorme y luminosa Buenos Aires, que empezaba a ser mi anónima familia, si esto puede decirse.

Y si miraba hacia lo alto de las casas de departamentos, imaginaba que allí vivía gente muy poderosa, que había alcanzado lo inalcanzable.

Así, sola, pero llevada por un ángel de entusiasmo, iba entrando en la selva de cemento. En la esquina de Corrientes me compraba *La Prensa* y buscaba en los avisos clasificados, en la letra A, por si pedían actores. El rubro ni existía. Pero recortaba la sección teatros y marcaba mi itinerario de cada día, calculando la hora en que debían estar los encargados o administradores.

PERO VEA: NO HAY QUE DEJARSE LLEVAR por el sentimentalismo. Para una mujer aquello era horroroso, desigual, humillante. ¿Se acuerda de aquel tango de Discépolo?: Esa fui yo. "Cuando estén secas las pilas/ de todos los timbres/ que vos apretás/buscando un pecho fraterno/para morir abrazao." Yo apreté todos los timbres, enfrenté todos los cancerberos del mundo, todas las indelicadezas. Pero no podían conmigo. No me encajaban ningún golpe. Las ofensas y los desplantes me parecían parte necesaria de un juego estúpido. Y yo había elegido jugar.

Enfrentaba las grandes carteleras de la calle Corrientes. Las puertas de cristal con los retratos de los actores triunfales. Las sórdidas escaleras laterales que conducen a las cuevas de los todopoderosos empresarios. Alguno me dijo alguna vez: "¿Actriz, usted quiere ser actriz? ¿Por qué?" Y yo miraba perpleja a ese supuesto profesional que no veía lo evidente: "Porque soy actriz, así de simple. Busco un puesto de trabajo..."

¡Qué fuerza inocente!, ¿no? ¡Qué ciega determinación! Alguna vez hasta llegué a agregar como si nada: "Pruébeme en el papel que quiera, comedia o dramático... Me conformaría con alguna suplencia. ¿Hay alguna actriz enferma en el elenco?"

Y otra vez Corrientes arriba bajo la luz espléndida. Paraná, Uruguay, Talcahuano. Iba llevada de la mano por el maravilloso demonio de la voluntad. A veces paraba en La Cosechera y me atrevía a pedir un café. (Temía, con terror, que me dijesen que no se admitían chicos, o algo así.)

Empecé a tener una clara y justificada preocupación. Yo me estaba ofreciendo como actriz, pero prácticamente no tenía cuerpo. Lo mío era realmente cómico (si es que no quiere verse lo patético de la cosa). Si uno quiere ser histrión y exhibirse en un tablado público, sobre todo siendo mujer, hay que tener cuerpo, ser una presencia. Ser. Es fácil comprender lo grave de mi situación. No tenía peso, existencia, sexo. Los porteros y empresarios me miraban de la cara hacia abajo, como suele ser usual o de estilo, y no encontraban hembra ni cosa parecida. Empecé a usar la faja-cinturón-de-castidad que me había deslizado Juancito en la valija, no para defenderme sino para intentar agredir un poco. Era indecoroso, pero ni siquiera dio resultado.

¿Sabés, Irma?, pesaba casi como ahora. Gracias si alcanzaba los cuarenta kilos. A nadie se le podía ocurrir algún uso sexual de aquel cuerpo, de mi escaso ser. A menos que se tratase de un perverso, que no faltan

Ese físico que, como decía mi familia, estaba destinado a carne de perdición, no existía. Me faltaba el cuerpo del delito, como dicen los abogados. Mi cuerpo empezó a redondearse, a tener eso que llaman encanto de mujer, sólo hacia 1938, cuando ya cumplía los diecinueve. Creo que, como tantas otras cosas, mi cuerpo fue como una ocurrencia mía. Se me antojó tenerlo de una buena vez y lo tuve. Lo parí.

Apreté todos los timbres, sí. Supe eso de dejar la yerba secándose al sol. Corrientes arriba, Corrientes abajo, siguiendo la geografía teatral de Buenos Aires. Odeón, Nacional, Apolo, Corrientes, Politeama, Comedia, Liceo. Y Liceo, Comedia, Politeama, Corrientes, Apolo, Nacional, Odeón. Como decía Juancito, tuve que "hacerme más viva que el hambre". En esos tres primeros meses aprendí a calcular, a medir, a mirar al fondo de los ojos. A esperar el ataque, la trampa, y descifrar la mentira. Todo era inmensamente triste. Me fui haciendo dura, mala. Amiga con el amigo, mala con el enemigo. Ese era el código de la noche de aquel Buenos Aires de milagros y soledad del tango.

Irma: ¿Cómo podría contarle estas cosas al señor Penella de Silva, que es catalán y fue contratado para escribir *La razón de mi vida*, cuando es una vida de sinrazón, de puro milagro? ¿Cómo decirle estas cosas a este señor tan serio que más bien parece un escultor que viene a hacerme una estatua en bronce?

No hay nada que pueda contar una verdadera vida sin que al final uno se sonroje o aparezca un comisario que nos diga "¡Marche preso!"

Han decidido hacerme un monumento moral. De eso se encarga el execrable ministro Raúl Mendé. Penella de Silva tiene que escribir una vida perfecta, la vida de una beatificada. Lo que va quedando de mí en esa irracional razón de mi vida es como la punta del iceberg.

Pero sigamos: no todo era malo ni mala gente. Como los cirujas que vagan de pueblo en pueblo y marcan con una tiza, para sus camaradas que vienen detrás, señalando donde hay comida y buena gente, o perros bravos, así yo me apoyaba en los pocos que ayudan. En mi caso los perros eran los porteros o encargados que ladraban su no antes que el amo. "El Director no te podrá recibir, está muy ocupado."

Aquellas noches serían interminables. Caminaba para no estar sola entre las cuatro míseras paredes escuchando el griterío de las pobres putas de la pensión.

Me hice amiga de un viejo que estaba siempre como divagando ante una taza de café semivacía en un bar de Maipú y Lavalle que todavía existe. Se llamaba Brunetti. Tenía ojos limpios y se dio cuenta de mi hambre un día que me vio pedir un sándwich de miga con un vaso de agua de la canilla.

Me invitó a su mesa y pidió, como si fuera normal en él, café con leche, medialunas y dulce de leche. Pobre, se tragó eso a las diez de la noche, con tal de no ponerme en evidencia y lograr que yo pidiera lo mismo. Son las alianzas que uno traba cuando está en la mala. Era periodista jubilado. Me salvó muchas noches del hambre, me alentaba, tal vez sin creer. (Lo bueno que tiene la amistad —a diferencia del amor— es que se basa en una complicidad casi amoral.)

Se quedó frío cuando, ya de regreso de mi viaje "presidencial" a Europa, paré el Cadillac oficial, con motociclistas y todo, frente a la ventana de siempre, y me senté como diez años antes. No me reconoció, ahora soy rubia y además... ¿Querés un café con leche, con medialunas y dulce? Le dije. No volvía del asombro. Le ofrecí una casa en Martínez. No quiso. Entonces le propuse un auto, caballos, un puesto público. Sonrió como si fuera tarde. "No podría entrar en otra vida", me dijo. "Sería como querer entrar en zapatos nuevos. Estoy jubilado. Además, vos lo sabés, Eva, aunque trabajé tantos años en *La Prensa*, soy comunista "

El café se llama La Estrella. Maipú y Lavalle...

Fueron tres meses en que viví sostenida por mi ambición. Ya estaban ajadas las tarjetas de presentación que me había facilitado Magaldi, dirigidas a directores y actores amigos.

Y así es como caigo por enésima vez en la portería del teatro Comedia y me entero de que Eva Franco, la estrella de la compañía, iba y venía a los gritos: a dos días del estreno no se había presentado una actriz joven, en el papel de mucama. Ella suspendió su malhumor, me miró de arriba abajo con total descreimiento y me dijo: "Suba al escenario, pero antes apréndase de memoria la frase que tiene que decir "

Esperé temblando entre bambalinas. Cuando me hicieron la señal entré decidida y dije la frase: "¡La mesa está servida!"

Eva Franco me miraba. Me pareció que con un destello de sorna. "Se ve que ha actuado. Pero una mucama no entra en la sala con ese paso ni grita a los patrones... Pruebe otra vez."

Me contrataron. No lo podía creer: ochenta pesos por mes, siempre que la obra se mantuviese en cartel. Eso era el sueldo de entonces para una mucama. Claro que yo no tendría ni cama adentro ni comida.

La noche anterior al estreno no dormí. Cuando escuchaba que no había nadie en el corredor de la pensión, ensayaba el paso y la frase, la única de mi modesto papel en la obra *La Señora de Pérez*, de Ernesto Marsili. Entré en escena con las manos mojadas de sudor frío. Y al retirarme, ocho segundos después, me sentí en la gloria. A la siguiente tarde salió el comentario en *Crítica* firmado por Edmundo Guibourg. Me nombraba con generosidad: "Muy correcta en sus breves intervenciones Eva Duarte".

Era el 28 de marzo de 1935. Fecha de uno de esos nacimientos o duelos secretos que el ser lleva por dentro. Teatro Comedia, Carlos Pellegrini 248.

Qué mañana aquella. Me vestí como si mi mejor ropa ya no me importara. Fui por Corrientes hasta la 9 de Julio como volando en la brisa fresca y seca de la mañana de otoño que no quiere despedirse del verano. Me había puesto los tacos altos y osé creerme irresistible. Entré en la lechería El Vesuvio y pedí un Vascolet con vainillas Canale.

Era actriz, con sueldo y todo. Se confirmaba el riesgo, el sueño, el arranque. Era casi la reina del Plata.

La brisa de esa mañana luminosa, la vereda del cine Metropolitan... ¿Hay algo más excitante que el triunfo de la locura de uno, que el triunfo o la afirmación de la sinrazón de nuestra vida?

"NO. NADA SE PUEDE CONTAR. Nada que sea íntimo, verdadero. Durante mi vida de actriz tuve que ocultar mi infancia, la pobreza, Los Toldos. Llegué a aparecer en la revista *Antena* declarando que mis deportes favoritos eran la equitación y el yachting. Y ahora tengo que ocultar mi vida de actriz. Cuidadosamente, al punto que nadie osa publicar una foto mía de aquella época. Miguel Machinandiarena me mandó las latas de la película *La pródiga* que ni siquiera fue estrenada... No, nada verdadero se puede contar. Toda intimidad es un crimen. Estamos en el mundo de la hipocresía en acción.

¿Toda verdad es escandalosa? La señora Eleanor Roosevelt sé que tiene cosas terribles que ocultar, me lo dijo el doctor Paz...

Penella de Silva encontró en Europa al embajador Llambí y le dijo que pensaba escribir un libro sobre Eleanor Roosevelt, la mujer del Presidente de Estados Unidos. Llambí lo convenció de que fuese a la Argentina y escribiese sobre Eva. Era un exiliado. Se lo contrató por cincuenta mil pesos. El resultado fue un best-seller obligatorio: *La razón de mi vida*. Un libro demasiado perfecto, como la frase final de un prócer (pero una frase final de doscientas páginas)."

Eva habló varias veces con Penella de Silva. Pero era peligroso dejar recordar libremente a Eva. El lamentable ministro Raúl Mendé fue el encargado de controlar, tachar o modificar los originales que Penella iba produciendo.

Eva me dijo: "Nadie podría escribir memorias sinceras sin avergonzarse. Ni Cristo. Los Evangelios, disculpe, padre, son bastante parecidos a lo que escribió Penella. Está la lección moral, pero falta el hombre. El Dios queda, eso sí... Veo que es una barbaridad muy grande la que digo, ¿no?

La existencia de cada uno de nosotros es mucho más *fuerte*, mucho más *criminosa*, diría, que lo soportable para las convenciones y el buen gusto. Ni su admirado Gandhi se salvaría. El lado bueno y mostrable de cada uno de nosotros es apenas la punta de las conveniencias y convenciones."

Creo que los diálogos con el correctísimo escriba catalán le sirvieron a Eva para recordar su verdadera vida, durante aquellos meses de obligada marginación. Sería una catarsis.

Y sin embargo reconocía que en ese libro escultural, frío, sin ángel, Penella de Silva había sabido recoger y expresar en excelente castellano lo esencial y más noble de su pasión justicialista. Un libro falso o errado puede ser tan útil para interpretar lo verdadero como un acto fallido en manos de un analista. Surge claramente que Eva comprendió al conocer a Perón que la injusticia social sería para ella el centro de todos sus valores, el motivo o el motor de toda su acción política. Su pasión, como dije.

El mundo era un teatro en el que había que pisar fuerte. Pero era un teatro insoportablemente injusto. Había que modificar el libreto "cueste lo que cueste y caiga quien caiga". Porque ese "espíritu de justicia", como supremo valor, es peligrosísimo. Antepone la justicia a la vida misma, que es misterio. La justicia es razón, pero no es misterio. La justicia es humana, el misterio de la vida pertenece a lo divino.

Por eso, a lo largo de la historia, vemos cómo los justicieros se transforman en verdaderos criminales políticos (el caso reciente de Trotski). Es peligrosísimo. Eva creía que era un don...

Eva, y esto apenas se conoce, se vengó de esa parte perfecta y monumental de su personalidad, representada por *La razón de mi vida*. Para eso empezó a escribir un libro salvaje, que escondía bajo el colchón, según me dijo Renzi. Era un cuaderno de tapa dura, marrón. "Podré por fin darle uso a la lapicera tan bonita que me regalaste", le dijo a Renzi. Y anotó en la etiqueta exterior lo que sería el título del libro: *Mi último mensaje*. Después tachó la palabra "último".

Anotaba ideas, pero tenía poca fuerza y muy mala letra. Renzi leyó algunas partes de aquello que estaba muy lejos de llegar a ser un libro. Parece que era un texto furibundo.

El libro cuaderno desapareció de la Residencia después de la muerte de Eva, pero mucho antes de que la invadieran los militares en septiembre de 1955.

Según Renzi, algunas frases que leyó eran rabiosamente antimilitaristas. Es como si hubiese perdido toda paciencia y todo control de las conveniencias políticas.

El mismo Penella de Silva, poco ducho en aquel estilo argentino (si hay algo que los españoles no pueden comprender es la Argentina), se daba cuenta por entonces de que Eva identificaba ya totalmente a los militares con la oligarquía vacuna y la plutocracia, como meros agentes de éstos.

Renzi, por haber leído algunas de esas frases, quedó para siempre con la convicción de que Eva murió comunista. Y comunista revolucionaria. Hablaba de los temas que ya se notarían en sus discursos, porque a partir del renunciamiento del 22 de agosto del 51, y sobre todo por causa del levantamiento de Menéndez del 28 de septiembre, parecía que ya Eva había perdido la necesaria *obediencia* estratégica. Según Renzi un capítulo se titulaba "La hora de los pueblos", otro "El Cristo que trajo fuego", "Nuestro divino comunismo". De ese libro se rescató sólo un texto, titulado "Mi voluntad suprema", que se editó inmediatamente después de su muerte. Esa parte la habría redactado ya en total estado de extenuación. Sin embargo apuntó esta sola frase: "Estaré peleando en contra de lo que no sea pueblo, en contra de todo lo que no sea la raza de los pueblos. Estaré con mi pueblo para pelear contra la oligarquía vendepatria y farsante, contra la raza maldita de los explotadores y de los mercaderes de los pueblos".

Estaba escrito con una letra desmadrada, urgente, de niño que comunica la inminencia de un desastre. Yo vi esas hojas arrancadas del cuaderno de tapas marrones. ¿Y el resto? En ese testamento Eva legaba los derechos de *La razón de mi vida* y de *mi mensaje*. ¿Qué se hizo del mensaje, quién mató al mensajero, al Miguel Strogoff?

Recuerdo esa tarde. Eva despidió a Penella de Silva en la biblioteca. El catalán partió volando hacia la editorial Peuser llevando las pruebas de página de ese libro que Eva llamaba "la escultura". A continuación hizo pasar a su peluquero, Alcaraz, para arreglarse, ya que cuatro ministros de Estado la esperaban desde hacía más de una hora en la planta baja. Eva seguía monologando sobre política, casi con furia. Alcaraz recién empezaba su trabajo de ese día cuando ella me dijo:

—¿Quiere que le muestre lo que va a ser el peronismo cuando me muera? Nos quedamos helados. El peluquero me miró aterrorizado. (Recién se empezaba a hablar de enfermedad, pero de muerte...)

Eva ordenó a Renzi que ofreciera a los ministros subir, para no seguir esperando.

Eran obsecuentes, inexactos, simuladores, atildados y pusilánimes. Nombro sólo a uno, que Eva odiaba: Raúl Mendé. El resto no merece ser mentado.

Cambiadas las zalamerías de estilo y los elogios de su salud, mientras Alcaraz pasaba el peine, Eva fingió que un aro de brillantes había caído: Alcaraz quiso revisar el piso. Y Eva:

—No, continuá con el trabajo...

Los cuatro ministros, después de breves dudas, se fueron arrojando al piso, gateando, con sus culos en todas direcciones como turcos que hubiesen perdido la orientación de la Meca.

Eva corrió sus cabellos como quien abre una cortina, me guiñó el ojo con un mohín travieso y abrió su mano para mostrarme, durante un segundo, el aro supuestamente caído.

EVA SIGUIÓ TRABAJANDO PARA LA COMPAÑÍA DE EVA FRANCO. Yo había sido el primero en estampar su nombre en la prensa, en un comentario elogioso. ¡Qué nostalgia de esos tiempos de la redacción de *Crítica*!: el loco de Roberto Arlt con su mechón sobre la frente y sus diálogos de Raskolnikov de Flores con putas y ladrones. (Carlos de la Púa decía que Arlt hablaba tanto con las putas, como un personaje de novela esteparia, con tal de no pagarles. Decía que era una forma novedosa y muy literaria de "garrón".) El reo incurable de Barquina, ordenanza de Botana, que decía que era su secretario privado. Nalé Roxlo, que era una mezcla de Buster Keaton, con su rancho de paja, y James Joyce. Era el más brillante. Y Celedonio Flores, Manzi, el poeta Rega Molina, y hasta el mismo Borges, que fue presentado por Petit de Murat y al que Botana le encomendó que escribiese un capítulo cada día de *La historia universal de la infamia*.

La chica debía de tener algo. Seguramente tomando aquel café frío en la sonora e insomne redacción, se me cruzó esa chiquilina y estampé su nombre con mi fatigada Underwood.

Después nos habremos ido todos a comer al Puchero Misterioso, en Talcahuano y Sarmiento. Una fonda donde servían un descomunal puchero por veinte centavos (misterioso, porque el plato repleto llegaba a manos del cliente através de un agujero que imposibilitaba ver el interior de la cocina). Años del Royal Keller, de la noche abierta. Anécdota y creación. El espíritu de Buenos Aires en su apogeo. Pasión y gusto del arte. Búsqueda de lo nuevo y de lo bueno.

Todos vivíamos maravillosamente en aquella década que el periodista José Luis Torres llamó "infame", calificación que ahora todos repiten. Hasta los comunistas militantes como Portogalo, Barletta o Rodolfo Ghioldi, podían alcanzar la dolorosa gloria del heroísmo partidario. El Partido era una especie de convento de clausura: ninguna libertad sexual, nada de alcoholismo o de farsas, gracias si dejaban fumar. El mundo era "la tiniebla exterior", como para los jesuitas.

Pero una cosa era ser comunista con el gobierno constitucional de Yrigoyen y otra con los militares y los católicos nacionalistas en el poder.

Fueron años de oro para la aventura conspirativa: sigilosas reuniones de célula, persecuciones, torturas, las atroces biabas de Orden Político, documentación falsa y, al final del túnel, el famoso viaje a Moscú donde esperaba el indefinible terror de Stalin, que más bien recaía en los inocentes. Como ve, cada uno encontraba en los 30 su gloria y su goce, incluso los masoquistas ideológicos

Pero volviendo al tema, el teatro era malo. Se había vuelto peligrosamente popular. Argentina vivía años de increíble desarrollo. Había una inmensa clase media que gustaba del teatro. Surgió el negocio y los empresarios. La demanda abarató y degradó el producto. Por eso, a la vuelta de las décadas nos encontramos con que el teatro argentino es insignificante. Todas eran comedias de actualidad, sainetes con tango, dramones o traducciones de éxitos extranjeros no menos estúpidos.

Eva vivió esa época de bohemia y miseria. Cuando una pieza "no andaba", el empresario la deponía a la semana. Sábados y domingos en cuatro y hasta cinco sesiones. Dictadura empresarial o de las primeras figuras, que atraían público. Yo, como crítico, veía aquello como un bajón estrepitoso. Nada creativo se abría camino. Por esto nuestro teatro es insignificante.

Si me pregunta, le diré que me consta que Eva pasó hambre. Se aguantó todo 1936 y 1937 como pudo. Vivía del impulso de haber logrado ser actriz. Sobrevivir le parecía el cielo. Las actrices de reparto ganaban menos que una cocinera. Sobrevivían en pensiones míseras, muchas veces a mate y galleta. Pero vivían en una dimensión distinta: esperanza de triunfar, aventura, bohemia.

La traté muy poco a Eva. La nombré en las críticas porque lo merecía. Pero nunca llegó a nada importante en teatro. La vi pocas veces, en las reuniones, en los cafés, en la larga noche encendida de aquel Buenos Aires, donde ella revoloteaba de café en café, y donde un periodista tenía por cierto más importancia social que un rentista, un militar o un abogado. Y después, cuando estuvo en el poder, se puede decir que ya era otra Eva, un ser completamente distinto. Y además usted sabe lo que siempre pensé del peronismo

¿Cómo la recuerdo?: Frágil y dura. Una mosquita muerta pero con alas y garritas de acero.

EN ESA ÉPOCA LAS GIRAS ERAN EXTENUANTES. Los sábados y domingos se representaba cuatro o cinco veces la pieza (u otras). La compañía salió de gira, a Mendoza, y la llevaron. Los actores principales se alojaron en el Plaza, los otros en el Royal. Lo que para otros era sufrimiento, para Eva era goce. Ella venía de la sórdida pensión y del desayuno con pan de ayer. Venía como de una guerra. Todo le parecía bien. El Royal, de ínfima categoría, le resultaba *royal*.

Cebaba mate. Iba a comprar bizcochitos a la panadería. Llevaba la blusa de la primera actriz a la tintorería. Esa era la otra función de la "damita joven" del elenco. Alguien para todo servicio, especialmente durante las giras.

Se hizo amiga de Elena Sucotti y pasaban horas jugando a la generala. Hacía el papel de enfermera en *El beso mortal*, una obra para instruir acerca de la sífilis, la gran peste sexual de aquel tiempo. La Liga Argentina de Profilaxis Social (¿se acuerda?, en la calle Corrientes), contribuía a montar esa obra que tuvo gran éxito.

Esta obra fue motivo de una larga gira, en 1936. Fueron a Rosario, Mendoza, Córdoba y otros lugares.

Era la compañía de Pepita Muñoz-Eloy Álvarez-José Franco. Este Franco, que era mayor, era el protector de Eva. En el diario *La Capital* de Rosario le publicaron la primera foto. Anduvo chocha. Fue a la redacción a comprar la foto original, que le regalaron, claro.

Cuando volvió a Buenos Aires, se arregló con Anita Jordán y Fina Bustamante para compartir los gastos de pensión. Fina, que era mayor y más experimentada, la ayudó mucho.

Olvidaba decir que intentó con la radio. Fue en el invierno interminable de 1935 que actuó en Radio París, hasta enero del 36 en que volvió a trabajar con Eva Franco.

Como usted ve, nada importante. Pero sobrevivía como actriz, y ése era el triunfo en su desafío interior, en su fuga casi infantil.

En diciembre del 36 enganchó con la compañía de un gallego insoportable, Pablo Suero, que era bastante poderoso. Estrenaron en el Corrientes (donde hoy está el Municipal San Martín) *Las inocentes*. Era una pieza traducida, de Lilian Hellman, y Eva, por consejo del gallego, se presentó como Eva Durante, que a Suero le parecía muy chic, claro

Me detengo en esta pieza porque tenía un ribete de teatro serio. Invitaron al estreno a Alfredo Palacios y a Alfonso Reyes. Pero tal vez interese saber que también estuvo Victoria Ocampo. Al terminar la función la Ocampo, que quería movilizar a las mujeres, dejaba a las actrices y a todo el personal femenino un volante con los propósitos de la institución que acababa de organizar, La Unión Argentina de Mujeres.

Pero antes de seguir le quiero contar algo que ya pintaba a Eva, cuando apenas tenía dieciséis años y era la última partiquina de la compañía de Pepita Muñoz. Justamente durante la gira que le narré, con *El beso mortal*, título que parecía una premonición, un miembro del elenco, a quien obviamente no nombro, tuvo una crisis de una incurable enfermedad contagiosa. Tal vez influenciados por el tema de la obra se dio orden de no visitar al colega en el hospital porque la enfermedad era muy contagiosa en ese momento de ataque agudo. Eva desobedeció, compró frutas y leche y fue nomás al reparto de aislamiento diciendo que era pariente. Y se contagió ella misma. Durante la gira, en otra ciudad tuvieron que hacerle análisis y se demostró su positividad. Fue una desgracia que llevó callada y ocultamente toda su vida. Ese fue el motivo de sus misteriosas desapariciones (por tratamiento) y de su no menos misteriosa y eufemística "anemia". Cada año tuvo que someterse a un tratamiento muy costoso. Borrás, el actor (no Eduardo, el libretista) se enamoró de Eva. Hubo una confusa historia. Elena Lucena recuerda, que cuando Eva ya estaba viviendo en el departamento de la calle Posadas, la visitó porque le habían aplicado una inyección, cerca del corazón, y debía permanecer inmóvil durante veinticuatro horas. Era una tortura. Elena Lucena nunca pudo saber la naturaleza precisa ni de la enfermedad ni del medicamento.

Pepita Muñoz, cabeza de compañía, no podía aguantar a Eva. Al principio se presentaba como la "chiquilina" de la *troupe*, pero al poco tiempo se transformaba en la tirana: imponía su voluntad, tenía mucho carácter como para ser la última y no respetaba a nadie. Decía de ellos que sólo eran "protagonistas de la mediocridad."

No voy a decirle dónde actuó porque ningún papel fue relevante. Había meses que llamaba de "sequía". Pasaba todos los días por la Real, en Corrientes y Talcahuano, donde iban empresarios, directores, actores.

También por la Nobel y El Plata.

Creo que no sufría. Más bien se divertían como locas con Fina Bustamante y Anita Jordán. Se reían de los hombres, aprendían a manejarlos, a encontrar la cuerda de cada muñeco.

Un día me llamó Emilio Kartulowicz, el director de *Sintonía*, la más importante revista de chimentos farandulescos, junto con *Radiolandia* y *Antena*, y me dijo: "Vea, Chas de Cruz, sé que están preparando en Sono Film *Segundos afuera*, sobre un tema del boxeo, y me gustaría si hay una parte para una chica Eva Duarte. Si usted puede"

Así contratamos a Eva por primera vez en cine, fue en junio de 1937. Claro, le dimos un papel casi imperceptible, casi agregado. *Sintonía* era un medio importante para promocionar a una película.

Allí, Eva conoció a Pedro Quartucci, muy popular y que había sido realmente boxeador.

¿Sabe cómo se le metió bajo el ala a don Kartulo? Fue con Fina a llevar unas fotos y una gacetilla de un estreno teatral para ver si la publicaban en Sintonía. Y le espetó a Kartulo: "A usted lo conocí cubierto de barro, en Junín, cambiando un neumático reventado." Le causó gracia a Kartulo. La protegió, la recomendó, la apoyó desde Sintonía, también con el redactor, Mauricio Rubinstein. Éramos judíos y en el 43, con el golpe militar pronazi, nos asustamos, temiendo algo semejante a los horrores de Europa. Eva en el 44 ya tenía poder, por el coronel Imbert, por Perón a partir del encuentro en el Luna Park y porque desde el 43 había andado muy bien con los militares. En un cóctel en Radio Belgrano, de Jaime Yankelevich, nos acercamos a ella y comentamos la preocupación. ¿Sabe qué dijo? (porque cuando quería sabía ser muy graciosa, muy porteñamente graciosa):

—¿Ustedes judíos? Ustedes son reos porteños ¿quién se va a meter para molestarlos, por favor, en qué país estamos?

Se aguantó el 1935 y el 36, con el arrojo de la inocencia. Para alguien mayor aquella experiencia habría sido más que depresiva: postergaciones, mendigar por el pago, mal trato, y aquellas pensiones grotescas, como la que habitó en la Boca.

La radio fue el medio para su afirmación.

Debutó en *Oro blanco* en LR3, Radio Belgrano. Redondeaba sus entradas haciendo cortos publicitarios que se pasaban en los cines, para Linder Publicidad. Le tomaban fotos, pero tenía muy poco cuerpo. Todavía no le daba. Era más carácter de mujer que cuerpo.

Yo la conocí en esa época. Creo que fuimos amigos. Empezábamos juntos. Yo quería llegar a ser un gran actor clásico, como Moissi que había actuado en el teatro Soleil, el teatro judío. Quería llegar a interpretar un *Hamlet* que conmoviese incluso a la crítica londinense. Pero Eva no tenía rumbo. Nunca supe qué quería. Tal vez ser como Norma Shearer o Greer Garson, sus grandes admiradas. Pero era como una chica sin vocación. No leía y no tenía admiración artística en la que tantos como yo podían perder el tiempo de su vida... Uno siempre se creía de paso, por el teatro comercial o la radio, hasta que llegase la oportunidad consagratoria y "pasar a lo serio", al talento. Esto, más o menos, lo creen todos los actores jóvenes. Todos menos Eva. Era realmente como si ella estuviese de paso o intuyera que el destino la estaba esperando en otra vereda.

Ella iba a lo suyo...

Ella iba a lo suyo (yo nunca supe ir a lo mío: mire, tengo ochenta años y apenas si tengo mi departamentito).

Tengo que hacer papelitos en las telenovelas para poder vivir. Ella tuvo un destino colosal. Tenía garra: siempre empaquetaba al importante, al que decidía. Pero era tan mala actriz que ni con eso pudo destacarse en el teatro.

Empezamos juntos en Radio Belgrano. Actuamos también en cine. A mí me trató siempre bien. Cuando la hicieron cabeza de Compañía, la Compañía de Teatro del Aire, capitaneada por ella y Pascual Pelliciotta, no se olvidó de mí y me citó en el Hotel Savoy, frente al Molino, sobre Callao. Ella consideró que debía vivir en el Savoy, ya que era titular de compañía (pero sólo pudo pagar una semana, se tuvo que volver a su departamentito de la calle Riobamba 478. Ella era así). En esa reunión nos recibió en los grandes sillones de cuero del hall. Ella mandaba y disponía, ni Pelliciotta ni don Emilio Kartulowicz, que financiaba la empresa, tenían mucho que decidir. Después de un tiempo la fui a ver a la calle Riobamba. Me debía setenta pesos. Era muy correcta en cosas de plata.

Cuando asumió el poder, en los primeros tiempos, empezó a recibir a todos los gremios y asociaciones.

Se trataba de un saludo político y de exposición de inquietudes. Un verdadero aquelarre. Empezaba un nuevo juego. Un día nos tocó a los actores y fuimos. Yo no fui peronista, era de izquierda. Estaba en la lista negra, una lista misteriosa: pasaban semanas y nadie me llamaba para ninguna contratación.

Estuvimos dos horas haciendo cola, éramos más de cincuenta y veníamos después del gremio de jaboneros y los gastronómicos. Ella estaba parada en un estrado, elegantísima. Uno subía a la tarima por una punta, se le daba la mano y se bajaba por el otro extremo. Eso era todo. Pero había un juego de miradas que lo decía todo, como en el teatro chino. A veces hacía un comentario lejano, incluso a Fanny Navarro y a Silvana Roth, sus amigas. No se la tuteaba. Sin esfuerzo, con naturalidad, estaba en la distancia del Poder. Y estaba dispuesta a ejercer el poder con toda fuerza y autoridad. Cuando me acerqué me dijo muy discretamente: “Hola Zuker, qué tal.” “Bien, Señora”, le dije. Todo estaba dicho.

El lunes siguiente me llamaron de Radio El Mundo y empecé a trabajar de nuevo, normalmente.

Una actriz muy creída de ella misma, pero que era antipática y mediocre, se largó allí mismo a contarle que no la contrataban, que la habían puesto en una lista negra... Eva, con toda calma y distancia, le dijo haciéndonos sonreír a todo el gremio: "¡Pobrecita, qué injusticia! ¡Y con el talento que usted tiene!"

Pero Eva no era buena. Mejor: diría que en aquel primer tiempo de poder era vengadora. Les puso la cruz a muchos. A Nelly Ayllón, a Libertad Lamarque... A Libertad no la soportaba. Se creía una gran actriz y su único recurso expresivo era mirar con cara absorta, profesionalmente bondadosa, de eterna monja laica. Y abrir grande los ojos y dejarlos así. (Inhabilidad parecida a la de Gardel.) Pero claro, sabían cantar y se ponían a la gente en el bolsillo: Libertad con *Madreselvas*, Gardel... ¿qué quiere? Eva nunca aprendió a cantar. En esto envidiaba a Elena Lucena y a Juanita Larrauri, sus amigas. Era tanguera, sí, pero no podía entonar dos versos de tango.

¡Pero qué destino colosal el de Eva, quién diría! Y yo que le decía ¡culito, culito!, cuando ella iba adelante subiendo la escalerita de metal del estudio de Radio Prieto. ¡Ahora es una figura mundial, un ídolo! ¡qué misterio la vida, amigo!

LO QUE CONTÓ MARCOS ZUKER ES EXACTO, yo y todos quienes la tratamos en esa época podemos asegurárselo. En los tres primeros años fue un ir y venir de partiquina, como perro en cancha de bochas, y fue su aprendizaje. Pero ya en 1938 toma la sartén por el mango al comprender que su camino es la radio. Cuando Kartulo la promueve como cabeza de compañía, las cosas toman otro giro. Empieza a mandar, como en esa reunión en el Hotel Savoy que contó Marcos. Al principio pagaban el espacio los muebles Camba, después se retiraron y es cuando quedó debiéndole esos setenta pesos a Zuker. Un apoyo importante y permanente fue el de la firma Guereño, con el Jabón Radical, cuya publicidad ella realizó. La presentó su hermano Juan, que era corredor de la firma y, como siempre, ella alcanzó al que mandaba, el señor Vizzoso que la invitaba al Abbaye, al Scafidi y, cuando ya eran más amigos, a comer puchero de madrugada en "el viejo Tropezón". (En la Argentina hay seductores que invitan a puchero, es un país increíble, ¿no?)

En ese mismo tiempo, o un poco antes, es cuando la apoya con fuerza Rafael Firtuoso, reconocido amante de Nelly Ayllón, decían. Era un productor teatral de éxito. La incluyó en *La gruta de la fortuna*. Y en esa compañía se hace amiga de Pierina Dealessi. Ésta la protegió, la alimentaba incluso. La había conocido a Eva en 1937, en el momento peor, y le tuvo mucho cariño. También ella se daba cuenta de que en esa morochita de cuerpo insignificante había algo. Pierina nunca pudo explicarse dónde se escondía esa que llegó a ser. En ese entonces era frágil, mínima, como indefensa. Como esos gatitos que se encuentran en la calle. ¿Pero usted vio alguna vez qué pasa con uno de esos gatitos frágiles si uno quiere meterlos en el agua o aproximarlos al fuego? ¿Lo vio, lo experimentó?

Ya con la radio creció. Tuvo real éxito. Se vinculó con el poeta Héctor Pedro Blomberg. Un personaje de la época. Tenía "peña" propia en la vieja confitería de Los Dos Chinos, en Alsina y Chacabuco. Tenía una cabeza grande y despejada, hermosa, de personaje de película heroica soviética. Poeta de la nostalgia, de corbata voladora. Con el negro Maciel, que siempre lo acompañaba, hizo tangos de éxito como *La que murió en París*.

Escribió *La pulpera de Santa Lucía*, que le dio mucha fama y dinero. Pero donde más ganaba era en la radio, con sus novelones maravillosamente nostálgicos sobre el Buenos Aires colonial, de Rosas: *Los jazmines del ochenta*, *La santa Federación*, *La mazorquera de Monserrat*. Eva se hizo amiga de él y fue la intérprete de sus obras. Es mentira que Eva fuese tan inculta: los temas de los libretos históricos, los cafés de aquel Buenos Aires maravilloso donde todos hablaban de todo: Dostoyevski, Lenin, budismo, psicoanálisis, literatura social, novela francesa, tradición, revolución. Lo que usted quisiera. Eran noches interminables. Y Eva era libre, como un pájaro en la noche.

Muy tarde, en las noches de verano, cerca de la madrugada, se veía a Eva con la "barra" de Blomberg, en la ventana abierta de la cantina Re dei Vini, en Córdoba y Paseo de Julio.

¡Qué tiempos!, irse a dormir daba pena. Ningún espectáculo radial o teatral podía divertirlo e ilustrarlo a usted más que una mesa de café de Buenos Aires. Aquel Buenos Aires, no se equivoque

Pero sí, fue en ese tiempo que "parió su cuerpo", como ella decía. Era atractiva. Demasiado afinado el cuerpo, y las caderas, para el gusto de la época. Era muy morocha y con la piel del rostro extrañamente blanca, opalina, semitransparente. Empezó a gustar de vestirse bien. Empezó a tener su peluquería (iba a Leila en Esmeralda). Empezó a volar.

Eva tuvo que aprender a manejarse en ese mundo sórdido. Fue como una niña de provincia aterrizada en un burdel. (Toda la Argentina era un burdel. Recuerde *El camino de Buenos Aires* y la guerra de las mafias de los franceses contra los judíos, por dominar ese fabuloso mercado.) Una vez le dijo a Pelliciotta:

"Desde que pisé por primera vez un tablado teatral, fui una acosada sexual."

Es curioso, pero ese mundo nunca la manchó. Se deslizaba como un ser impoluto, como ajena a su propio cuerpo. Eva nunca fue cómplice de "aquella mediocridad", como calificaba al mundo de la farándula de entonces. Y yo le puedo asegurar que nadie, absolutamente nadie, del medio teatral y cinematográfico, la recuerda comprometida de algún modo con sus protagonistas. Neruda tiene un verso muy bueno donde habla de alguien muy puro, intocable que, según su imagen, se desliza como un cisne de fieltro por las aguas cenagosas. Así fue ella. En ese juego cínico donde la mujer era usada, y generalmente perdía, Eva devolvió la afrenta a los hombres: los usó. Esa es mi opinión. Pasado el tiempo, todos parecen más bien sombras que no hubiesen ocupado espacio alguno en su vida. Lo que el viento se llevó. Si usted le preguntase a alguien del medio radial o cinematográfico cuál fue el amor de Eva en aquellos años, no sabría qué responderle. Ninguno se lo sabría decir.

Habrá multitud de nombres, pero nadie. Usted oirá tal vez los de José Franco, Álvarez, Firtuoso, Blomberg, Kartulowicz, Ferrando, Vizzoso, Borrás, Quartucci. Pero todo será insignificante. (Observe que todos tenían, invariablemente, poder radial o teatral, salvo Quartucci, que era simpático.)

Eva era dura. Muy dura. No tenía emociones fáciles. Aparecían y desaparecían de su vida según una precisa razón episódica que no tenía nada que ver con el amor. Se tratara de un ególatra insoportable como Pablo Suero, o de un hombre sensible, como Blomberg. Sus hombres fueron transformándose en pasajeros fantasmas de una eterna y estúpida guerra sexual. Ella nunca hablaba de esos hombres con sus amigas. Hasta que conoció a Perón y esa fue para mí, aparte de la revelación política y el ingreso en su verdadera personalidad, la revelación del amor. De ese hombre habló hasta cansarse, incluso cuando ya lo sentía en un camino político distinto, incluso cuando ya ella se moría

Cuando todos tuvimos que decirle Señora, e inclinarnos ante ella, que ya tenía más poder que una reina, comprendimos que tenía que ser así: la habíamos conocido en otra vida. En un purgatorio que ya no tenía más sentido para ella. Era otra. Era como si ella nunca hubiese estado en su vida de actriz. Y en el fondo creo que todos lo sentimos así: había sido una extraña, de paso.

ME GUSTARÍA CONTARLE UNA ANÉCDOTA que puede ilustrar sobre su experiencia y el concepto que se formó de los hombres. Ella me apreciaba y me distinguía del común del medio artístico. Conocía y respetaba a mi padre, que había tenido un importante desempeño en la colectividad italiana en Argentina. Tuve que visitarla en su despacho privado en el Ministerio de Trabajo (donde era no-ministro, no-presidenta, no-vicepresidenta. Era ella, simplemente). Sabía que yo estaba enamorada de un famoso cantor de boleros, mexicano, de gran fama. Y me retó:

"Silvana, no se deje engañar por ninguna apariencia de brillo, todo es efímero. Cuando uno encara algo así, tan grande como el amor, hay que apuntar a lo máximo, al Sol. No se engañe con ningún hombre de espíritu menor. No se detenga en lo efímero, por brillante que fuese."

Eva se había creado una imagen negra de los hombres. Tuvo la suerte de encontrar a Perón, que la liberó de ese extremismo. Y cayó probablemente en la adoración incondicional (¡el sol!), en el otro extremo.

Tenía hacia él un amor agradecido. Él le había proporcionado su verdadero nacimiento y su respuesta hacia él fue de naturaleza maternal. Antes de Perón, es probable que no hubiese respetado, o querido respetar, a ninguno.

YO VI *LA PRÓDIGA*, MI ÚLTIMA PELÍCULA, en la Residencia. Ni Soficci, el director, la alcanzó a ver entera. Miguel Machinandiarena me la mandó como una gentileza. Nunca se exhibió, naturalmente, pues ya estábamos en el poder.

Me sentí muy mal. Estábamos con el General y los perritos frente a la pantalla y me vi insoportable, con todos los recursos torpes de la mala actriz: pose estatuaria, ojos muy abiertos, expresión sobreactuada. Para colmo Soficci me sacó gorda. El General se rió con fuerza de mi sinceridad desesperada cuando exclamé "¡Ya no alcanzo más a Norma Shearer!" Me salió del alma.

Creo que sé mucho de lo que dice de mí la gente del gremio. Yo trataré de sintetizarlo: Como actriz de cine, fui francamente un desastre. Como actriz de teatro, menos que mediocre. Pero en la radio, en cambio, fui buena. Aprendí a dominar la voz. Esto ya desde los tiempos del teatro, porque como no tenía casi cuerpo... La voz fue importante, sí.

Soy sólo mi voz. Políticamente, digo

Desde muy pronto me di cuenta de que donde más fallamos, en teatro o cine, es en la voz. En el cine era horrible. Además la voz de la gente es mala en la Argentina. Los porteños, que se adueñaron de la Argentina, tienen una forma de hablar abusiva, evidente, impúdica, chillona. El porteño habla encimándose al interlocutor. Lo asedia, no le deja espacio. Quita toda intimidad al diálogo, busca rápido la conclusión triunfal, como el mal amante.

Salvo los criollos y cierta gente de clase alta, como mi amigo Peralta Ramos, los argentinos tienen una parla imposible. Si usted observa bien, Perón es, antes que nada, una voz diferente. Más allá de lo que esa voz contiene o trasmite.

Los argentinos son mejores que su voz, que es desdichada; hablamos a los gritos, como gallegos llamándose de monte a monte.

Me costó mucho domar mi voz chillona. Me ayudaron Pierina, Muñoz Azpiri y otros. Es como todo: para ser hay que destruir con energía lo que se fue, lo anterior. La autenticidad, esa es la trampa

INMEDIATAMENTE DESPUÉS DEL LEVANTAMIENTO del 28 de septiembre, Eva se resolvió por convocar su "comité de guerra", por llamarlo de alguna manera. Sabía que le faltaba poco más de un mes para la operación, para la hora de la verdad, como ella a veces decía.

Pero en realidad la convocatoria a esa reunión tan curiosa y tan importante, era el producto de una voluntad sostenida desde meses atrás.

A mí me llamó la atención que el príncipe Bernardo de Holanda, que estuvo de visita en la Argentina meses antes, hubiera sido especialmente invitado a una velada íntima en la Residencia en la que se leerían algunos pasajes de La razón de mi vida. (El libro del cual Eva casi se burlaba y ya llamaba directamente *La sinrazón*.)

Invitaron al Príncipe por insistencia de Eva. Era evidente que no les interesaba mucho aquel país.

Yo asistí. No de buena gana porque los Perón no tenían ningún interés en las reuniones sociales. Recibían mal. La comida era generalmente tibia y sin ningún toque de refinamiento, el café frío, en las tazas con la franja azul y el escudo nacional en dorado.

Como era habitual, Perón —hombre de cuartel— empezaba a los cabezazos de sueño. Los perritos ladraban pidiendo la vuelta nocturna por el jardín. El Príncipe era como un elefante blanco perdido entre esos pocos funcionarios obsecuentes entre los que destacaba Raúl Mendé, el encargado en lograr de Eva un libro de "memorias" oficiales, tolerables, adecuadas. Por fin el General, escudándose en la insistencia de los perros que impedían escuchar los elogios del Príncipe en laborioso castellano, salió al jardín como escapando de ese café que volvían a pasar y que era de la misma calidad del que se suele servir en las oficinas públicas.

Fue cuando Eva invitó al Príncipe a recorrer la pequeña biblioteca de la Residencia. Ese aparte habrá durado unos veinte minutos.

Esto ocurrió por abril o mayo del 51. Sólo en septiembre, casi seis meses después, yo llegaría a comprender la importancia de aquella escena, que seguramente pasó inadvertida para casi todos los presentes.

LA SEÑORA LOS CONVOCÓ DE URGENCIA. Tuve que hacer los llamados en la misma noche. Al general Sosa Molina, para no usar el teléfono, se le envió un suboficial mayor de mi amistad.

La Señora los esperó en el salón, ellos fueron pasando a la bibliotequita. Se había vestido como la otra vez, con la camisa caqui que le gustaba usar en San Vicente y con aquellas botitas cortas que cada vez le bailaban más en sus pies apergaminados. Se había pintado mucho; con el peinado su cara ya parecía más bien el filo de un cuchillo, o de un hacha, mejor.

No hizo llamar a su hermano Juan. El primero que llegó fue Isaías Santín, un gran luchador de raíz anarquista, exiliado de la guerra civil de España. Después Florencio Soto y José Espejo. Era la cúpula de la Confederación del Trabajo. Con sorpresa vimos aparecer con sus botas relucientes y su condecorado uniforme al Comandante del Ejército, el general Sosa Molina (lo había citado la Señora sin decir nada a los sindicalistas). Yo tenía los cartapacios preparados. Cerraron la puerta de la biblioteca, pero yo entré varias veces, por llamados, para hacer servir el café y para asistirla en lo que la Señora iba necesitando. Todo aquello tenía algo de solemne. Yo no sé de dónde estaba sacando fuerzas, porque la Señora había pasado una noche insoportable.

La Señora les explicó el plan, del que por cierto yo estaba bien al tanto porque nos involucraba, con Juan Duarte, Pichola y con el general "Von F.". Por momentos oí su voz con la energía de los mejores tiempos.

La Señora explicaba que el levantamiento del 28 de septiembre, pese a haber sido una asonada irrisoria, tenía un significado político ineludible: después de cinco años en el gobierno, con una mayoría popular indiscutible, la oligarquía seguía teniendo el poder militar a su disposición. Ilustró, enumerando, los regimientos de Córdoba que no se habían plegado y la conducta de la Armada, que no había bombardeado Buenos Aires sólo por considerar que el jefe del levantamiento, Benjamín Menéndez, era demasiado nacionalista y había sido progermánico. No les daba las suficientes garantías "democráticas" como para atacar al gobierno constitucional

Eva dijo que el justicialismo ya estaba política e históricamente acorralado y que sólo la acción enérgica y decidida podía hacer triunfar el plan de transformación social revolucionaria. Dirigiéndose a "los gallegos", a Soto y Santín, dijo que estábamos como España en 1936, pero que ni siquiera habría una guerra civil. Lo importante era consolidar el proceso democrático justicialista con una fuerza militar popular y sindicalista que disuadiese definitivamente a los malos militares, conspiradores, antisanmartinianos.

Cuando hice servir el café estaba encendida como en sus mejores tiempos. La mirada brillante en sus ojos oscuros. Hasta el calor del colorete parecía verdadero. Estaba sentada sobre la pierna doblada, en el sillón de cuero. Era una iluminada. Le juro que creí que a partir de allí se curaría. Daba la impresión de tener más fuerza que esos cuatro hombres juntos. Desgraciadamente se trataba sólo de su fuerza espiritual...

Fue entonces cuando dijo que la CGT y los obreros argentinos, tenían que sentirse convocados para definir la revolución justicialista. Explicó los planes de creación de milicias obreras combatientes en todo el país. Ilustró sobre los cursos de acción preparados por el general "Von F." (a quien no se refirió). Pidió que preparasen una reunión sindical-militar, con gente segura del interior del país. Describió el plan básico que ya conocíamos los de su grupo: una fuerza de resistencia urbana, organizada celularmente, con una instrucción militar adecuada. Además, crear un plan de represión para cualquier levantamiento contra el orden institucional, capaz de detener a los activistas posibles y paralizar la acción de fuerzas militares rebeldes, mediante un plan rápido de movilización popular a escala nacional.

La Señora no se cansaba. No caía. Su voz más bien se tornaba cada vez más poderosa.

Dirigiéndose al general Sosa Molina, habló de las fuerzas leales del Ejército (de tierra) y de la aeronáutica militar, para crear un bastión, de oficiales jóvenes y de suboficiales, adoctrinados para reaccionar en casos de sublevación. Debían comprender que su lealtad sería hacia la Constitución y el Presidente de la Nación, como Comandante Supremo de las Fuerzas Armadas. Por lo que yo recuerdo, Sosa Molina asentía. Se mostraba claramente partícipe de aquellas ideas, aunque conocería claramente hasta qué punto la oficialidad estaba penetrada por el antiperonismo y especialmente por la oposición a la presencia de la Señora como pieza fundamental del mecanismo de poder.

Aunque yo estaba a un paso, la Señora me llamó. Me pidió las carpetas. Había cartas de crédito, notas con pedidos, listado de armamento. Esto no se lo esperaba ninguno. (Por momentos yo no estuve presente y no sé qué pudo haberles informado previamente a Espejo, Santín y Soto, los jefes de la Confederación del Trabajo.)

Fue entonces cuando la Señora habló sobre sus conversaciones con el príncipe Bernardo de Holanda y con sus emisarios. (Aquella extraña invitación de abril para asistir a una lectura íntima de *La sinrazón*).

Yo le pasaba el papelerío al general Sosa Molina. ¡Seguramente no pensaba que estaba allí para firmar los documentos de compra en nombre del Ejército Argentino! La Señora dijo con toda naturalidad: De acuerdo con los estudios que se estuvieron haciendo se necesita una primera adquisición de cinco mil pistolas automáticas y de mil quinientas ametralladoras pesadas. Se trata de instruir milicias, y de un comienzo. La segunda compra será de treinta mil unidades.

La Señora se dirigió a Sosa Molina y le hizo ver en las carpetas el plan de instrucción, apenas esbozado.

No creo que aquel fuera un momento agradable para el general Sosa Molina. Menos cuando la Señora me dijo que le diese la lapicera para firmar las órdenes. Imagínese: tuvo que firmar antes de haber obtenido la autorización expresa de su jefe directo, el Presidente de la República. ¿Pero quién era capaz de decirle que no a Eva, aunque se tratase de una compra de armas que implicase, además, una desobediencia al orden jerárquico?

"Di la orden de tramitar todo por telégrafo, especialmente la orden de pago. En no más de cuarenta días las armas estarán aquí, en el puerto de Buenos Aires." Dijo la Señora.[1]

Sosa Molina se fue antes. Yo pienso que la Señora quiso tenerlo de testigo comprometido. Era como decirle que un Ejército que respeta al Gobierno establecido no tiene sino que colaborar con el plan de defensa. Pero era también la forma de hacerle saber a todo el Ejército que en adelante iba a correr sangre y que no se trataría de un paseo en tanque desde Campo de Mayo a la Casa Rosada, como la aventura de Benjamín Menéndez.

Yo nunca quise opinar de cosas cuya importancia me sobrepasaba en mucho. Pero no me gustaría morirme sin aprovechar esta oportunidad y decir que, después del 22 de agosto de 1951 y con el levantamiento de Menéndez, Evita es como si hubiese perdido la paciencia: tenía una posición francamente izquierdista, era una revolucionaria. Estaba segura de que en poco tiempo las conquistas sociales serían abolidas. En aquel último mes, antes de la gran operación, sentía que debía dejar en pie un esquema de acción válido. En primer lugar, no depender más del monopolio armado del Ejército, crear milicias y comprometer a los dirigentes de la CGT a la lucha.

[1]Las armas llegaron efectivamente a Buenos Aires. Según declaraciones de Florencio Soto en los años 60, las mismas fueron depositadas por orden del General Perón en el arsenal Esteban de Luca y más tarde distribuidas a los regimientos de Gendarmería Nacional, unidades que en 1955 tuvieron una acción decisiva en el derrocamiento armado de Perón. (N.del E.)

El general podría manifestarse escéptico, pero lo cierto es que no podría enfrentarse con las razones de Eva. El general anteponía el orden y nunca se rebelaría contra el Ejército

Yo escuché lo que les dijo a Soto, a Santín y a Espejo ese día: "Si nosotros estamos armados y ellos saben que correrá sangre, ya será más difícil eso de conspirar día y noche sin riesgo alguno. Son unos calzonudos y caguetas. En la Argentina se matonea mucho porque nadie es capaz de sacar el cuchillo".

Insisto: creo positivamente que en esos meses Evita, que mantenía intacto su respeto y adoración por el General, en cambio dejó de creer en el buen resultado de sus enjuagues politiqueros y en sus tácticas. Eva cayó en su pasión, no la traicionó con el buen sentido ni la conveniencia. Sentía que el pueblo estaba de nuevo amenazado por la eterna opresión, después de aquel breve respiro del primer gobierno peronista. Creía en la justicia. Veía una gigantesca confrontación universal entre lo justo y lo injusto como los únicos rostros del Bien y del Mal. Y se jugó por la justicia. A mi juicio, sin preguntarle ya nada a Perón.

La presencia de Sosa Molina con sus botas impecables, sus condecoraciones y su bastón de mando, era la prueba de esa decisión final de Evita en favor de imponer al pueblo como único protagonista de todo orden futuro.

Cuando Santín, que era un ser admirable y respetado por todos, salía de la biblioteca, Evita lo retuvo y le dijo algo que para mí fue revelador: "La revolución, la guerra justa, es buena aunque se pierda, Gallego, como te pasó a vos en tu España. No siempre se cambia el mundo por la puerta del triunfo... El General me parece que se volvió un poco fatalista. Cree que la Sinarquía, los poderes mundiales ocultos, se impondrán. Piensa que hay que negociar, acomodarse"

Esto se lo escuché yo, personalmente.

Pero ese día ya no podía tenerse en pie. Se sacó las botitas de cualquier manera y se dejó caer en la cama. (Ya empezaba a ver la cama con desconfianza, con rencor, como una prefiguración de la tumba.)

Yo preparé las cosas como siempre. La radio, para que pueda escuchar los tangos. El *Titbits* que había aparecido y los diez primeros ejemplares de la edición de lujo de *La razón de mi vida*.

Yo creía que estaba más que dormida, casi desmayada. Cuando me retiraba sin hacer ruido me llamó: "Hay que convocar de urgencia a '*Von F*'. para que entregue los planes terminados. Hay que preparar un discurso muy fuerte y muy especial para este próximo 17 de octubre que será más importante que el del 45. Ahora, Renzi, habrá que unir la *Orden Secreta Nº 1* sobre Prevención y Represión, que firmará el General, con las milicias que vamos a formar con la CGT y el Partido Peronista. Este será el próximo paso. Ahora hay que mover al pueblo. Renzi: Los que tienen que cuidar el orden son quienes lo alteran. De ahora en adelante, el juego cambia. ¿Viste la cara del pobre Sosita, las cosas que tiene que aguantar? Pero era importantísimo que estuviese presente..."

El auto del Comandante en Jefe, general Sosa Molina, salió de la Residencia por la calle Agüero y avanzó por el Bajo, custodiado por los motociclistas en dirección al Ministerio de Guerra, en el Paseo Colón. Seguramente entreabrió la carpeta que le habían entregado y leyó lo esencial de la *Orden de Represión Nº 1*.

"El movimiento peronista está decidido a luchar pacíficamente dentro del orden legal constituido, pero no dudará un instante en responder a cada acto de violencia con otro de justa defensa y por los mismos medios utilizados por los enemigos del país."

Aquella frase posiblemente le pareció una especie de misiva de Eva Perón al díscolo Ejército argentino. No le sonó como cosa de Perón. En particular el inquietante Punto 3: "Al atentado contestar con miles de atentados".

Conocía a Perón. Ese "miles", genérico y casi escolar, lo hubiera tachado con el grueso lápiz rojo con que corregía los discursos que le preparaba la Secretaría Técnica.

"Se han confeccionado listas de objetivos, de locales y de organizaciones extranjeras enemigas de nuestro gobierno, que actúan en común con los complotados y opositores que deben ser suprimidos *sin más* en caso de atentado al Presidente de la República. (Las mencionadas listas, con domicilios y teléfonos, se agregan como anexo.) La distribución de objetivos para los atentados se regulará por disposiciones especiales."

En capítulos especiales se especificaba el adoctrinamiento de todos los cuerpos armados del país, el sistema de control y vigilancia. El funcionamiento del servicio de informaciones dentro de cada arma, etcétera.

Sosa Molina comprendió que alguien estaba dando la respuesta a la famosa pregunta del poeta latino: "¿Y quién custodia al custodio?" "Eva, siempre ella."

Seguramente hizo un rápido cálculo mental sobre el tiempo, plazos y el porcentual jubilatorio que podía corresponderle, mientras el Mercedes negro entraba en la rampa de la calle Azopardo.

NOCHES DE 1939. ¿O DE 1941? Eva recordaba en ese espacio tibio, de peligrosa tregua, que crean los calmantes con su misterioso poder. Entreduerme. Entrevive. Todo se preparaba para la batalla decisiva contra la legión de células subversivas, vitales como ratas, según la metáfora pobremente zoológica del doctor Iacapraro.

En la ensoñación, la curiosa vida imaginaria crea su ámbito: de repente es un chaparrón que alivia la noche caliente en Esmeralda y Viamonte. O refresca, y Eva piensa que debería ponerse el saco que lleva colgado del brazo. Extraña perfección, rigurosas leyes del mundo del sueño. Noche de carnaval cuando van riéndose en aquel enorme taxímetro que parará en la puerta del Palais de Glace. ¿Rita Molina, Elena, Ada Pampín? Perfumes de mujer, y el viejo taxista con gorra de cuero riéndose, participando de la alegría de ellas. Serpentinas que cruzan el espacio, mesas con plateados baldes de champagne. En las espaldas desnudas el helado latigazo del chorro de éter del lanzaperfume. *3 Grandes orquestas 3*. Los muchachos de Radio Belgrano. Don Dean o René Cóspito o los Lecuona Cubans Boys. Canaro con su enorme cabeza solemne de jefe de sección de la Ferretería Francesa, como decía Rita, y los cuatro bandoneones estirándose como para absorber todo el aire caliente y perfumado de la sonora noche festiva. Antifaces de seda, máscaras, intencionadas voces atipladas. Fantasmas todos. Fantasmas alegres. Tostadas espaldas desnudas en el lento caminar cargado y canyengue de un tango muy sentido. O esas espaldas peligrosas girando sueltas y alegres en la fiesta del *Tico tico*. Mariposítas de papel picado que una indefinible voluntad arroja sobre los bailarines. Con sus antifaces de seda, generalmente negros o rosados, las mujeres quedan transformadas en maravillosas gatas. El anonimato del rostro multiplica su natural ferocidad.

Te quiero conocer, saber a dónde vas
Alegre mascarita...
Yo soy la misteriosa mujercita de tu afán...

Esa Colombina
puso en sus ojeras
Humo de la hoguera
de su corazón...

Esta noche en Buenos Aires
papelitos de color...

—Esta es la actriz que te decía, Evita Duarte...

—Sí, yo la escuché en *Jazmines del ochenta...*

—La vi con Camila Quiroga en *Mercado de amor en Argelia...*

Alegría de la noche. Los amigos. La risa por nada. La exaltación. Noche caliente de carnaval en Buenos Aires. Rosita del Río con el rouge de los labios en forma de corazón. El pleno juego de la vida. Y nosotras en medio del palacio de la vida, bajo el globo de cristalitos de espejo, idéntico al del *Olympia* de París, que gira lanzando a cada uno su destello...

Era cuando una podía creerse poderosa y eterna. (Acababa de instalarme en el Savoy Hotel y había convocado actores y músicos. "Quiero una orquesta de violín y piano, para ilustrar la melancolía del Buenos Aires colonial.")

El juego del poder del deseo, como una eterna escaramuza de felinos en su cálida cueva. Cuando todavía no se imagina que el Palacio pueda tener un portal de salida. Cuando una vive felizmente olvidada y se deja vivir. Olvidada de la ley final de eso tan extraño, sorprendente y "antinatural" que llamamos vida.

Tenía veinte años recién cumplidos. Y por fin mi cuerpo se había decidido a ser un cuerpo de mujer. Con mi primer sueldo de actriz estable creo que me compré toda la ropa que había visto en los últimos cuatro años.

Iba la nave en la noche de carnaval con su maraña de miradas y deseos.

Y aquel salón sonoro y feliz, sumergiéndose en la penumbra del nunca más del tiempo, como el famoso *Titanic* perdiéndose en las sombras del Atlántico helado. El salón con todos sus fantasmas a bordo...

Después las risas de las amigas, los comentarios, las anécdotas haciéndose jirones por la avenida Córdoba, donde siempre sube desde el Bajo un viento marino, una brisa de balneario. Una brisa que levanta las polleras hasta que se alcanza la eterna planicie de Buenos Aires, en la esquina del café, en la calle San Martín. Un grupo de máscaras se desliza rápidamente, casi trotando. Es una bandada feliz no afectada por la fatiga melancólica del baile, con sus derrotas y triunfos. Vienen seguramente del Parque Japonés y van en busca de los restos, seguramente tibios, del corso de la Avenida de Mayo. Los capitanea un "zorro" que hace punta y mantiene el paso vivo debido a su interés en mantener embolsado el aire de la noche en su amplia capa de rayón negro, donde fosforece el latigazo desafiante de la Z.

Creo que a muchos les debe de haber pasado: hay un momento en que una se siente recibida, o hermanada con la ciudad. (Más que hermana, la ciudad es amiga. No pregunta, no exige ni juzga. Da lo que puede. Pierde su tiempo con indiferencia en una. Es como una amiga permanente, que no calcula si la llamamos o no, si vamos a verla o no. Simplemente está.)

Ya había entrado en la ciudad. Me sentía casi triunfal. Reía con mis colegas. Reíamos de los hombres. Había que saber manejarlos, como agresivas marionetas adueñadas de todos los espacios de la vida. Cómicos tiranos.

¿Los hombres? Uno o muchos. Y generalmente muchos que no son siquiera uno. Casi siempre terminan siendo lo que pretenden hacer de las mujeres: objetos, meros instrumentos. Para castigarlos, Dios no necesita más que imitarlos en su trato para con nosotras.

Y sin embargo, con el tiempo aunque sin resignación, se olvida el desprecio que una puede engendrar ante tanta insolente insensibilidad y se los mira con una injusta ternura casi maternal. Esos truhanes mentirosos, duchos en trampas, violencias, imposiciones, nos resultan divertidos infantes de ese *Kindergarten* privado que toda mujer va acumulando en sí. Se les puede tener piadosa condescendencia. Una los mira imponerse, medrar, jactarse, sobre una misma. Fingen, buscando apoderarse, destruir, pero en realidad se desmoronan, ceden, se aguan, se desanudan. Envueltos y agobiados por angurria de propio placer. Gimen, se retuercen, suben, bajan, inventan. Luego resoplan, expiran, bufan. Y se olvidan y se duermen: transformados en efímeros y dóciles visitantes de la nada.

Por suerte siempre otro pecado capital los suele distraer de la lujuria, generalmente la gula o la pereza.

Una tendrá que vérselas con el seductor laborioso y planificado. Con el inocente "buen muchacho". El desamparado o el desprotegido de actitud filial. O el seductor gastronómico —como el gordo Suero, con su madrugada de puchero de gallina en el viejo Tropezón. O el carrerista, el futbolero, el automovilista, el ambicioso sin triunfo, o el donjuán profesional que huye en cada encuentro. O el político que discurre mortificadamente ante la taza de café. Los trabajadores, broncos y nocturnales, del amor violento. O el seductor poético que mandará rosas rojas con su tarjeta de opalina, como Héctor Pedro Blomberg.

Bienvenida mi ambición que me hizo pasar de largo, deslizarme entre las llamas del incendio.

Córdoba arriba. La Córdoba con aire tibio de rambla. Las risas, el comentario, la anécdota. Buscando en el escote el mínimo papel picado, como mariposítas perdidas. El restaurante Alejandra, donde nunca fui y donde pensé que una podría ir con ese hombre que alguna vez, necesariamente, se cruza con toda mujer. El "Sol", como le dije a Silvana.

En la noche de tétrico silencio de la Residencia, el murmullo de la radio que dejó Renzi encendida, como un gato aprisionado por la sobrecama.

Esta noche en Buenos Aires
papelitos de color
Esta noche en Buenos Aires
quién de mí se acordará

Angel Vargas, claro, es el cantor.

El tango es lo que se escucha en la noche tarde, cuando vuelvo del Hogar de la Empleada y las calles están vacías. Siempre indirecto, el tango. Casi anónimo, como confesión o frase deslizada al pasar por alguien muy discreto, que no quisiese molestarnos con la verdad dicha de frente.

Sin embargo siempre hay algo importante o casi secreto de una que tiene que ver con el tango. Digo, el tango recóndito, ese cuya letra está siempre hecha de jirones en el recuerdo, ese tango que nos parece estar esperándonos en el silencio interior. Y nos sabe decir el verso justo y necesario como la caracola que deja el mar en la playa.

EL ENCUENTRO DECISIVO DE PERÓN Y EVA fue realmente en aquel caluroso 22 de enero en el Luna Park, en el infinito festival para reunir fondos para las víctimas del terremoto de San Juan.

Usted sabe que conozco todas las versiones sobre ese episodio fundamental para la vida de Eva. Bachi, usted estaba en Artistas Asociados, aquel día de verano, cuando Manzi, antes de morir, contó la versión que después se repitió através de las declaraciones de Jauretche.

Carece de toda importancia cómo se acercó al escenario o por qué no estaba entre las organizadoras del festival (una de las principales promotoras del mismo era Libertad Lamarque). Y si usurpó la silla que no le correspondía o no.

Lo cierto es que Eva sabía perfectamente la importancia que tenía Perón en el Ejército y su enorme prestigio. El Coronel estaba al frente de la Secretaría de Trabajo y Previsión. Se habían encontrado con Eva y otros actores por razones gremiales, se habían visto en Radio Belgrano, pero no habían pasado de un mero conocimiento.

Perón estaba, ya entonces, tomando por asalto el poder. Y en la infinita jornada musical del Luna Park Eva lo tomó por asalto a Perón.

Me gustaría decir que para Perón, como para todo hombre sensato, las mujeres eran más bien una molestia. Ese dulce enemigo, de extraña especie, al que tenemos que dedicar buena parte de nuestra vida y paciencia, tratando de acomodar nuestra relación con ellas. Si no se me toma al pie de la letra, diría también que antes de las siempre bienvenidas comodidades de la semiimpotencia, a Perón más bien le excitaban las mujeres sin mucho contenido de personalidad propia. La mujer-niña, por ejemplo, o la prostituta vistosa y juvenil. Le gustaba el cuerpo dócil y fresco de la mujer. (Acerca de esta especie, conjeturo que tenía más bien fantasmas y fantasías cuarteleras.) Esto fue así toda su vida, antes y después del ejercicio del poder. Usted recordará el caso de Piraña, antes. Y el de Nelly Rivas después... Era sabido que había amado mucho a su primera esposa, Aurelia Tizón, que murió en 1938. Desde entonces, y mientras no surgiese a su paso una mujer inteligente que mereciera los trabajos de soportarla, prefería el mero cuerpo adolescente. No la mujer sino la mujer-niña. Éstas eran las condiciones, de Piraña o Pilonga, la chiquilina que vivía con él entonces, seguramente para todo servicio, y que había traído de Mendoza. Estaba instalada en el departamento de Arenales y Coronel Díaz cuando él conoció a Eva. No escatimaba en exhibirla en público o llevarla a ciertas reuniones de oficiales. Con el desparpajo que lo caracterizaba, la presentaba como a su sobrina. Pero no pocas veces se olvidaba y decía que era su hija o su ahijada, como para cortar por lo sano. La chica tendría diecisiete o dieciocho años.

Perón reía. Tenía una extraña libertad para ser un hombre formado —o deformado— por el Ejército desde niño. La imagen del demagogo, acuñada por sus opositores, es corta, fácil. La libertad de Perón provenía de un escepticismo visceral, incubado en su lejana infancia triste, tristísima.

Se había criado en un Ejército espartano y, a partir del 4 de junio de 1943, manejaba sus hilos ocultos. En esa época los coroneles, almirantes y generales eran solemnes y graves. Abusaban de sus gorras hundidas hasta las cejas. Eran como generales alemanes, pero sin El Alamein ni Stalingrado. Estos hombres adustos iban al Ministerio de Guerra a las siete de la mañana y volvían a las dos de la tarde con el portafolio lleno de las cosas que la mujer les había ordenado comprar en la proveeduría del Ejército (25 por ciento de descuento o más). Así, hasta esa jubilación, que los hería sin pena ni gloria, después de tantos sueños y fantasías de heroicos despedazamientos y estruendos memorables. Parecían aquellos oficiales de Dino Buzzatti en *El desierto de los tártaros*, siempre cuidando la frontera, siempre esperando a esos tártaros que nunca llegarían antes de la jubilación.

Perón era distinto entre tantos iguales.

Pero, sin embargo, pese a haber sido exiliado por sus pares y expulsado del poder, tenía una deuda profunda con ese Ejército que, desde los once años, había sido su único hogar. Nunca, ni en el peor momento del levantamiento final de 1955, se atrevería a rebelarse contra ese “superego”. Así como el Ejército lo había moldeado en su juventud sin padres visibles, nunca dejó de pensar que esa institución también debía ser la guía, la educadora y la moldeadora de la sociedad argentina, que alguna vez describió como “un conglomerado de huérfanos a la búsqueda del padre”.

Pero sigamos, pese a la digresión. Iba diciendo que Eva ya sabía bien quién era ese coronel Perón, que estaba sentado en la primera fila junto al general Ramírez, presidente de la Nación, y su señora, primera dama de facto de la República Argentina.

Había llegado con Rita Molina, su amiga, y fue Homero Manzi quien les hizo pasar la divisoria de alambre que les permitió ingresar en el *ring-side* y acercarse al pie del gran palco.

Estoy seguro de que en el ir y venir del interminable festival, la silla al lado de Perón quedó momentáneamente descuidada. No me atrevería a insistir en la afirmación de que era la ocupada por Libertad Lamarque, la actriz más famosa entre las que propiciaban el festival. Imagino la mirada teatral de Libertad al ver a Eva hablando con el Coronel sin darse por aludida.

Porque Evita, de un salto, había ocupado ese lugar que sabía, que intuía le pertenecería para siempre.

Eva quiso tener a Perón, y lo tuvo. Lo dejó desconcertado con aquel osado, inesperado y espectacular:

—Gracias, Coronel, por ser, por existir

Eva habló nerviosamente, sin levantar la cabeza para no toparse con la estatuaria Libertad Lamarque. Este truco y la nerviosidad consiguiente de Eva encantaron a Perón. Él mismo contó aquella escena muchos años después: “Me encontré a mi lado una joven de aspecto frágil pero de voz resuelta, de cabellos rubios que dejaba caer sobre la espalda, de ojos afiebrados... Yo sentía que sus palabras me conquistaban, estaba subyugado por el valor de su voz y de su mirada. Eva era pálida, pero mientras hablaba su rostro se encendía como una llama..."

Rauda, solemne, con su peinado alto y su cara empastada en crema blanca, en algún momento del largo festival, Libertad Lamarque asumió su estelar turno. Cantó *Madreselvas* (uno de los tangos que más quería Evita y que le recordaba la primera casa en Junín, la de la calle Roque Vázquez).

Madreselvas en flor que me vieron nacer
y en la vieja pared sorprendieron mi amor

Cuando Libertad volvió de su ración de aplausos todos los lugares estaban trastocados. Y Eva junto a Perón...

Curiosamente Perón la recuerda rubia, pero entonces era morena casi retinta. El pelo rubio fue el color oro viejo de la Eva de Perón, de la tercera vida de Eva

Ella también recordó ese momento ante su amiga Vera: "Yo no sé cómo me animé a hacerlo, pero lo hice. No lo pensé. Porque si lo hubiese pensado me habría quedado donde estaba. El impulso lo hizo todo: vi el asiento vacío y me largué. Me vi junto a Perón que me observaba con un aire asombrado y empecé a hablarle. Esa noche terminamos conversando como si nos hubiésemos conocido de toda la vida."

A las dos de la mañana, cuando el festival ya concluía, se acercó Rita Molina, la amiga de Eva. Se despidieron del Presidente *de facto* y se acercaron seguramente el coronel Imbert, que Eva conocía muy bien, y otra gente. Eran un grupo de cuatro. Algunos dicen que el otro partícipe de la cena programada fue Peralta Ramos, el de *La Razón*; otros afirman que se trató del coronel Imbert. Fueron a comer a una parrilla de la Costanera que Perón conocía. Debió de haber sido una noche muy larga, sin tregua ni sueño.

Ella quiso a Perón y lo tuvo desde la primera escaramuza. Era así.

Eva ni pensó en los roles habituales del teatro convencional. No bien vio la brecha de simpatía, arremetió con su decisión. Ella levantó a Perón.

Habíamos dicho que a Perón le gustaba la mujer-niña. La Eva de esa noche había hecho la travesura de dejar a Libertad Lamarque buscando el asiento vacío de algún desertor de la tercera fila.

Creo que lo que le cuento, más allá de las nimiedades, es importante, pues se trató del comienzo de una relación de consecuencias realmente históricas.

Los dos estaban en su año decisivo, 1944. Ella acababa de firmar su primer contrato bien pagado, consagrándose como cabeza de compañía; él estaba decidido al poder. Unos días después de ese encuentro en el Luna Park, el 26 de enero para ser precisos, la Argentina rompe relaciones con el Eje. El gobierno proalemán de Ramírez queda descolocado; Perón hábilmente maneja las riendas de aquel viraje irrisorio, invirtiendo la dirección ideológica del grupo de oficiales unidos, el GOU. Un mes después, el 24 de febrero, el GOU fuerza la renuncia del general títere Ramírez, Farrell asume la presidencia de la Nación y Perón se convierte en el vicepresidente y el hombre fuerte, con todos los resortes del poder en su mano.

Los dirigentes de Radio Belgrano, que ya saben la relación de Eva con el coronel, firman un nuevo contrato por las obras de Evita como heroína histórica. Se le paga el mayor cachet abonado hasta entonces por la radiofonía argentina: 35.000 pesos mensuales. Seguramente Yankelevich temía la inminencia del pogromo nazi...

¿Qué tal? ¡Acuérdese de la chica de la valija marrón y del mate con leche con que pretendía fortificarla la buena de Pierina Dealessi!

• • •

Sí, Silvana, hay un hombre que llamaremos el Sol... ¡Un hombre que la haga volar a una! Que la lleve a una al borde del valle de la vida y le diga ¡anda!, ¡nace!

Así como casi todos actúan como depredadores, hay uno que te está destinado, que tarde o temprano te cruzarás en el camino de tu vida. Uno que te pueda hacer crecer verdaderamente, multiplicando el sentido de tus horas. Que me disculpe el padre Benítez, pero Dios repitió en los hombres la ley de la selva (la selva, con sus códigos terribles, precedió al hombre y éste heredó el rol de la alimaña depredadora. Eva nunca pudo tener a Adán por cómplice, era un extraño para ella). Pero en algún momento hay un respiro en ese exterminio. Aparece lo afirmativo, la posibilidad vital, el hijo... Es como un equilibrio para compensar el predominio de los desmanes de la selva. Es el momento del Sol.

Tenga confianza, Silvana. Discúlpeme si avancé demasiado al hablar de su cantor de boleros. ¡Pero piense en el Sol, Silvana! Medite, desconfíe de la superficialidad de los hombres del triunfo exterior. ¡Hay que saltar hacia lo superior, fuera de todo lo cotidiano y mediocre!

A mí me cambió así —y Eva dio vuelta las manos dejando las palmas inmóviles hacia arriba—. Un verdadero hombre siempre aporta vida y renovación. A los dos meses de haberlo conocido, toda mi vida anterior me pareció banal, inexistente, inconsistente. Un verdadero hombre borra a los poderosos, que se transforman en sombras desleídas. Yo, que como usted bien sabe quería ser actriz, fui súbitamente convocada a otra vida, a otro teatro. Silvana, usted sabe perfectamente que yo entonces ni estaba enterada de la política. Era una más de esa inmensa mayoría que la sufre sin ser protagonista, como un juego de hombres. Pero a partir de la segunda mitad de aquel año crítico de 1943, especialmente desde la revolución del 4 de junio y con la aparición de Perón, mi vida cambia.

El autor de mis libretos ya no sería más Muñoz Azpiri metiéndome en el alma de cuanta heroína hubiese (Madame Chiang-Kai-Shek, María Estuardo, Josefina Bonaparte, la Lynch, Carlota de México, Alejandra de Rusia, Lady Hamilton, Catalina la Grande. Una verdadera enciclopedia de la mujer, ese ciclo de Radio Belgrano que para mí fue como una universidad...)

A partir de entonces el único libretista sería el coronel Perón, con su voluntad de cambiar las cosas, la vida de su pueblo.

A MÍ ME PARECE MUY BIEN QUE SE DESTAQUE EL ENCUENTRO EN EL LUNA PARK. Fue decisivo, para ella más que para él. Además, me parece bien que se diga que ella se sentía en su año triunfal: empezaba a manejar dinero, al punto tal que podría llegar a comprarse el petit-hôtel de la calle Teodoro García al 2000, cuyo propietario fue Ludwig Freude, el mayor espía nazi en la Argentina. No era un departamentito, era una señora casa, al punto que, al asumir la Presidencia (ambos, porque ese día no la asumió sólo Perón), se instalaron allí durante varios meses, mientras se preparaba el palacio Unzué, la residencia oficial, en Austria y avenida Alvear.

En ese tiempo, a partir de la revolución de junio del 43, Eva anduvo muy vinculada con los militares. Todo el mundo sabe que iba a tomar café al despacho del general Martínez, en el Ministerio, en Viamonte y Callao. Conocía muchos oficiales. Los frecuentaba, además, en las fiestas que organizaba su amiga y vecina, Jardín Heredia.

Para mí, Eva apuntaba más alto que lo que una imagina, ya desde entonces. Su protector era el teniente coronel Imbert, que manejaba todo el medio artístico. Todos decían que Eva era su amante, aunque él salía visiblemente con Dorita Norvi, actriz y cantante paraguaya.

Por ese entonces, se rumoreó que Eva había ayudado a huir a un importantísimo espía alemán, disfrazándolo con el uniforme de oficial del Ejército argentino que le había prestado uno de sus amigotes de la barra de Jardín Heredia. ¿Pero quién puede conocer esas intimidades? Yo le aseguro que Evita tenía tal fuerza y tal ambición como para hacer creíble cualquiera de esas acusaciones.

Lo cierto es que ella estaba en el año de su poder. Además, eso se notaba hasta físicamente. Era como si estuviese arrancando de su cuerpo toda la hembridad que pudiese darle... Pero usted puede preguntarle a Elena Lucena que sabrá decirle mejor que yo...

YO CREO QUE EVA ME QUERÍA porque yo sabía cantar. Eso era un arma importantísima en el teatro y la radio de entonces. Ella era dura de oreja. No tenía el don. Además, yo también me había venido de Campana con una mano atrás y otra adelante (o mejor, llevando con las dos manos la guitarra y la valijita de ropa).

Yo le puedo decir que en aquel enero de 1944, cuando conoció a Perón, estaba en su apogeo. Ella tenía veinticuatro años y él cuarenta y nueve. Si usted recuerda, o, ve los noticiarios y las revistas de la época, le va a parecer que Perón era un verdadero Gardel en uniforme. Allí estaba, con la chaqueta blanca con las charreteras e insignias del Estado Mayor. Parecía siempre más alto de lo que era. Sonreía medio ladeao, medio tanguero, como Gardel. Yo me di cuenta de que ya era el hombre más importante de la política argentina porque lo odiaban todos, por empezar los diarios decentes e importantes, y los universitarios e intelectuales, cuyo rencor es el termómetro de todo éxito político

Ella fue al Luna Park exactamente vestida como yo la había visto diez días antes, cuando pasó con sus amigas tratando de arrastrarme a una de aquellas fiestas que capitaneaba la Jardín Heredia. Pasaron por mi camarín en el teatro Comedia. Yo trabajaba en la compañía de Alí Salem de Baraja. Tenían ganas de divertirse y en un instante llenaron el espacio de bromas y de risas. Yo les canté tres compases del tango que hacía en esa obra y ella, Eva, me pidió su viejo tango triste, Mi dolor; creo que yo era la única que alguna vez lo cantó.

Fue ese día, en ese momento, que vi a Eva distinta. Era como si por fin se hubiese desplegado la mujer que esperaba en ella. El vestido era como un tailleur negro, de chiffon, de mangas cortas, pero llevaba guantes largos, del mismo género, de esos que llegaban al codo. Calzaba zapatos blancos con plataforma de cuero, como los que entonces se usaban, con dos hebillas en el empeine. Y un sombrero con una plumita blanca oscilante. Se dirigió hacia el espejo rodeado de lamparitas y así, de espaldas, empezó a pintarse. Se pasaba el cisne y se miraba. Fue la primera vez que la vi mujer, más allá de esa fragilidad. Tenía por fin formas de mujer adolescente, de fascinante mujer felina. La tomé por atrás y la apreté contra mí. Tenía algo muy atrayente, de chiquilina despótica y malcriada. Me empezó a ahuyentar pegándome con el cisne empolvado. Así vestida, pocos días después, se sentaría al lado de Perón en el Luna Park.

Hasta ese día nadie hubiera imaginado que pudiese saber qué quería decir la palabra "política".

Era el apogeo de la Eva privada, apenas antes de Perón. Tenía una elegancia natural. Era grácil. Tenía como esos huesos de gata, flexibles y livianos. En ella, podía atraer la contradicción entre su lucidez, la rapidez de su humor mordaz y el invariable fondo triste de su mirada exteriormente brillante e intensa.

Yo creo que ese esplendor de mujer le duró sólo cinco años de su vida. El último brillo, para mí, fue en el festival de cine de Mar del Plata de 1950. Allí, entre tantas gringas espectaculares, descolló por la elegancia. Era la más admirable, sin dudas. Le gustaba la ropa, los sombreros, los zapatos (yo la acompañé alguna vez a la casa Perugia, la más fina).

No era melosa ni cariñosa en público. Jamás lloraba ni hacía remilgos. En los años de radio y cine, no se le conoció un solo amor (que no fueran chimentos o gacetillas publicitarias). No se le conoció ningún verdadero metejón, como se dice. Iba a lo suyo.

Yo colaboré con ella y ella me quiso y me apoyó desde el poder. Mire este carnet...

(Y Elena Lucena sacó de la cartera un carnet que parecía recién fabricado, seguramente conservado como una reliquia, con el escudo del partido peronista magníficamente impreso.)

Debo de ser la afiliada número uno... Ahora, quiero decirle que en ese año de 1944, cuando se juntan con Perón (él deja el departamento de la calle Arenales y Coronel Díaz y alquila uno en Posadas 1567, en una de las cuadras más elegantes de Buenos Aires en la misma casa donde Evita había alquilado su departamento), empezó la guerra cerrada contra ella. Por un lado, los envidiosos del medio artístico, que la consideraron una trepadora (del mismo modo que trataron a Libertad Lamarque como una santa y una "democrática"). Por la otra parte, la oligarquía de Buenos Aires se la juró a Eva desde un comienzo. Para mí, eso se vio claro en ese 9 de Julio de 1944 en que Perón, ya vicepresidente, la llevó a su palco del Colón para la Gran Gala. En el *foyer* la saludaban con visible frialdad. Allí empezó la batalla de la elegancia. Eva se propuso aplastar a golpes de joyas y de modelos franceses a las grandes señoras de la aristocracia vacuna. Yo creo que allí, ante los desplantes de aquel 9 de Julio, le nació la ocurrencia de hacer traer, para la gala de dos años después, aquel increíble vestido de Dior, que fue el más bello y espectacular que se vio en Buenos Aires. Discúlpeme que le hable de estas cosas, que más bien pueden entender las mujeres. Pero Eva alguna vez dijo: "Las voy a derrotar en su propio campo, en la guerra de los trapos..."

"¿CÓMO ES POSIBLE RECORDAR TAN LEJOS LO QUE ESTÁ TAN CERCA, TAN HACE POCO...? ¿Cómo es posible ver momentos cercanos, tan a lo lejos, tan absolutamente en el pasado? Mala señal de enfermedad. Mal signo." Piensa Eva en la tibieza acogedora del lecho.

Largo atardecer de octubre. Noche de Buenos Aires. Un aire espeso. El aliento caliente de la ciudad presagiando tormenta. Imperceptible jadeo de esa selva de cemento. Empieza una larga noche de 1943. Por Maipú, hacia Corrientes, sobre los adoquines que brillan por la humedad, se deslizan los lomos negros de los enormes autazos, Packard, Buick, Studebaker, Plymouth, Chevrolet. Otra noche, otra fiesta de la abierta Babilonia en sus años de apogeo.

Los bares y restaurantes preparan el material del banquete. "Metros, litros, esencias, tomates repetidos hasta el mar." El pianista de esmoquin blanco desentumece sus dedos con las primeras escalas de *Siboney*.

Los maridos se deslizan por los corredores alfombrados de los subrepticios departamentos de amor, las "casitas", atendidas por esas maravillosas extranjeras de ojos profundos, víctimas y capitanas de esa larga marcha erótica que alguna vez se llamó *El camino de Buenos Aires*. El gato de porcelana y la discreta cajita de marfil con los sobres de polvo blanco. *Abat-jour* y victrola que desenrolla lentos tangos de De Caro o de Cobián.

Direcciones que los abogados terratenientes, los poderosos diputados, los clubmen del Jockey, altos oficiales y jóvenes hacendados se intercambian como consignas de una dulce y eterna guerra sexual. Juncal 1224, Callao 1326, Junín 1270. (Desde la ley Palacios, los burdeles cobraron el intenso encanto de la aventura personal: ya no podía haber en la Capital casas colectivas.) Mundo de amenazadores martilleros que llegan de la provincia, de parsimoniosos consignatarios de hacienda que doblarán cuidadosamente la raya del pantalón y lo pondrán en el espaldar de la silla. Mujeres que ríen mientras se lavan, y tímidos que apagan la luz antes de desprenderse los tiradores del pantalón.

Era la silenciosa máquina de amor que se encendía en cada atardecer de aquel Buenos Aires despreocupadamente pecaminoso y casi colectivamente explotador. Mundo del frú-frú, de la enagua corta de seda, de la bombacha roja con barroquismos de cintas rosadas y pubis bordados con flores de lis. Humo negro de medias de seda y deslizamientos en sábanas de satén. En la mesa de luz, el pote de porcelana china con preservativos rosados. Y más allá, para el refinado entusiasta, el sobre de cocaína junto al balde con rocío helado del champagne.

Es la hora del atardecer en que los solemnes rufianes, graves como senadores de la Antinación, emergen de bajo las humeantes toallas de los fomentos, con sus mejillas rosadas, hervidas, perfectamente rasuradas. Gordos bebés perversos, de chaleco cruzado y corbatas de seda italiana con pintas o rayas a la inglesa. Serios, lustrosos, sombríos, solemnes, como caballos de pompas fúnebres. Emergen como de un sueño amniótico, porque entró el pibe de gorra ladeada y remiendos en el culo que vocea la *Crítica 5a.*, que trae los detalles del último crimen nacional o internacional ilustrado por el dibujante Rojas a cuatro columnas. Así se enteran del heroísmo lejano de las mujeres del asedio de Leningrado, de las noches de hierro y fuego de El Alamein, de las deportaciones de millones de judíos y polacos, del bombardeo de Londres, del fósforo que transforma en avenidas de fuego las calles de Hamburgo o de Dresden. Todo tiene más o menos la misma importancia que la muerte del Pibe Pólvora o el asesinato del Petiso Orejudo. El dócil peluquero italiano cepilla las solapas, quita el último talco del cuello y recibe su propina. (Es una sociedad de varones, hecha por machos y para machos.)

Eva tomó un enorme taxi De Soto y dio la dirección de Maipú 820 donde Jardín Heredia dijo que la esperaba para ir a cenar con los amigos militares. Era un petit-hôtel que un director del Banco Hipotecario prestaba a Jardín. Esas grandes casas de alguna familia en ruina, que por razones procesales quedan abandonadas durante meses, antes del remate. Pidió al taxista que la esperara. Tocó el timbre pero no obtuvo respuesta. Empujó la pesada hoja de la puerta, de caoba con artesanías de hierro forjado y cristales polvorientos. Se deslizó por el zaguán de mármol. En el vestíbulo, casi a oscuras, respiró ese aire fresco pero con aroma rancio que suelen tener las grandes casonas en desgracia.

Avanzó por la penumbra, entre mesas finas y peligrantes jarrones chinos. Olor a potentado en quiebra. Polvo y silencio de casa abandonada por los mucamos. Alcanzó el pie de una enorme escalera "de película", por donde podría bajar Ginger Rogers cantando *Hello, Dolly*. Oyó una respiración activa, insistente, de andinista que se acerca laboriosamente a una cumbre. Ese jadeo descendía desde los altos, seguramente desde los dormitorios de la primera planta. La respiración desembocó en gemidos y gritos de amor, como en un necesario, incontenible, wagnerianismo de *boudoir*.

Como irrisorio contraste, se oyó el timbre de la calle y Eva sintió miedo. (Un miedo, por cierto, que su amiga Jardín desconocería.) Retrocedió hacia la puerta. Estaba allí el caballero canoso, el director del Banco, que Eva conocía. La tranquilizó ver que el Packard estaba con la puerta abierta y que el chofer mantenía el coche en marcha. El distinguido ciudadano preguntaba por Jardín.

—Ella lo estuvo esperando hasta ahora... Me pidió que le dijese que tuvo que correr a la casa de su prima, por un parto adelantado...

Cuando Eva volvía a la penumbra del vestíbulo, lo cruzaba hacia la calle Santamarina, poniéndose su saco, vagamente envuelto en un aroma de colonia Yardley.

Oyó las carcajadas francas y estrepitosas de Jardín, que pese a la penumbra, percibía la turbación de Eva.

—¿Cómo podés tomar tan en serio a los hombres, Eva? —Jardín estaba desnuda contra la baranda del primer piso.

La risa y la libertad de Jardín la fascinaban. Cuando por fin Jardín bajó vestida, le dio una explicación:

—Disculpáme, Eva, ¿sabés?: iba todo normal y de repente me enamoré. Qué le vas a hacer, vos sabés cómo es el amor, es tan repentino: Te arrastra, ¡y te puede llevar más de una hora..! —Y Jardín volvió a reír, mientras subían al De Soto cuyo taxímetro marcaba ya un dineral.

—Vamos al salón Des Ambassadeurs dijo, acomodándose en el coche. Iba desnuda, tal vez más que antes, cuando estaba apoyada en la baranda, pero esta vez dentro de un vestido cortón de brillantes lentejuelas plateadas, como de bailarina de charleston. Llevaba una vincha que sostenía una pluma de faisán y un gran collar de cuentas descaradamente falsas y alegres.

Jardín fascinaba a Eva como una presencia de la plenitud de la libertad femenina. Gozaba al convocar el deseo de los hombres y enredarlos, atraparlos, en su eterna voluntad de atrapar y poseer.

En el salón, la frescura del encuentro con los amigos. Rita Molina, Dorita Norvi, y los oficiales, el general Martínez, el teniente coronel Imbert, dos jóvenes capitanes.

La orquesta "tropical" Santa Paula Serenaders. Los maraquistas con sus blusas con volados celestes y rojos. Y ese público de granfinos de Buenos Aires, señores de estancia y "gran caché", cuidadosamente engominados con el cabello aplastado hacia atrás, rigurosamente de oscuro, como un vasto grupo de diplomáticos británicos dispuestos a una juerga para celebrar el final de alguna tediosa y solemne convención. Los ricos y felices. Con sus *voiturettes* descapotables que usaban a partir de octubre ("picadas" en la madrugada en la Avenida Alvear hacia Palermo). Macoco y Gonzalo y Marcial. Con sus maravillosas mujercitas para foto de tapa en *El Hogar* o en *Bohemia*. Gente del Plaza, del London Grill, del Alvear, del Jockey. Pioneros de efímera moda, de lo banal, del instante complejamente mundano.

Los alegres trabajadores de la rumba fueron relevados por los hombres del tango, que ingresaron en la ritual penumbra del escenario de riguroso esmoquin y con sus rostros de palidez de albayalde, como máscaras de teatro *Kabuki*. Se instaló una gravedad de noche oscura del alma. Jardín bailaba con Imbert, ondulándose en largos pasos sensuales, como si caminasen después de haber hecho el amor y avanzasen por un sendero estrecho, a punto de caer nuevamente entre nupciales sábanas de seda. *Vida mía. Pampero. Ave de paso.*

Después, el coronel Imbert, tal vez queriendo disimular ante sus camaradas la presión de Jardín, sacó a bailar a Eva. Era el tango *¡Qué noche!* y Eva sintió la mano firme de Imbert en su cintura y la proximidad de ese cuerpo de hombre que intentaba la delicadeza como un oso que llevase una flor de jacinto. Por un momento Eva sintió la fuerza espléndida y canalla del tango en aquella mano firme apoyada en su cintura. El vértigo del giro bravo, taura, y el placer de desequilibrarse sobre el pecho de ese hombre que nos despide hacia un nuevo compás.

En la confusión de la noche, de la cena, de los saludos y del cambio de ritmos, en algún momento Eva se dio cuenta de que Jardín e Imbert se habían esfumado.

Eva se quedó hablando sensatamente con el general Martínez. Recordaron a Arrieta, el cuñado de Eva, y hablaron de la guarnición de Junín. El general evocó caballadas al amanecer, en las memorables maniobras de 1938.

El general acompañó a Eva en el auto de la repartición, manejado por un conscripto serio como un kamikaze. Se despidieron, prometiéndose otro encuentro en el Ministerio de Guerra.

Eva recuerda esa lejanía (que pasó ayer nomás). Todo le parece ingrávido, venial, como la risa de la Jardín, implacable burladora de hombres.

Aquellas ganas de vivir. La noche. La risa. En la penumbra del lecho, en la ensoñación, todo resulta amable, sin aristas. Aquel "antes de Perón". Aquellas ráfagas de vida que aparecen abreviadas entre sueños. Porque el sueño es sintético, como los boletines de Carlos A. Taquini en Radio El Mundo.

La Jardín. Des Ambassadeurs. Aquellos oficiales serios como notarios o caciques de tira cómica. Los elegantes estancieros engominados, con el pelo aplastado en las sienes, que a Eva le recordaba la cutícula de los cascarudos de Los Toldos.

EL SECRETO DE EVA ES UN TEMA INABORDABLE. Como todo secreto incitó a pistas falsas. Por ejemplo, a partir de 1943, desde enero, Eva se esfuma durante meses decisivos para su carrera, en el momento de su laboriosa afirmación como actriz. ¿Viajó? ¿Estuvo internada? Se dice que en ese año se registra su paso por el sanatorio Otamendi y Miroli.

Las respuestas imaginarias son fáciles y se desbarrancan en lo fantasiosamente obvio.

Le puedo asegurar que muchos han buscado el elefante blanco escondido en un cajón de *boudoir*. En especial sus despiadados odiadores, los marinos y militares de la Revolución Libertadora que en 1955 quisieron presentarla como un monstruo, al punto de exhibir al público en la Residencia presidencial (que enseguida demolerían con topadoras, como en una suprema y desesperada desinfección, como en una extrema y desolada lucha contra un fantasma siempre vencedor), en cestos de mimbre, docenas y docenas de calzones, corpiños, enaguas, pantalones, polleras, blusas, de Eva. Como ejemplo de vulgar ferocidad, digo... Y, sin embargo, el empeño de esos torpes, a nada llegó. Indagaron ferozmente en su vida y no dieron con el supuesto secreto supremo.

Si ese hecho decisivo para la vida de Eva se hubiese producido apenas antes del conocimiento de Perón (en aquellos meses en blanco o en negro de 1943), ello llevaría a suponer que a aquella noche caliente del 22 de enero de 1944, en el Luna Park, Eva llegó siendo ya una persona distinta, cambiada por una catástrofe personal, buscando huir de la vida llevada hasta entonces, que posiblemente ya le parecería de una banalidad absurda.

Esta posibilidad se contradice con su risa, sus travesuras, la alegría con que festejó en octubre de 1943 su primer importante contrato radial. Y sobre todo aquella estación de amor y lucha y ascenso político que comparten con Perón como una fiesta, transformándose ambos en una especie de Bonnie and Clyde para la oligarquía argentina y las Fuerzas Armadas, sus seguras servidoras.

La otra posibilidad, según mis indagaciones, es que ese hecho decisivo, el supremo secreto de la vida de Eva, pueda haber ocurrido en 1946, como sugirió un actor que, en declaraciones a don Torcuato Luca de Tena, dueño del mayor diario de España, afirmó que en ese año Eva había tenido una gestación de varios meses. Se sabe que el actorcete, que se jactaba de haber vivido algunas semanas con Eva, había depositado en un Banco de Uruguay ciertas pruebas para "garantizarse" de cualquier amenaza política por sus conocimientos. En su declaración habla ambiguamente. Como de un hecho desdichado y grave.

Si esto fuera así, es posible que el extraño e inesperado viaje político-publicitario que Perón inventó para Eva en 1947, tuviese que ver con algo así como un tratamiento de shock.

Déjeme arriesgar conjeturas. Le adelanto que pienso que el secreto existe y que las personas que conocen sus detalles están aún vivas, pero creo que hay que ser extremadamente prudente y no llegar a errores o suposiciones fáciles.

A partir de un determinado momento, Eva inicia un extraño, extremo y casi frenético camino propio, absolutamente transpolítico. El camino más bien de una iluminada, de una llanera solitaria (que era el título de una de las historietas que le gustaba leer). ¿Hay entonces un algo de tal fuerza como para alejarla de los juegos políticos y del mismo Perón, proyectándola hacia una senda estrecha, unipersonal y trágica, de autosacrificio? Me refiero a su forma de huir, desde enero de 1950, de la evidencia de su enfermedad grave y de trabajar hasta veinte horas en un autosacrificio que ni Perón ni la familia ni sus pocos amigos pudieron impedir. La acción social directa empezó a transformarse en fuga (¿de qué, de quién?), en autoinmolación y, me atrevo a susurrarlo: en sendero de santidad laica, sin coberturas confesionales. Su salvaje santidad caritativa, que no abandonó ni cuando la sometían a tremendas aplicaciones de rayos.

¿Estaba Perón vinculado a ese *hecho* determinante? ¿Tenía una importancia capital para el destino o el prestigio de Perón mismo?

Le aseguro que yo nunca habría hablado de este tema si no hubiese tenido conocimiento de algunos indicios de ineludible importancia.

Debo referirme a su confesor. O mejor: su dialogante final, porque no se puede imaginar a Eva muy dócil ante el sacramento de la confesión ni ante ningún otro. En una misiva dirigida a Blanca Duarte de Álvarez Rodríguez, hermana mayor de Eva, escrita más de treinta años después de la muerte de ésta, la trata como a una cofrade "del gran secreto". "Un secreto que jamás se sabrá en este mundo. Lo ignorarán las gentes. Escapará a la búsqueda de los historiadores. Morirá con la muerte de contadas personas. La de usted, la de Chicha (otra hermana de Eva), la mía, y no sé si de alguien más."

¿Le sorprende? A nadie se le ocurriría inventar nada de esto después de tres décadas, y para ocultarlo... En otra parte de la misma carta el religioso dice, recordando cuando Eva yace recién muerta, que sintió que ella le estaba ofreciendo a Dios "el holocausto de un inmenso dolor. De un dolor que jamás se sabrá en este mundo... Usted sabe muy bien a qué dolor me refiero. Sabe *quién* lo provocaba y de qué manera. Dolor que, como ningún otro, desgarró su corazón, más, mucho más que la enfermedad... Eva ya había padecido el purgatorio en este mundo. No en su carne cancerada, sino en su corazón acrisolado en la peor de las torturas. Bien sabe usted, Blanca, a qué me refiero".

Retenga esto: lo peor de las torturas y ese *quién*, deslizado en un borde de silencio.

Si no es el más feroz y doloroso cáncer con la tortura médica de entonces, si no es la muerte, ¿cuál puede ser la peor de las torturas?

Usted tiene derecho a imaginarlo. Yo, por mi parte, prefiero continuar con mi indagación. Hay tres personas vivas que conocen el secreto que fue vedado para su hermano Juan, para su madre y, aparentemente, para el mismo Perón. Y si el padre Benítez llegó a conocimiento de él, seguramente fue por causa de confesión, probablemente...

—¿Por qué esté probablemente dicho de esa manera?

—¿Recuerda usted que todos los cronistas de Eva registran (hasta la revista *Antena*), que ella estuvo desaparecida durante gran parte de 1943, hasta septiembre, desde enero?

Pues bien: al poco tiempo de ese hecho, Eva, que iniciaba en 1944 su año triunfal, con dinero, departamento, compañía propia, sufre una extraña crisis que la lleva a buscar desesperadamente a un cura, a un predicador que había escuchado por Radio Belgrano al azar. ¿Sabe a quién?: Al padre Benítez, que era predicador de la Catedral, brillante orador de la orden jesuítica, y profesor precoz de El Salvador.

Recuerde quién era Eva en 1944: una triunfante personita que recién acababa de vencer la batalla de Buenos Aires después de años de miseria. No era ni devota ni católica ni cosa que se le pareciera. Era una católica a la argentina, que como todo argentino en su alegre superficialidad espiritual, se suele encomendar a San Judas Tadeo el día que firma un contrato o a Santa Bárbara cuando toma el vapor de la carrera a Montevideo (¿es Santa Bárbara la que corresponde?).

Pues bien: ¿Qué podía llevar a Evita Duarte a solicitar una audiencia con el padre Benítez, "por un asunto de extrema gravedad"? Como apareció en alguna de las biografías, es sabido que el padre Benítez se olvidó de la hora del encuentro. Eva fue a El Salvador y no lo encontró, estaban citados para un domingo a las cuatro de la tarde... Años después, cuando Benítez volvió a ver al general Perón por razones políticas y lo visitó en su casa, el General quiso presentarle a su reciente segunda esposa. Eva le dio la mano y le espetó en un estilo muy de ella:

"Usted, padre, no se acuerda de mí. Un día me dio una cita a las cuatro de la tarde y faltó a la cita. Claro... yo no me llamaba Anchorena."

¿Qué la había llevado? ¿Qué hecho grave o desesperante o trágico podía haber movido a aquella Eva de 1944 a buscar un cura?

—De acuerdo en todos esos indicios y suposiciones. No son más que eso, aunque tengan un serio y prestigioso origen. Déjeme dudar: en un personaje que alcanza esa dimensión de poder y de publicidad mundial, me cuesta creer que pueda quedar espacio para secreto alguno que aquellos ensañados, feroces enemigos de 1955 no hubieran olfateado y luego ventilado para su descrédito y tal vez para el descrédito de Perón. ¿No quedó viva gente como Renzi, su mucama, íntimos allegados?

—Pero no subestime un aspecto que emerge de la famosa carta del padre Benítez: sobre la naturaleza del secreto.

—¿En qué sentido?

—El padre dice que es un episodio de tal naturaleza que por sí sólo bastaría para presentar a Eva ante Dios como una elegida, casi una santa. Mucho más que lo que pudo hacer de bueno en su obra masivamente caritativa. Pero, al mismo tiempo, se trata del "máximo sufrimiento" (que no tiene que ver con los espantosos dolores del cáncer).

—Renzi... ¿Es posible que un hombre de la bondad y la abnegación de Renzi, que la asiste día y noche en los últimos tres años de su vida, pueda no saber o haber intuido nada? Ya le contaré algunas cosas de la parte de Renzi...

CUANDO EVA SE FUE A VIVIR CON PERÓN, todavía apretaba el dentífrico de arriba y dejaba las horquillas olvidadas o pegoteadas en la jabonera. Perón soportó esas cosas y muchas más, de las que suelen corresponder a la ancestral e irritante torpeza femenina.

Ya le conté cómo fue lo del Luna Park. Perón era, a los cuarenta y nueve años, uno de esos hombres que pueden perder la posibilidad de una conquista femenina, por ocio, por escepticismo o por dedicación a los trabajos de su demorada ambición. No era un *homme à femmes*.

Eva lo intuyó. Además Eva sabía que su cuerpo, aunque elegante y grácil, no tenía el poder de convocatoria del de las llamadas actrices sexies. (En esa época una actriz sexy, aunque muy escultural, era Zully Moreno, o Fanny Navarro) Perón mismo declaró que cuando consideró a Eva como mujer, como hembra, el resultado no fue muy entusiasmante. Él mismo dijo: "De figura no estaba bien, era una de esas criollas flacas, con las piernas derechas y los tobillos gruesos. No. No fue su físico lo que me atrajo" (Eso de los tobillos gruesos fue una constante preocupación de Eva. Hizo ejercicios de todo tipo y hasta un régimen exótico que, según un curandero, servía para adelgazar precisamente los tobillos.)

Después del Luna Park y de la primera salida, como le dije, Eva intuyó la sobona apatía de Perón. Y ella, con la raza que tenía, volvió a tomar la iniciativa. Él regresaba a cualquier hora, siempre distinta y muchas veces muy tarde en la noche (los hombres no se habían vuelto todavía como los apacibles cabrones de ahora, que son niñeras, cocineras, lavaplatos, además de cagatintas "ejecutivos" de alguna multinacional). Eva se plantó delante de la entrada del departamento de Perón en la calle Arenales. Aunque cansado, no podía rehuirla y la invitó al café de la esquina de Santa Fe, no a la casa. Claro, eso extrañó mucho a Eva y así fue como comprendió que Piraña no era sólo una mucama.

Ya le dije que Piraña era una chica mendocina, hija de un arriero que colaboraba con las tropas de montaña. Perón la trajo a Buenos Aires y solía justificarla como ahijada, sobrina, empleada. Se olvidaba, no concedía ninguna importancia a esas cosas, y no le importaban los comentarios que podían hacer a sus espaldas. Pero esa presencia bloqueaba el plan de invasión de Eva. Lo cierto es que una noche Perón volvió y encontró a Eva sentada en el living, esperándolo. Hablaron como si nada pasase. En un momento, Perón le dijo:

—Voy a decirle a Piraña que nos prepare algo para el aperitivo.

—Piraña no está más, la despaché a Mendoza.

Perón se rió. (Así era él.)

Según el padre Benítez, Eva había ido a ver al íntimo amigo colaborador de Perón, el teniente coronel Mercante, y le pidió ayuda para desalojar a Piraña. La versión más segura refiere que Eva subió por las suyas y que le dijo a Piraña que su familia deseaba que volviese a Mendoza. Le dio una buena suma de plata y el pasaje para el tren de la noche, El Mendocino. Ella misma le hizo amablemente la valija y hasta le dobló el traje de Colombina que Perón le había regalado para los bailes de la semana de carnaval. Seguramente fue hasta el andén, no tanto para ayudarla como para cerciorarse de la partida.

Desde entonces, paulatinamente, Eva se fue quedando y Perón fue aceptando que debía nomás zambullirse otra vez en los peligros y las incomodidades del amor. Él contó cómo fue encontrando avances y presencias permanentes de Eva, por ejemplo los polvos Le Sancy en el botiquín y el batón colgado detrás de la puerta del baño, hasta que se vio necesitado, para preservar el orden cuartelero y austero de su vida, de cederle un placard entero.

La pareja nueva se consolidó cuando Eva, por intermedio de su amiga Jardín, consiguió un departamento contiguo al suyo en Posadas 1567. Perón lo alquiló y se mudó.

Se enamoraron, claro. Eva me dijo que Perón le recordaba a su abuelo, don Diógenes (que era quizás la única imagen paternal y de hombre digno que tuvo hasta conocer al Coronel). "Sobre todo porque huele a tabaco fuerte." Perón fumaba lo peor, Condal, después pasó a Particulares, que sería para él algo así como el Davidoff de los exquisitos. Y él, por su parte, fue venciendo toda la desconfianza que pudo haber tenido ante una persona tan determinada y con fama de implacable trepadora.

Yo, que los conocí y frecuenté en aquel frenético y maravilloso año en que la Argentina y el mundo cambiaron, me animaría a decirle que Perón, el gran solitario, empezó a ser seducido realmente por ella. A medida que le fue hablando en su interminable monólogo sobre la Argentina, el mundo, la historia, la guerra mundial, Eva se constituía en un receptáculo apasionado, fascinado. Ese hecho lo sorprendió. Descubrió, en su monologar, la gran inteligencia natural de Eva y la inmensa pasión política que estaba desencadenando en ella. Por eso Perón pudo recordar antes de morir, "aquellos ojos brillantes y sus manos nerviosas", bebiendo el conocimiento político de ese solitario que fingía mundanidad, pero que en realidad nunca había salido del desierto patagónico barrido por el viento. Empezó a gustarle llegar a la casa y saber que ella estaba y que juntos irían a comer y que le hablaría de los pormenores de la política nacional e internacional. Hablándole, él ponía en claro sus propias ideas. Se hablaba. Hasta se exaltaba. Predicaba, tal vez improvisando, para convencerse. Para exorcizar sus propias dudas.

Perón estaba desnudo e indefenso ante las fuerzas que él había lanzado. Era vicepresidente, ministro de Guerra y secretario de Trabajo y Previsión. El Ejército y los oficiales de la logia GOU, que prácticamente comandaba, miraban hacia él. La revolución militar del 43 se había movido con la convicción de la neutralidad ante las presiones de Estados Unidos para que la Argentina entrase en guerra. Y eran más bien profascistas y proalemanes (unos pocos eran pronazis). Entre todas esas nulidades militares —Ramírez, Farrell, Giovannoni, Ávalos—, Perón estaba solo. Desde julio del 43, Mussolini había caído (¡al mes de nuestra revolución profascista!). El ejército aliado había desembarcado en Anzio; el 4 de junio ocuparon Roma y el 6 del mismo mes se producía el famoso "día D", el desembarco masivo en Normandía.

Perón, que era especialista en historia militar, sabía que los alemanes habían sufrido en Stalingrado lo que Napoleón en el Berezina: no sólo era una batalla perdida, era el fin.

¡Mire si tendría cosas para monologar ante Eva!

Él había creído que debía estar solo (o con la dócil Piraña, cuanto más) y en el momento más complicado de su vida pública, en ese año, el más largo de la historia política argentina, que concluirá el 17 de octubre de 1945, se le cruza Eva. Contra todo lo que imaginaba (su criterio de la mujer era francamente machista), Eva fue su ayuda. Se transformó no en estorbo sino en apoyo, alegría e impulso. Y por esto siguió con ella, pese a lo que se le estaba viniendo encima.

Iban a comer afuera. A veces muy tarde, al volver de las convulsiones palaciegas. En las noches calientes iban al Munich de la Costanera, que a Perón le parecía el mejor lugar, o a la cervecería alemana de Santa Fe y Pueyrredón.

Perón le hablaba de El Alamein y de los movimientos errados de Von Paulus con el Sexto Ejército. Eva le contaba sus peleas con Yankelevich, el dueño de Radio Belgrano, y del estilo teatral de Mecha Ortiz. Modestamente, creo que mis libretos los ubicaron en un territorio común. Cuando llegaba y estábamos preparándolos, se ponía el pijama y aparecía para opinar sobre las orientaciones del programa de Eva de la mañana que se llamaba *Hacia un futuro mejor* y que estaba propiciado en un principio para levantar la imagen del gobierno militar, pero que enseguida se transformó en un importante mecanismo de propaganda social-populista de Perón.

Más se iba enamorando Evita de Perón, mejor le salía el programa. Traté de evitar cierta tendencia sentimental y declamatoria en su voz. Adquirió una técnica, expresiva, que sería su principal arma política. Enseguida me di cuenta de que le salía bien lo que creía. Los pasajes ambiguos, o los que no entendía, los decía "en gris", según nuestra jerga de trabajo.

Perón hablaba de historia. Sobre todo de los personajes de la serie de novelas que le dieron más fama a Evita. Si era María Estuardo, se despachaba contra los ingleses hasta no parar (hasta pretendía que metiéramos el tema de las Malvinas). Si se trataba de Madame Lynch, nos tenía una hora hablando de la Guerra del Paraguay y de la inhabilidad militar y diplomática de Mitre. "Es el único general de la historia que perdió un desfile." (La frase era de Nalé Roxlo, pero le gustaba apropiársela, refiriéndose a un intento de giros y conversiones para desfile del ejército prusiano, que Mitre quiso adaptar y que terminó en una desbandada general de los negros correntinos.)

En esos días de trabajo, Eva no cocinaba, no era su fuerte. "No sé cocinar bien, pero sé elegir bien y poner a punto", con eso se refería a recalentar lo que comprábamos en la rotisería de la calle Ayacucho: pollo *allo spiedo*, o lechón adobado o asado. Todo con pickles o ensalada rusa. De postre flan o helado. Para Perón era una fiesta porque sólo solía comer bife de chorizo con dos papas hervidas o ensalada, o salchichas de viena con chucrut, o ensalada de papas alemana. Para Perón eso era lo más sofisticado que se podía aceptar en cuestiones de cocina.

YA QUE ME PREGUNTA, le diré que siempre tuve la impresión de que el amor de ellos debió de haber tenido un punto central: el encuentro de dos seres profundamente heridos en su sexo. Hermanados por dos infancias tristes, puritanas, agrarias, sin ningún encanto bucólico, especialmente en el caso de Perón, que pasó sus primeros años en la desolación patagónica.

Un día nos habló de un domingo sin nadie, oyendo silbar el viento atroz —siempre enemigo—. Se entretenía observando esos pájaros melancólicos, grises, que cruzan el espacio helado y van hacia el mar (¿pretenden suicidarse?). Vio ese viento enfurecido levantando piedras y haciendo volar una pala de puntear como una paloma. El profundo Sur, que le quedó para siempre...

Nadie puede conocer la intimidad de una pareja. Sus alturas, sus caídas, sus secretísimos entendimientos y discordias, de alma y cuerpo. Pero en toda pareja se trasluce un momento de armonía, de conjunción fundadora. Eso, yo lo vi en ellos, en aquellos primeros meses del largo año.

Pensé, creo, que el amor había sorprendido a ambos por igual: a Perón porque creía que era ya una materia aprobada y olvidada, a Eva porque nunca lo había conocido hasta entonces.

Además, como si se tratase de una novela, todo los fue uniendo: la lucha final, Perón por el poder, Eva tomando por asalto el estrellato radioteatral. Y el desprecio y la lucha contra el medio propio, Perón contra los hombres de su ejército y Eva embistiendo a quienes la descalificaban. Y creo que la persecución une más que el triunfo...

La guerra contra "los Perón" (porque en esa época Eva dejaba de ser Eva Duarte para empezar a ser Eva Perón) tuvo su punto de comienzo el 9 de Julio de 1944 cuando a Perón, que era vicepresidente del régimen militar, se le ocurrió que ella sería su acompañante a la gran gala tradicional en el teatro Colón. En el saludo y el besamanos del entreacto se puso de manifiesto el desprecio de las señoras de los generales y almirantes hacia "la actriz que vivía con Perón". La saludaron como a una intrusa. "Ésta es la que Perón lleva a la residencia que le corresponde como ministro de Guerra, en Campo de Mayo" La acusación, le diré, era verdadera: para pasar la guardia y evitar el chismerío de los militares, alguna vez Perón hizo que Eva se escondiese bajo su capote en el asiento de atrás... Se reían como locos de esas travesuras de enamorados, sin darse cuenta del precio de odio político que les harían pagar.

Y volviendo a la gala del Colón, el otro sector que demostraría su odio sin poder ocultarlo, sería el de los "dueños" tradicionales del Colón, la elegante oligarquía vacuna. Perón, por la promulgación de ciertas leyes sociales pensadas y programadas por los diputados socialistas y conservadores de la época de Justo, era ya tenido por un peligroso comunista infiltrado.

Es inútil repetir lo que conocemos. Estoy seguro de que esa misma noche surgió en Eva la decisión de mostrarles a todos, a las coronelas, generalas y grandes aristócratas, que ella sería, quisieran o no, la número uno, sea por poder o por femenina elegancia. Estoy seguro de que allí nació su plan de venganza que se cumpliría exactamente dos años después, en la gran gala de 1946, cuando luciría aquel famoso vestido de Dior que hizo traer especialmente de París y que las rabiosas aristócratas de Buenos Aires calificarían como el más descarado derroche modisteril de la historia argentina.

¡AY! ¡QUÉ TRISTE ES RECORDAR/DESPUÉS DE TANTO AMAR/ESA DICHA QUE PASÓ!/ La letra del tango duele a las cuatro de la tarde. Duele cuando una se quedó al margen del camino, viendo pasar los autos... Vi *exactamente* la luz de aquella mañana caliente, en Radio Belgrano. Llegamos en los autos de la Presidencia. Los dos coroneles, Perón e Imbert, con sus chaquetas perfectamente almidonadas y sus gorras increíbles. Yankelevich estaba muy nervioso. Yo entré en el salón donde nos esperaba, con mi capelina de cinta azul, el vestido floreado de vuelo amplísimo y aquellos zapatos altos con suela de corcho y tiritas de cuero blanco de cabritilla. El viejo, con el que me llevaba tan mal, se deshizo en cortesías. Perón e Imbert recorrieron los estudios de grabación. Yo les explicaba los detalles técnicos. Pero lo importante era aquella luz de la mañana. Esa alegría del día, esa fuerza. Me sentí en mi apogeo.

¿Recuerdo esas horas, rescatadas aquí y allá en el desván del olvido, con más amor que las horas del poder y de la supuesta gloria? ¿Por qué queda una mañana, una luz, hasta el olor del vestíbulo de mosaicos o del estudio donde grabábamos? Sensación de vida volada, de alegría perdida como flor de un día. ¿Qué misterio hay detrás de los ejercicios de recordación? ¿Por qué esa mañana entre tantas? Tal vez había una sorda afirmación, una implícita venganza ante tantas discusiones, postergaciones, "vuelva mañana" o "su cheque todavía no está". Una no debería tener sentimientos tan bajos. Yo por lo menos cedí a eso, padre. (Y ya que no me confieso "sacramentalmente", como usted dice, me confieso así, hablando en voz alta.) Volviendo al tema: ¿volvería hoy a hacerlo, me "vengaría" del viejo Yankelevich? Seguramente no. Realmente siento que no lo haría, créame. ¿Pero sigo siendo yo, la misma?

¡Qué año! Enseguida empezamos el ciclo de *Hacia un futuro mejor*, con Muñoz Azpiri de libretista que no podrá separarse de la máquina de escribir. ¡Seis mil pesos por mes, qué cachet! Fui la actriz mejor pagada de la radio. (Hoy parece una tontería, pero fue así.)

Hay algo, padre, muy feo: fue en ese año que cedí a la tentación de sentirme fuerte, o peor; temible. El miedo de los otros se intuye, y cuando uno tiene malas inclinaciones para eso, como creo que yo las tenía, uno empieza a entrar en el juego del poder. Aquella mañana, en algún momento, sentí eso. Es como una sumisión en el fondo de los ojos de quien nos habla. Es la tentación de entrar en un juego de patrón y víctima o algo así, porque no tengo nada de psicoanalista como para profundizar estas cosas... Esto fue lo innoble de mí, en aquella época: la tentación de vengarme. Por suerte no pasó a mayores. Ve, padre, aquí tiene algo realmente diabólico: hubo un momento en que yo podría haber hecho matar... El poder encierra realmente algo demoníaco.

Pero me cuesta precisar lo otro, lo bueno... Se pierde en los pliegues de memoria o de olvido. Esa sensación clara y alegre de vivir, en esa mañana espléndida. Y la brisa. Pero sobre todo, la luz. Una trata de aferrarse, pero se resbala palabra tras palabra hacia el silencio, lo indecible, lo inefable.

Disculpe, padre, ¡pero qué alegría dan las cosas pequeñas, lo banal, la guerrita de cada día! Los modestos triunfos.

Yo venía de soportar una terrible guerra de infantería, algo así como las trincheras barrosas de la guerra del 14, con ratas, con hambre y miedo. No, no es que quiera justificarme ante usted.

Conseguí un primer rol en la *Cabalgata del circo*, con Libertad Lamarque y Hugo del Carril. ¡Treinta mil pesos! Y enseguida, don Miguel Machinandiarena me dio el papel principal de *La pródiga*. ¡Qué derroche! ¡Estuve tan mal! Y lo peor: le saqué el rol a otra que lo habría hecho seguramente mejor que yo. Había algo de chantaje en todo aquello.

(Padre, ¿no es extraño, se da usted cuenta?: ¡estoy hablando como si ya tuviera sesenta años y todo esto hubiese pasado hace muchas décadas!)

Tenía que hablar por teléfono a la Secretaría y a los sindicatos. Hacía esperar en el estudio de filmación. La perrita ladraba después del grito de ¡Silencio! de Soffici, el director. ¡Qué horror!

Me senté —por segunda vez en la vida— en la silla de la Lamarque. Pero juro que no fue intencionado. Ella ya no aguantaba mis insolencias. No podía comprender que yo estaba en otra cosa.

Hubo una discusión feroz. Intentó darme un cachetazo. Horror, horror. En esa época yo decía palabrotas atroces; intenté, seguramente, arrancarle los ojos. ¡Qué magnífica salud! No me arrepiento... No. Disculpe, padre, pero me va a comprender, desde este aquí, casi al lado del horrible Lázaro, mejor estar allá, con la perrita, a los arañazos con la Lamarque, pero allá, en la fuerza de la vida. Disculpe, otra vez.

Padre: ¿Por qué no me da un pase permanente, como los del tren, con disculpas para varios meses?

YO ESTUVE EN RADIO BELGRANO CUANDO EVA organizó la visita de Perón. Todos sabíamos que Yankelevich, el dueño, se llevaba mal con Evita y amenazaba con levantar el programa. Fue allí donde descubrimos la sonrisa gardeliana de Perón, la dureza prusiana de Imbert y la fuerza que pronto tendría Evita, si se afianzaba en el poder.

Yo tomé algunas fotografías, sin pensar que la idea de prensa libre era algo más bien detestable para aquellos profascistas, y fue Perón quien me dijo:

—Pibe, esas fotos no corren...

Al día siguiente me citaron en el Departamento de Policía y tuve que entregar las placas.

Estas cosas desagradables indican el sentido de democracia que tenían... Pero no tengo cargo alguno con Eva, estoy seguro de que ella estaba fuera de todo cálculo político sobre foto, publicidad o lo que se le parezca.

El viejo Yankelevich quedó tan asustado por el incidente de la foto que me hizo hacer un paquete con todos los negativos que había de las audiciones de Eva y tuve que llevarlo a la oficina de Perón. Esto fue antes del 17 de octubre.

Pero eso le demuestra el carácter de ella: quiso estar bien en Radio Belgrano y le mostró los dientes a Yankelevich por medio de sus amigos con botas...

En Radio Belgrano ella se transformó en una verdadera "Pasionaria" del gobierno militar. Aunque lo que acabo de decir no es exacto y lo corrijo: ella defendió, mientras la aprendía, la nueva ideología que Perón estaba insuflando desde la Secretaría de Trabajo y Previsión. Una ideología social, sindicalista, de violenta denuncia de la opresión de clase. Se puede decir que entre los dos fabricaron todo y a contra corriente: enfrentando al fascismo militar conservador y al orden oligárquico todopoderoso (tan fuerte que los "conservas" hasta se permitían invitar a sus actos a los comunistas, como quien tiene un perrito faldero en brazos mientras se ocupa de lo importante).

Consiguió un primer rol en el filme *La cabalgata del circo* y Miguel Machinandiarena, el gran productor de entonces, la anunció como protagonista principal de *La pródiga*, pagándole una suma muy importante.

Durante la filmación de *La cabalgata*, Eva se hacía esperar por causa de sus actividades políticas, extraartísticas. Fue en esa ocasión que usurpó el asiento asignado a Libertad Lamarque. Hubo una discusión y la liberal le dio un bofetón a la "militarista" (como suele ocurrir, son los liberales los que siempre golpean primero al grito de ¡muera la intolerancia!).

Ya que me pregunta, le diré algo que me parece importante: para Eva debió de haber sido un triunfo poder comprobar que ganaba más dinero que el hombre que amaba. Por entonces, como todo nuevo rico, tuvo que pensar en invertir y adquirió el petit-hôtel de la calle Teodoro García, de dos plantas, que le vendió Ludwig Freude, quien como se sabía, era el jefe del espionaje alemán en la Argentina. (Perón era de vida austera. Se había comprado una tapera de ladrillo, con unas diez hectáreas, en seis mil pesos: la llamaba "quinta de San Vicente".)

En resumen: para mí esa etapa de "triunfo", fue la más antipática y la más peligrosa de la vida de Eva. Lo cierto es que cuando se produce el 17 de octubre de 1945, el punto clave de la vida política argentina de este siglo (junto con el ascenso de Yrigoyen), Perón y Eva están en su apogeo, no tienen nada de frustrados o de descamisados o de dolientes: son dos seres que habían alcanzado los primeros puestos en su actividad.

PERÓN IBA Y VENÍA DE LAS REUNIONES DEL ATRIBULADO GABINETE MILITAR. Eva iba y venía de sus compras de zapatos y sombreros y de la cosecha de su nueva posición en la farándula radioteatral de Buenos Aires. La política le era algo todavía ajeno.

Creo que vivieron la tormenta mundial del 1944/45 sin darse cuenta. Como gaviotas que hacen arabescos sobre el vendaval. No creo que se hayan considerado protagonistas decididos a ocupar el lugar que tendrían.

Los aliados habían desembarcado en Normandía; se había atentado contra Hitler en su mismo cuartel general; Varsovia se levantaba heroicamente; los soviéticos vencían la batalla de Europa y prácticamente decidían la guerra, eran un oso enfurecido avanzando hacia las casas, abriendo sucesivos velos de metralla y fuego. A todo eso el general Von der Becke, en la quinta de Campo de Mayo, explicaba el inminente triunfo alemán mientras se hacía el asado, y el coronel Imbert moralizaba con entusiasmo la letra canyengue de los tangos. Por ejemplo, *Los dopados*, de Cobián, debía llamarse Los mareados (para no aludir al decadente consumo de cocaína en la noche pecaminosa de Buenos Aires), y *El ciruja*, el reo tango de De la Cruz, debía llamarse en adelante *El recolector*. Se anulaba el whisky en los cócteles oficiales.

Habían liberado París, pero las *V1* y las *V2*, la pionera cohetería germánica, arrasaba barrios enteros de Londres. Los japoneses eran vencidos en Leyte, Okinawa y Manila. Perón y Eva, antes de ir a cenar, subían caminando por SanMartín hasta Corrientes y se metían en el cine Astor o en el Novedades para ver la realidad del mundo en llamas en los noticiarios de NO-DO, UFA, *Deutsche Wochenschau*, *Pathé* y *Movietone. Abrazados en la oscuridad del cine veían a Spengler hecho imágenes.*

Alguna vez los esperé en el restaurante Alexandra y los vi llegar comentando las atrocidades de las naciones rectoras del mundo. Eva por ese entonces hizo declaraciones en *Sintonía* donde fue tratada como figura estelar. Decía en *Antena*: "Mi sueño es hacer un largo viaje alrededor del mundo, pero con un medio que signifique aventura, el permanente incentivo del peligro, como un yate, por ejemplo".

En *Sintonía* escribían sobre ella: "Evita Duarte habla castellano, francés e inglés. Admira a los grandes autores y músicos. Detesta las alhajas, pero adora las pieles y perfumes. Es profesora de declamación y bachiller. Trabaja quince horas al día en sus radioteatros, en cine, en la revisión de libretos. Es fanática por el yachting y la equitación."

A Perón el destino lo venía buscando. No hacía nada por escabullirse. Perón era de esos que cuando los llaman en la clase se hacen los desentendidos, se apuntan con el dedo y preguntan ¿quién, yo?

Sus camaradas militares, que lo veían vicepresidente y ministro de Guerra, no advertían que, como el tero, de un lado aparecía y gritaba y del otro ponía los huevos. Aquellos puestos le interesaban poco; más allá del GOU y del ideario fascista creaba la nueva revolución, sindical y obrera, desde la Secretaría de Trabajo y Previsión. Convocaba y organizaba sindicatos. Preparaba una legislación social (pensada por los socialistas y frenada por los conservadores de Justo), que sería el arma de su triunfo y el pilar de su poder profundo, real, significativo, más allá de las historietas.

Ese año de 1944/45 fue decisivo. Con la Secretaría de Trabajo logró tocar la cuerda exacta para la democratización social argentina.

Evita empezó a acompañarlo. Ella misma fundó el sindicato de actores de radioteatro y entró en política, al tiempo que comenzaba a alejarse de las ambiciones de aquella etapa de su vida, después de la fuga de Junín. Ella depuso su mundo y entró en el de él. Dejó el universo de sus "heroínas del éter" (Lady Hamilton, Madame Chiang Kai Shek, María Estuardo, la Lynch, la Walewska) y, sin saberlo, encarnó un arquetipo nuevo, que sería tan famoso y universal como el de sus admiradas.

Empezaron los "planteamientos" por la presencia de Eva en la vida del Coronel más prestigioso. Los generales mandaron emisarios moralizadores. Nada lo frenaba. No cedía pese a que comprendía que por razones de "vida privada" los militares argentinos arriesgaban su uniforme más que en nuestras inexistentes guerras.

Fue por entonces cuando Eva empezó a decir "Yo soy la enemiga", convicción que se transformaría en resentimiento obsesivo. Perón no hizo cálculo alguno de dejarla o de ocultarla al público. Ninguno de sus allegados de entonces lo vimos dudar un instante. La quería.

Perón no era muy valiente, vivía en una alternancia de escepticismo y de decisiones fuertes. Eva era la puerta para zafar de ese destino al que aludí antes. Quería y no quería el poder. Tenía miedo al acto final. Empezó a sentir dos cosas que necesitaba: que ella lo impulsaba al poder con su admiración y su apasionamiento; y que, a la vez, ella podía ser la vida privada si lograba huir del destino de poder. Parece complicado, pero es así.

En el departamento de Arenales, recibía a sus camaradas y les presentaba a Evita con toda naturalidad. Muchos de esos camaradas, hasta coroneles y algún general, volvían a su casa y omitían, al hablar con sus señoras, que habían estado con Perón y su concubina Eva...

Yo estuve dos o tres veces, negociando allí cosas del Ejército. Me acuerdo de Eva riéndose porque Libertad Lamarque viajaba a Río de Janeiro para cantar en la despedida de los pobres soldados que mandaban a combatir contra los alemanes, obedeciendo como cipayos a las mismas presiones de Estados Unidos que nosotros resistíamos con toda razón.

Perón dijo:

—¡Decile a la Lamarque que anote cuántos soldados blancos ve entre las filas!

Perón admiraba a Lugones y Eva sabía recitarle los versos del Río Seco que le había regalado en Mendoza un lejano pretendiente juvenil. Pero ese día, recitó desde la puerta que daba a la cocina aquel tenebroso poema de Becquer que dice: "¡Dios mío, qué solos se quedan los muertos!"

Los recitó con un tono de sorna y extraña pena, que nunca olvidaré.

¿SABE QUÉ HIZO PERÓN? Comprendió cabalmente la necesidad de tener mucho poder para conducir una Argentina que, en el ocaso de los conservadores, arriesgaba su disolución o su fracaso. (¿Cómo seguir siendo un país de primera?) Siguió en "la hora de la espada", pero cambió el sentido de la espada y de toda la batalla a la que había convocado a sus camaradas.

Comprendió que sobrevenía un tiempo social en el mundo. "La hora de los pueblos." Supo virar mientras que sus obtusos colegas siguieron de largo.

Para nosotros, militares, hubo un discurso clave con el que Perón cambió "el sentido de la espada", como le dije antes. Fue en la Universidad de la Plata, en junio de 1944. Allí, ante el estupor de muchos progermánicos, dijo que a la Argentina no le interesaba si triunfaban los Aliados o el Eje. La Argentina tenía que prepararse para una dura soledad. Tendría que reubicarse en el mundo de los vencedores con una sólida diplomacia apoyada por un fuerte poder militar "que organizase toda la vida de la Nación".

Todo salía de un poeta (como Perón solía decir). El poeta era Lugones, con su famoso discurso de Lima de 1923: "Ha sonado otra vez, para bien del mundo, la hora de la espada. Pacifismo, colectivismo, democracia son sinónimos de la misma vacante que el destino ofrece al jefe predestinado, es decir al hombre que manda por su derecho de mejor, con o sin la ley, porque ésta como expresión de potencia, se confunde con su voluntad". (Él leyó este famoso párrafo cuando salimos de la Universidad, en la comida de oficiales en el Regimiento 7.)

Allí fue cuando hizo la interpretación novedosa, para todos nosotros. Dijo que él tenía también cuarenta y nueve años, como Lugones en el día de su discurso en Lima. Con eso parecía indicar que se consideraba una reencarnación del poeta o algo así. Luego explicó que "hoy la espada ya no pasa por la espada sino por esa prestigiosa dominación aparentemente indolora e inocente que llaman democracia y que es lo que está venciendo en los campos de batalla de Europa. Los grandes poderes que vencen programan anexarnos como satélites. Se formarán nuevos imperios sobre los millones de cadáveres. Hay que aceptar la evolución. Si la Revolución Francesa terminó con el gobierno de los aristócratas, la Revolución Rusa termina con el gobierno de las burguesías. Empieza la hora de las masas populares. Si nosotros, la única elite nacional y con sentido del Estado —el Ejército—, no hacemos la revolución social pacífica, el pueblo hará la revolución violenta.

"Tendremos que plegarnos al nuevo código, al nuevo modelo de espada. Tendremos que entrar por la de ellos para salir por la nuestra, como dicen los jesuitas. ¿Y cuál es la nuestra, más allá del oportunismo de los politiqueros y los privilegios de la Argentina?: evitar la decadencia materialista que sobreviene sobre el mundo. ¡Si este país parece hecho con cartílagos, nosotros le daremos los huesos, nuestros huesos!" Eso dijo.

Fue a la salida de esa comida, cuando íbamos hacia los autos, que le susurré lo mal que se estaba viendo en el Ejército su exhibicionismo con Eva. Me dijo:

—¿Vos también, Negro, me venís con esas cosas?

Y por un motivo u otro, no nos vimos más. Yo pedí la baja con Ávalos y él nunca me llamó...

La quería (a Eva). Yo lo comprendí mucho después, entonces creía que no era capaz más que de quererse a sí mismo. Y eso, tal vez, apenas...

El paso político siguiente era espectacular y no quedó bien en claro: el 27 de marzo se declaró la guerra a Alemania y Japón.

LA NOCHE EN QUE *CRÍTICA* PUBLICÓ EL SUICIDIO DE HITLER y Goebbels con titulares de media página, la noticia sorprendió a Eva y a Perón en la fiesta de la Jardín, que presentaba su nuevo departamento y a su nuevo esposo. Era en un piso arriba de El Molino. Todos se pasaban el diario comentando el dibujo sangriento, obsceno, de la primera página. Era el 28 de abril de 1945 y Perón comunicó, mientras ya servían las empanadas y los lechones que Jardín había hecho hornear por el personal de la famosa confitería (que ella llamaba su cocina), que la Argentina había sido admitida como miembro de las recién creadas Naciones Unidas. Hubo una salva de aplausos. Aquel era uno de los pocos triunfos de la desvencijada diplomacia argentina: habíamos tenido dignidad de no desangrarnos en la guerra de los otros (incluida la nación que usurpaba nuestras Malvinas) y logramos, pese a tantas indecorosas presiones y amenazas internacionales, ser en 1945 miembros plenos de las Naciones Unidas. ¡Permitirnos ser el único país que no boicoteó a España ni retiró embajador y país presidente de la Asamblea de la ONU y del Consejo de Seguridad!

Perón sabía jugar con los hipócritas del poder mundial, los "dueños de la moral": en 1945 Estados Unidos se peleó con los rusos por el ingreso de la Argentina en las Naciones Unidas (Braden se enfermó por esto). En 1947 Stalin decide que el primer país de Iberoamérica en importancia para sus relaciones y comercio, sería la Argentina. Perón, como en una humorada, le envía al conservador de San Juan, Federico Cantoni, rodeado de malevos y guardaespaldas que metían miedo, a los rufianes mismos de la KGB.

La mayoría de los presentes en la fiesta eran militares y los amigos de Jardín y de Eva Santiago Gandulgia, Peralta Ramos, el mataco Heredia (el verdadero ex esposo de Jardín), Demare, Santamarina, Manzi. Se bailó hasta el amanecer. La música de Troilo, de Fresedo, los discos de los Lecuona Cuban Boys.

Entre esos oficiales había uno, llamado Aramburu, que bailó con Eva en algún momento de la noche.

Tal vez ese oficial tan engominado como Perón y como Imbert, según la moda de entonces, se acercó con Eva a los grandes ventanales para ver llegar el rosicler del alba sobre el domo del Congreso. Los dos estaban en el Palacio de la vida (como decía Eva), la larga noche de los amigos y del alcohol.

Sólo unos años después ella ya no estaría en el Palacio, en la fiebre de existir, y él dispondría la extraña estratagema, como presidente del gobierno militar que había derrocado a Perón en 1955, de distribuir por todo el mundo varios ataúdes, para salvar de la incineración y de la furia —o celos— de sus camaradas, el cadáver momificado, el frágil cuerpo inerte de esa mujer que estaba allí, a su lado y le señalaba el primer vuelo de las palomas de la plaza del Congreso remontándose hacia la incipiente luz de la mañana.

De tantos féretros, el verdadero, el de Evita, sería enterrado en el cementerio de Milán bajo nombre falso.

Hace unos días nomás, el padre Benítez, me dijo que el general Aramburu había sido el único salvador del cuerpo de Evita, pues Perón viajó al exilio dejándolo en el edificio de la Confederación General del Trabajo. ("¡Dios mío, qué solos se quedan los muertos!")

Cosas de la extraña trama del Palacio. Por estas cosas es fascinante tal Palacio. Por ejemplo: tampoco Aramburu podría saber que sería torturado y asesinado por una banda de degenerados políticos, muerte la suya que conllevaría las de unas veinte mil personas desaparecidas. Juegos del Palacio, que comandan Dios o el Demonio, como en una eterna y aburrida partida.

COMPRENDÍ QUE EL "PERONISMO" DE EVA NO ERA algo político. Fue un hecho de amor que se fue haciendo política, pasión ciega, creencia absoluta en su enseñanza. Soy testigo de las primeras intervenciones de Eva cuando fue a colaborar con Perón en la Secretaría de Trabajo y Previsión, en aquel año decisivo de 1945, cuando vivían juntos pese a la crítica de todos, antes de casarse.

En el gremio de la carne, los comunistas estaban muy movilizados contra Perón. Las instrucciones del Partido eran terminantes. En ese tiempo el Partido hacía "frente común antifascista" con toda la derecha y con el embajador Braden, que acababa de desembarcar en Buenos Aires, y tenía la orden de domar o destruir a Perón.

En las oficinas de Eva, éstos empezaron a gritar y a insultar a Perón como fascista y antiobrero. Eva estaba roja, se le iba la voz de indignación. Abogó por Perón, pidió, clamó, imploró, para que entendieran lo que quería decirles: que lo de ellos era verdadero e iba en serio.

Pero el jefe de la delegación siguió burlándose e insultando a Perón. Eva se abalanzó, tumbó todo lo que había en el escritorio gritando las peores palabrotas y empezó a los carterazos. Los dos comunistas de la delegación intentaron golpearla. Los que rodeaban a Eva los echaron por la ventana. (Cuando Perón se enteró, se rió y sólo comentó: "Por suerte tiene oficinas en planta baja...").

Eva había perdido la cabeza por los insultos contra Perón y porque no conocía lo que era hablar con un militante stalinista que sólo cumple órdenes del Partido. Todo lo "político" o lo diplomático le era ajeno.

Unos días después, yo, como dirigente del gremio de la carne, tuve una discusión con ella por su empeño disparatado en querer tener a los obreros de la noche a la mañana del lado de Perón, que era todavía, para la mayoría, un militar más de un gobierno militar. Le conté que los comunistas de mi gremio y de otros sindicatos preparaban la "insurrección general", como ellos decían. No había manera de convencerla. Le dije, un poco exasperado por su tono exigente:

—Si usted es tan valiente ¿a que no va a San Martín a la reunión de ellos?

—Vamos ya mismo. Vos me acompañás sólo para indicarme el lugar.

Para colmo, estaba vestida con un traje floreado y capelina con cinta azul (venía de su trabajo de actriz). Subimos al auto oficial y nos largamos.

Era en un galpón. Estaban armados. Ella llegó y dijo: "Soy Eva Duarte, trabajo con Perón para ustedes, para los trabajadores". La miraron desconcertados. Les pareció increíble. Se abrió paso entre los matarifes y peones. "Ustedes son comunistas y tienen orden de estar contra nosotros... Bueno, ustedes están ciegos, equivocados, cumpliendo órdenes de Moscú y negando la revolución que propone Perón, aquí y ahora, en el mundo de lo concreto y de lo posible. Perón dice lo mismo que el Marx de ustedes: Los trabajadores deben unirse. Ustedes creen en la revolución imposible, mal dirigidos como están por ilusos que no tienen la menor idea del poder real que gobierna a la Argentina. ¡únanse a nosotros, comprendan a Perón, aunque quieran seguir siendo comunistas! Ustedes me verán vestida así, como un ser irreal ¡pero creánme que son ustedes los que están en la irrealidad! ¡Salgan del prejuicio y de la revolución utópica y sangrienta! Piensen que el comunismo los convoca más por lo que destruye que por lo que construye. No se nieguen a nuestra buena fe, ¡somos los verdaderos revolucionarios! Perón está en el poder y sólo se puede cambiar la mala vida con mucho poder. No nos nieguen ustedes cuando Stalin, su jefe, ya aceptó a la Argentina en las Naciones Unidas. ¡El mundo fue repartido como un queso y nunca les dejarán hacer la revolución en esta parte del queso! ¡únanse a nosotros, compréndannos!"

La miraban con silencioso estupor. No esperó respuesta ni saludó. Salió hacia la puerta del galpón donde yo la esperaba con Pichola, su ordenanza. Sólo me dijo:

—Vamos, Presta... Alguno va a sentir que hablé sin estratagemas, que les dije verdades. No se te ocurra decir una palabra al Coronel de todo esto...

ENTONCES MANDARON AL EMBAJADOR BRADEN. Se habían dado cuenta de que el movimiento militar del 43 estaba en manos de alguien que le estaba dando una orientación curiosa, sutilmente subversiva, impensable para un país que muchos ponían en el pelotón de los vencidos morales de la guerra. Pasaba que el que debía bajar la cabeza estaba atacando insensatamente.

Toda la gente bien de la Argentina se coaligaba contra el naciente peronismo.

Aunque parezca increíble, habían enviado telegramas al Departamento de Estado solicitando "se acelere el nombramiento del embajador Braden", el duro. Firmaba gente como Alicia Moreau de Justo, las señoras Grondona, Alejandro Ceballos, Victoria Ocampo, los socialistas Solari y González Iramain, María Rosa Oliver, Bernardo Houssay, que sería Premio Nobel.

Esa gente, tan afrancesada y fina, tendría su castigo. Tendrían que aguantar —con laborioso alborozo político— almuerzos y cenas con ese millonario gordo que hablaba de historia y contaba anécdotas de dudoso gusto. Hijo de pionero (de esos que contraían pulmonías crónicas por enriquecerse), y con gestos de pionero él mismo. Dueño de la Braden Copper Corporation. Era lo antiporteño, lo no-latino. Robusto, con la mandíbula extrañamente cuadrangular de muchos *wasps* (Rockefeller, Nixon, Ford), que uno no se explica en gente comedora de hamburguesas de carne picada.

Anteponía al saludo la fuerza del poder que representaba. Era lo antidiplomático.

Presentó credenciales el 21 de mayo. A partir del 1º de junio mantuvo entrevistas aparentemente amistosas y protocolares con Perón. El 5 de junio se produjo el famoso altercado que narró Atilio Bramuglia, presente en el Ministerio de Guerra, en la esquina de Callao y Viamonte.

¿Sabe cómo fue? El desdichado Braden, que creía en la posibilidad de la omnipotencia humana, o al menos en la norteamericana, al final de una serie de torpes insinuaciones e intentos de corrupción, aspiró casi todo el aire de la oficina para alentar su rechoncho físico y expresó que estaba autorizado para expresar en nombre del gobierno de Norteamérica que apoyarían la candidatura peronista y cesarían con la campaña de desprestigio internacional, siempre que se garantizaran las concesiones de exclusividad para las líneas aéreas de Estados Unidos, las de la Standard Oil para la explotación petrolera y que se transfirieran a capitales norteamericanos las empresas confiscadas "por causa de guerra", de origen alemán y japonés.

Fue cuando Perón, según Bramuglia, dijo:

—Parece fácil lo que usted propone, pero hay problemas difíciles de superar.

—¿Problemas legales? Tenemos experiencia, Coronel...

—No. Otro problema. En mi país al que propone estas cosas, o al que las acepta, lo llamamos hijo de puta. Y en mi caso...

Braden lo miró absorto. No podía creer. Ese coronel con sus altas botas impecablemente lustradas con pomada Arola, la única que le dejaba usar a su asistente, el zambo Naipaul, se resistía a la presión norteamericana. Según Bramuglia, el sanguíneo Braden enrojeció hasta un punto apoplético. Le estaban diciendo *Son of a bitch* en la cara. ¡Un coronel en jaque mate! Un coronel de la dócil *Southamerica*.

Salió escaleras abajo vociferando. Al subir al auto lo alcanzó un conscripto que le dio los guantes y el abollado sombrero que se había olvidado en su ira. Se los enviaba, gentilmente, Perón.

LA GUERRA QUEDABA DECLARADA. Perón y Eva se transformaron en algo así como Martín Fierro y el gaucho Cruz: los perseguidos y vituperados de la vida política cotidiana.

El gobierno del general Farrell agonizaba, pero quedaba un órgano vivo donde la actividad era incesante, donde la luz no se apagaba ni siquiera a la madrugada: la Secretaría de Trabajo y Previsión, desvelada fábrica de leyes sociales.

Yo estaba con Eva, esperando a Perón aquel 5 de junio. Iríamos a cenar los tres. Perón entró sonriente y me dijo como en un sobreentendido entre historiadores:

—Ahora sí. Ahora hemos cruzado el Rubicón. En la mayor amenaza es cuando se hace la luz... ¿Qué le parece, Muñoz, el eslogan "Braden o Perón"? Se me ocurrió mientras venía del Ministerio en el auto...

Comenzaron días febriles, casi sin noches. Perón preparó cuanta ley social había en los cajones de todos los partidos políticos de la Argentina. Eva, por su parte, se movilizó más que como actriz, como militante. Con Américo Acosta Machado transformó el sindicato de artistas que dirigía en una especie de cueva subversiva. La política prendía fuerte en ella... Salían a pegar carteles a la madrugada.

Los obreros argentinos, de sindicato en sindicato, se fueron pasando la voz de que alguien luchaba por sus derechos. Era increíble. Y se trataba de un militar. Los socialistas y los comunistas se negaron a la evidencia (¡veinte años duraría la ceguera!). Pero la derecha propietaria no se equivocó ni un solo día:

les declaró la guerra abierta, en nombre de la "cruzada democrática y antifascista".

Ahora, que pasaron tantos años, resulta fascinante ver cómo lograron deslizarse entre los pliegues de aquellas cortinas de oposición: la derecha oligárquica con Robustiano Patrón Costa, con el apoyo de Braden; los radicales de Sabattini; el ejército enfurecido que hacía de Perón y Eva los chivos emisarios del fascismo —pro nazi— de los militares que derribaron a Yrigoyen en 1930. Cada día era una batalla. Se hablaban por teléfono hasta diez o doce veces en la jornada.

A veces veíamos llegar el auto de Perón, con escolta. Venía a buscarla a los estudios Baires y se iban a almorzar rápido a la hostería Mayer, de Don Torcuato. Había que interrumpir la filmación. Protestas, gritos. Y Eva que gritaba más que los otros...

Manifestaciones de estudiantes y señoras ricas. La calle Florida en una resplandeciente mañana de septiembre. Cantan. Insultan a Perón. Piden que el poder pase a la Corte Suprema. Braden, el embajador imperial, vuelve de una gira proselitista por Santa Fe; en Retiro lo espera una multitud de gente "bien" de Buenos Aires. Toda la Argentina "que cuenta" firma un acta de apoyo a Braden. Centenares de firmas, hoy todavía impresiona. El sector comunista del sindicato de la carne solicita mejoras laborales para los obreros de los frigoríficos. Braden los recibe en la puerta de la Embajada, ante los fotógrafos. Jacarandaes en flor: alfombras azules en las calles de Buenos Aires. De hora en hora se promete la "salida del general Ávalos" de Campo de Mayo para entregar el gobierno a la Corte y encarcelar a Perón.

El azul de las flores de jacarandá se mezclaba con el azul y blanco de los pequeños volantes editados en la imprenta del Congreso y que sólo decían "Braden o Perón".

El general Giovannoni, en nombre de los altos oficiales, comunica a Perón, oficialmente, el desagrado del Ejército ante su "exhibición" en público con su "amante o concubina". Perón, como siempre, se ríe. "Peor sería que me exhiba con un hombre", le dice al solemne moralizador que vuelve enfurecido de su "misión de advertencia".

Empiezan a temer. Alguien vigila los movimientos del departamento de Posadas. Se habla de un comando de oficiales jóvenes dispuesto a balear a Perón.

Eva me habla. Me pide ayuda para "bajarle las valijas". En un principio pensé que se había asustado, con razón, de las amenazas y rumores. Pero me dice, sin llorar, porque no lloraba, aunque compungida:

—Ya se lo dije, usted lo sabe también. La única enemiga soy yo. No puede ser que el odio que me tienen le arruine la carrera a Perón.

Entró, por suerte, su amiga y vecina, Jardín, y más o menos le explicamos que ya no había "carrera" alguna y que Perón la necesitaba más que a nadie. (Creo que sentíamos que para Perón la suerte estaba echada y que su futuro sería algún sobresalto y un apacible retiro militar.) Creíamos, honestamente equivocados, que tenía, sí, bastiones invencibles. Y sentíamos que Perón, el solitario, realmente la quería, la necesitaba. Era su confidente. Y esas risas en el Munich de la Costanera, en la noche tarde, eran su desahogo único e imprescindible.

El 19 de septiembre fue la famosa Marcha de la Constitución y la Libertad. Casi medio millón de fervorosos democráticos liberales, antifascistas y pronorteamericanos. Los comunistas stalinistas como Rodolfo Ghioldi, Giúdice, los socialistas con banderas rojas y la masa de clase media, movilizada por Braden y los grandes dirigentes conservadores: Antonio Santamarina y Tomás de Anchorena, escoltados por obreros socialistas de Repetto y Américo Ghioldi. Y como siempre, los pobres radicales con sus trajecitos arrugados, de horteras con ideales, aplastados entre las vaharadas de perfume francés de las grandes señoras de esa aristocracia en armas, y los insultos rencorosos y las miradas duras de los militantes comunistas que se consideraban en "misión", mandados por Stalin y Molotov.

Perón espió la enorme manifestación desde el cuarto piso del Ministerio de Guerra. Pero a la noche, después de cambiarse, se fue a la Secretaría de Trabajo, a seguir preparando sus leyes con ese talento que fue José Figuerola.

Así entramos en el mes decisivo. En la superficie, la pajamulta de Buenos Aires y las señoras perfumadas cantando *La Marseillaise* (en francés de la más pura Alliance). En lo profundo, una Argentina resentida, olvidada incluso por la Teoría de los socialistas y comunistas.

Eva, obviamente, faltaba escandalosamente a sus obligaciones radiales. Yo recibía los gritos de gerentes, productores y empresarios. Por presiones de Eva, para "pagarle" al amigo de Junín de su madre que le había presentado a Imbert, Eva induce a Perón al acto que colma todas las irritaciones: nombrar a Oscar Nicolini Director de Correo y Telecomunicaciones.

El Ejército se pronuncia y solicita la renuncia de Perón a todos los cargos.

El tiempo se precipita en forma alucinante. El 9 se repiten las amenazas. Perón y Eva tienen que barricarse en el departamento de Posadas: mueven el ropero y ponen los colchones contra las puertas (se les informó que un comando había salido de Campo de Mayo). Pettinato, fiel amigo, corre a comprar provisiones para una especie de sitio que podría durar varios días. La Jardín inventa un sistema de señales, con pañuelos de colores, desde la esquina de Posadas y Ayacucho.

La cosa es seria y esa noche se van en el auto de Rudy Freude, el hijo del amigo alemán, a la casa de Elisa Duarte, en Florida. A la mañana siguiente alcanzan la quinta Ostende que tenía Freude en el paraje Tres Bocas, zona donde se suicidó Lugones. (Lúgubre coincidencia del poeta que se había envenenado con un cóctel de cianuro y whisky, y el protagonista de "la hora de la espada", que se daba a sí mismo por irremisiblemente vencido.)

Allí Perón y Eva comprenden que todo lo externo, el torbellino político que los arrastra, es efímero. Planean escapar de todo. Al tercer día, el 13 de octubre por la noche, una delegación militar detiene a Perón. Con el coronel Mittelbach, que la comanda, y con Mercante, el fidelísimo de Perón, van hacia Buenos Aires. Se le permite al detenido pasar brevemente por su departamento de Posadas. Se lo trasladará esa misma noche a la islaMartín García, en una cañonera que espera en Puerto Nuevo.

AMIGA VERA: YO SÉ QUE ALGÚN DÍA ESCRIBIRÁS, eres una buena periodista y sabes bastantes cosas de aquellos tiempos de Junín.

Pero, la verdad sea dicha, yo fui un elemento casi nulo en todo aquel proceso que culminó el 17 de octubre. Me sentiría bien si fuese verdad lo que escribieron esos profesores o periodistas gringos de Chicago y de Londres. Uno dice que en aquella terrible noche del 13 de octubre, cuando detuvieron a Juan, yo me puse a vociferar, a escupir, dominada por un ataque de histeria, insultando al teniente coronel Mittelbach. ¡Qué pena que no lo hice! Dicen, además, que me puse a trabajar con una energía demoníaca —mi cualidad casi natural— para contratar centenares de camiones y autobuses para organizar la marcha sobre la Capital. Ilusos, los gringos. Fui un fracaso. Más bien un contrapeso que arruinaba a Perón. Incluso un día me puse a hacer las valijas con el propósito de esconderme en un lugar secreto, que yo conozco, en la provincia de Buenos Aires y quedarme allí, sin volver más al mundo.

Era verdad que yo había pedido el nombramiento de nuestro amigo Nicolini: esa fue la gota que colmó el vaso. En Campo de Mayo, donde me odiaban por haber ido con Perón sin esconderme, como las putas que ellos llevaban desde los prostíbulos de San Fernando, se consideró que esa era la prueba definitiva de que yo dominaba a su Coronel.

Me sentía culpable de la imprudencia. Ya nadie me sacaba de la cabeza que la enemiga era yo. La única.

Cuando veníamos en el auto desde el Tigre, lloré y a veces me oían, sobre todo cuando parábamos en la noche tarde ante alguna barrera. ¡Qué impotencia! Yo entendía muy poco de las fuerzas que se estaban moviendo.

Además tenía miedo. Creo recordar bien que el sentimiento de pena estaba interrumpido por esa fuerza sorda que es el miedo. Estaba segura de que un comando seguía buscando a Juan para matarlo, teníamos información directa.

Comprendí que todas aquellas angustias radiales que yo interpretaba en nombre de mis heroínas —y que decían que no lo hacía tan mal— ahora se tornaban realidad en mí. Traté de llorar en silencio, en la oscuridad del auto, oliendo el aroma de tabaco negro de la mano de Juan acariciándome el pelo. Si hubiese hablado, habría encontrado las mismas palabras de Madame Lynch o de la Walewska ante la persecución final, y mundial, contra Napoleón.

Pero me explico lo que escribieron y lo que dijeron: nadie cree que su enemigo pueda amar, o tener eso que se llama sentimientos humanos. Yo era una ramera, una trepadora, no podía tener otro sentimiento humano que la ambición de poder. Poder para vengarme...

Dos horas antes de que llegase el teniente coronel Mittelbach para detenernos, sentados en el muelle de madera de la quinta Ostende, nos habíamos jurado alejarnos de todo. Fue cuando Juan me dijo por primera vez que quería casarse "urgentemente" conmigo. Nos instalaríamos en Chubut.

Era tanto mi miedo y mi amor que ese destino de jubilados en Chubut me pareció un paraíso ilusorio. Fantasías pampeanas de Juan que cada vez despreciaba más la condición humana, o mejor, la condición inhumana que nos toca vivir.

Nos besamos como nunca. En ese muelle, en el atardecer caliente de octubre. Sólo se oía el coletazo de alguna boga. Nos besamos más allá de los cuerpos, como cuando se besa el alma. Y yo sentí que él recibía mi amor como un tónico, una esperanza, o la complicidad para vivir una vida sin peligro ni bajeza, en cuyo centro estaría nuestro enamorado apartamiento.

Nos sentimos los dos más fuertes. Pero todo se desmoronó para mí en la más atroz desesperación, cuando vimos llegar a esos oficiales armados.

En la calle Posadas fue terrible. Allí nos despedimos. Mercante, nuestro amigo del alma, nos separó. Sí que lloré. A moco tendido. Me mojé en la estupidez del llanto y como tenía las sienes empapadas, creí que se desteñiría el dorado rubio de mi pelo, cosa nueva, que estrené con las fotos de Annemarie Heinrich y de Ossias Wilensky para la propaganda de *La pródiga*.

Sentí la agonía del alma. El departamento de Posadas estaba muerto. Y cuando fui al baño, encontré la *robe de chambre* azul oscura de Perón colgada como siempre detrás de la puerta. Y allí sí, tuve un ataque de llanto convulsivo. Por suerte estaba mi hermano que me llevó a su departamento, porque allí todo se había vuelto realmente peligroso.

No servía para la política, Vera. Ya ves: estaba anulada por el amor. Vale para la mujer lo que dice Martín Fierro: "Es sonso el cristiano macho cuando el amor lo domina".

¡Ojalá yo hubiera sabido salir con camiones, con autobuses, con taxis artillados o con los viejos tanques oxidados del general Menéndez! Nada más que llanto y suplicaciones. Visitas desesperadas. Griterío con el doctor Bramuglia que se niega a presentar el hábeas corpus de Perón porque dice —tal vez con una razón que no comprendí en aquella mañana de ira enamorada (lo peor)— que en caso de presentarse, expulsarían a Juan del país.

Allí tienes. Será el capítulo más chirle de ese libro que algún día escribirás, estoy segura. Un capítulo de desilusión después de lo que escribieron los periodistas gringos.

¡Cuánto hubiera querido que fuese verdad!

Anotá. Anotá esto que se me ocurre: en *La razón-sinrazón de mi vida* dije que el pueblo hizo el 17 de octubre. Bueno, es verdad. Pero sería conveniente que pongas estos nombres: coronel Mercante, incluso Isabel Ernst, aunque nos distanciamos, y el mayor Estrada y el capitán Mazza. Pero sobre todo el capitán Russo, que trabajaba con nosotros en la Secretaría y fue el que informó a todos los sindicatos amigos de la detención de Perón. Los primeros que se movieron, anotálo, fueron los del azúcar, la fotia de Tucumán; allí nació, como la independencia de 1816, el Peronismo revolucionario, justicialista y social. Y anotá estos nombres de compañeros: Gay, Tedesco, Libertario Ferrari, Presta, Cipriano Reyes (también, sí), José Argaña, Montiel, el ferroviario Ramón Tejada, Perelman. Pero no vas a olvidar: Cipriano Reyes y Luis Gay y Luis Monzalvo. Ya me iré acordando de todos los compañeros...

Muchas gracias por venir, y por las flores. Parece que me operan, nomás, en la primera quincena de noviembre. Me están preparando, aquí, al borde de la vida.

¿Qué tal? ¿Cómo anda la gente de Junín, los ves?

DICE FÉLIX LUNA: ES UNA IRONÍA que me haya tocado a mí, un radical tan opositor al peronismo de entonces, haber tenido que publicar esta carta que me entregó el coronel Mercante antes de morir y que es el documento más humano del General. El documento del General perdidamente enamorado, dispuesto a partir, a dejar todo por Eva, como un pampeano duque de Windsor.

Supongo que esa carta tuvo prioridad en aquella madrugada sin sueño del 14 de octubre, cuando la cañonera atracó en el muelle de la isla-prisión de Martín García. Tuvo prioridad a las estratagemas de Estado, a la ambición y al mismo miedo:

"Sta. Evita Duarte
Martín García, 14 de Oct. 1945
Buenos Aires

Mi tesoro adorado:

Sólo cuando nos alejamos de las personas queridas podemos medir el cariño que nos inspiran. Desde el día que te dejé allí, con el dolor más grande que puedas imaginar, no he podido tranquilizar mi triste corazón. Hoy sé cuánto te quiero y no puedo vivir sin vos. Esta inmensa soledad está llena con tu recuerdo. Hoy he escrito a Farrell pidiéndole acelere mi retiro: en cuanto salgo nos casamos y nos iremos a cualquier parte a vivir tranquilos.

Debes estar tranquila y cuidar tu salud mientras yo esté lejos, para cuando vuelva. Yo estaría tranquilo si supiera que vos no estás en ningún peligro y te encuentras bien.

Estate muy tranquila, Mazza te contará cómo está todo. Trataré de ir a Buenos Aires por cualquier medio, de modo que puedes esperar tranquila y cuidarte mucho la salud. Si sale el retiro, nos casamos al día siguiente y si no sale, yo arreglaré las cosas de otro modo.

Viejita de mi alma, tengo tus retratitos en mi pieza y los miro todo el día con lágrimas en los ojos. Que no te vaya a pasar nada porque entonces habrá terminado mi vida. Cuidate mucho y no te preocupes por mí, pero quereme mucho. Hoy lo necesito más que nunca.

Tesoro mío, tené calma y aprendé a esperar. Esto terminará y la vida será nuestra. Con lo que he hecho estoy justificado ante la Historia y sé que el tiempo me dará la razón.

El mal de este tiempo y especialmente de este país son los tontos y tú sabes que es peor un bruto que un malo.

Bueno, mi alma, querría seguir escribiendo todo el día pero hoy viene Mazza y te contará más que yo. Falta media hora para que llegue el vapor.

Mis últimas palabras de esta carta quiero que sean para recordarte calma y tranquilidad. Muchos, pero muchos besos y recuerdos para mi chinita querida.

Perón"

COMO DIJO EVA CON TODA VERDAD, el 17 de octubre fue un movimiento espontáneo. Un movimiento profundo de las masas. Que hayan sido los cañeros de Tucumán o los obreros de los mataderos, tiene poca importancia.

Los militares habían destituido y encarcelado a Perón, pero ellos eran atacados por "la fuerza democrática-antifascista" alentada por Braden y un sector del Departamento de Estado y no había mucho que hacer. Ni el almirante Vernengo Lima, el más reaccionario, podía controlar a esa masa de estudiantes de FUBA y de señoras perfumadas. En la puerta del Círculo Militar intentaron ahorcar al mayor Molinuevo. Gases, corridas. Los caballos de la policía montada, progubernamental y "peronista" (como ya se empezaba a decir), cargaban en la plaza SanMartín contra grupos de comunistas y "estudiantes democráticos". Los enormes caballos pisaban bolitas de cristal arrojadas por los estudiantes en fiesta subversiva y rodaban por la bajada de Arenales, frente a la cervecería Adam. Whisky en mano, observaban la batalla libertaria Zavala Ortiz, Manuel Ordónez, Pérez Leirós. En una mesa funcionaba, dirigido por Giúdice, el "comité insurreccional" del Partido Comunista. Más allá —¿se acuerda del Adam con aquellas cornamentas de ciervos y relojes cucú?— Tomás de Anchorena invitaba a una copa de champagne con canapés. "Buenos días, don Alfredo. Buenos días, Victoria. Adelante, Miguel Ángel."

Allí se ponía en evidencia la bastardía ideológica argentina, hija de los más disparatados acoplamientos, como una enciclopedia cruzada a campo traviesa: un comunismo dirigido por hijos de obreros, pero ejecutado por estudiantes judíos de derecho y de psicología. Pizca de trotscristianismo redentor y revolucionario. Democracia liberal defendida por terratenientes decimonónico-feudales. Socialistas que luchaban por la higiene, contra el tabaco, el alcoholismo y el descuido del Estado ante las enfermedades venéreas.

Sobre el anochecer, el juego irresponsable viró hacia la desgracia. Hubo un fuerte tiroteo entre la policía y no inocentes grupos de acción. Murió una excelente persona que asistía a un herido, el doctor Ottolenghi.

Cincuenta heridos de bala fueron llevados a los hospitales.

Querían que el gobierno pasara inmediatamente a la Corte, pero los militares, que tienen información más allá del Barrio Norte, sabían que en todo el país se oía una bronca y amenazadora voz hasta entonces desconocida en la constructiva placidez argentina: la protesta obrera espontánea.

Para colmo de la estupidez irritativamente vengativa, habían descontado a los obreros el día festivo, no laborable, del 12 de Octubre, que Perón había decretado pagar. Dicen que esto tuvo un efecto decisivo para que en los sindicatos se lograsen mayorías peronistas. Por otra parte, dicen también que el intento de linchar a Molinuevo y los insultos y burlas contra el general-presidente Farrell y todo su Estado mayor, convencieron a muchos militares de que sin Perón y sin mantener el poder hasta elecciones organizadas, se corría un claro riesgo de guerra civil y de anarquía.

Era bastante cómico: el país estaba movilizado y nadie sabía adónde conducir esas fuerzas. Los militares, sin Perón, eran como bolos de bowling. La derecha se enteraba de que Perón o alguien había animado una revuelta social organizada através de los sindicatos por el arma clave de Perón: la Secretaría de Trabajo y Previsión. Los pobres comunistas, pese a su convocatoria "insurreccional", sabían que no podían ir más lejos: no habían recibido la orden expresa de Stalin (dicen que Codovilla la gestionó desesperadamente, através del Partido Comunista Francés, ¿ignoraba lo de Yalta?).

Los radicales y los socialistas educativos quedaban aplastados, reclamando noblemente una democracia improbable, que vendría como regalo de "la patronal" (tal fue el caso del mayor dirigente radical, Amadeo Sabattini). Perón parecía ser la inconfesada solución de todos.

Lo que sobrevendría el 17 de octubre sorprendería al mismo Perón que, desanimado, todavía más tentado por retirarse con Eva al Sur, en el Hospital Militar, a las siete de la tarde de ese día de aire bochornoso, le preguntaría al emisario del gobierno, con esa voz en que se mezclaba el tono apagado del escepticismo con un brillo de lejana ironía:

—¿En serio, che, que hay gente? ¿Tanta gente...?

ELLA SE ME APARECÍA MUY TARDE por las noches. Pero nunca más tarde de la una de la mañana, que es cuando yo me iba a dormir después de mi actuación en el teatro. Daba pena. Se le desmoronaba el mundo. No podía dormir en el departamento de Posadas ni le gustaba quedarse en lo de su hermano Juan. Trataba de organizarse. Me causa gracia que hablen de "acción política". Eva era una enamorada en estado de desesperación. Sólo quería una cosa: que él saliese vivo y que pudieran irse juntos muy lejos de todo, incluso de esa vida radial y cinematográfica donde había alcanzado una posición después de una lucha increíble. ¿Se acuerda que yo le conté cómo le cebaba mates de leche para alimentarla?

La que venía por las noches tenía ropas de lujo. Y tenía otra desesperación. Me dijo que estaba convencida de que una logia de capitanes balearía a Perón. No lloraba, pero se retorcía las manos y disimulaba su angustia hasta que yo me iba a dormir. Entonces se quedaba pensando sus inocentes estrategias, porque se trataba de cosas del poder y ella movía muy pocas piezas.

Hablaba con Mercante, con el capitán Russo, con sindicalistas. Pedía audiencias y esperaba que la recibiesen. Pero antes del 16 de octubre todos considerábamos que Perón era un cadáver político. ¡Eva quería sacar a Perón con un hábeas corpus! Era risible. Alguien le explicó esa cuestión jurídica y le parecía el arma infalible.

Hablaba y se citaba con sindicalistas. Pero para ella el objetivo era uno solo y no político (se lo repito): era el objetivo de toda mujer enamorada en esa circunstancia.

NO DEJÉ QUE PENELLA DE SILVA ESCRIBIESE en la *Sinrazón* una versión heroica y oficial. Me dieron vergüenza los "datos" que le había preparado el mediocre de Raúl Mendé. Taché todo y puse unas pocas palabras verdaderas. (Los obsecuentes creen en sus propias mentiras.)

En esos días de octubre, movida por la desesperación, fui por toda la ciudad. Vi los rostros de la duda y el viraje de los falsos amigos. Vi la serena condena de los escépticos.

El 16, volviendo de una discusión con Bramuglia, un grupo de estudiantes me reconoció cuando el taxi paró en Callao y Las Heras y me insultaron. El chofer no me ayudó. Me dieron dos trompadas en el pómulo. Nunca me sentí tan pequeña, tan poca cosa como en aquellos días memorables.

Gay y Russo me informaban de que no todo estaba perdido. Incluso desde el interior el pueblo obrero se movilizaba. Me parecía imposible que esos descamisados inermes pudieran llegar a torcerles el brazo a los militares en el poder. Difícil creerlo, la verdad. Pero los alenté, claro. Y cuando la gente empezó a salir, fuimos con el auto de Conchita, manejado por mi hermano Juan, a ver las primeras columnas que venían por el lado de Puente Alsina y la Boca.

Allí recobré la esperanza. El 17 a la madrugada trajeron a Juan de Martín García y lo retuvieron en el Hospital Militar, en Luis María Campos. Nos precipitamos con el mismo auto. Allí lloré, sí. Me había convencido de que le habían hecho algo malo; golpes o un envenenamiento...

No me dejaron pasar, pero le hablé por el teléfono de la recepción. Me tranquilicé, nos besamos por teléfono. Oí su voz quebrada. Me convenció de que no lo matarían y de que la partida estaba ganada. Farrell, Ávalos y los conservadores llamarían a elecciones. Le dije:

—Vos no te metás más, Juan, dejá que se arreglen entre ellos...

Me dijo que fuera a Posadas y que vendría en uno o dos días. Que escuchase la radio.

La *robe de chambre*, detrás de la puerta del baño, que me había parecido la sombría premonición de un ahorcado, me resultó ahora viva. La tomé y la besé oliendo el vago aroma de la colonia Atkinsons que yo le había regalado.

Sentí algo muy raro por Juan en aquellos días, en aquellas horas. Sentí que lo quería protectoramente, como madre. Lo vi desamparado como al chico aquel de Chubut, el de la infancia más triste del mundo, viendo esos pájaros grises de vuelan hacia el mar en una tarde de domingo de invierno.

Cuando me quise dar cuenta, comprendí que estaba llorando de felicidad, porque no lo había perdido, porque viviría y nos iríamos de la pesadilla de la política hacia ese modesto sueño del amor de dos que se quieren.

Entonces me bañé. Me tomé dos aspirinas y le dije a mi hermano que no iríamos a la Plaza de Mayo, que me quedaría escuchando por radio. Y creo que me dormí, vencida por el sueño, hasta después de las once de la noche, cuando oí por primera vez en mi vida el vozarrón, el trueno del pueblo. De *nuestro* pueblo conquistando el poder para la verdadera democracia, que es la democracia de la justicia, del dar... Aquel vozarrón es la música más dulce que un humano pueda oír.

• • •

Lo que pasó aquel día de calor sofocante no se puede narrar sin recurrir a la ironía. Fue el cataclismo de todos quienes creían tener poder delegado de sus instituciones, frente a la inesperada irrupción del poder real y popular (que tan difícil y ocasionalmente se manifiesta en la historia, y tan fácilmente se desvía o se traiciona...)

A la madrugada buscan a Perón en su prisión de Martín García y lo transportan en lancha, cruzando el Río de la Plata hacia Buenos Aires. Por la hora —tradicional para ciertas cosas—, Perón se siente inclinado a preguntar:

—Dígame, capitán ¿me están llevando a fusilar, o a mi departamento de Posadas?

El capitán sonrió y dijo:

—¡Por favor, Coronel! Creo que usted está casi libre. La orden es llevarlo al Hospital Militar por mandato del general Farrell y de Ávalos. Es para protegerlo...

—¡Tanto me aprecian! ¡Qué curioso, no!

Era de madrugada y llegaron a las 06:30 al muelle del Yacht Club. Perón le pidió a Mazza que llamase inmediatamente a Eva, y que le llevase al presidente Farrell, con toda urgencia, la carta reiterando su entusiasmado pedido de retiro.

Saliendo del puerto vieron batallones de la policía montada cerca de la plaza SanMartín.

—Están llegando grupos de obreros desde ayer a la noche y en la madrugada. Piden su libertad, Coronel...

—¿En serio, che? ¿Son muchos?

—No, mi Coronel. Creo que dieron orden de levantar los puentes de la Boca... No deben de ser muchos porque anoche el almirante Vernengo Lima convocó a los estudiantes de FUBA. Tuvieron una reunión. Organizarán una contramanifestación para dispersarlos.

Era un día bochornoso. Lo dejamos a Perón en el quinto piso del Hospital Militar.

Usted ya conoce la historia. Empieza el desfile de emisarios militares por el Hospital Militar para hablar con ese hombre en piyama celeste, que se queja del calor y al que atribuyen prodigiosas capacidades de domador (de masas). Ese hombre parece tan ajeno al desbordamiento proletario que está inundando Buenos Aires como ellos mismos.

Además insiste con que él "quiere irse tranquilo al retiro". Habla muchas veces, hasta cada media hora, con su amante la actriz Evita Duarte. Pide agua mineral.

A las siete de la tarde se le ruega que se entreviste con el presidente Farrell en la residencia presidencial. (Es cuando el almirante Vernengo Lima comprende, casi definitivamente, que no se puede matar un elefante con un rifle calibre 22. Esa muchedumbre, que le parece agua servida surgiendo de todos los albañales y desagües de Buenos Aires, es un monstruo demasiado grande, incluso para los tanques de Campo de Mayo y para sus queridos infantes de Marina, famosos —desfile tras desfile— en cada 9 de Julio, por la perfección con que llevan el paso.)

Bastante tarde llega Perón al Hospital, a la "suite" reservada para el capellán. Me fui mientras se ponía el piyama. Estaba mareado por el viaje en lancha y con el "estómago revuelto". No le di medicina alguna.

La Plaza de Mayo se fue llenando de pueblo pobre. Era gente que uno nunca encuentra en Buenos Aires. Como el calor del día era insoportable, húmedo, pegajoso, se lavaban los pies y la cara en los chorros de las fuentes redondas de la plaza. Esto fue considerado una afrenta a la tradición histórica del lugar.

Al mediodía dijeron que no eran más de quince mil. Pero eran muchos más. Empezaban a entrar camiones repletos por Rivadavia. Vivaban y pedían por Perón. Nada más. No rompieron vidrieras ni causaron daños.

Al anochecer los militares, rodeados en la Casa de Gobierno, comprendieron que la cantidad era tal, que ni la policía montada ni todos los estudiantes de FUBA ni la gente bien de plaza San Martín, podrían ya con ellos. En un momento, vi el rostro del almirante Vernengo Lima, hablando con el general Ávalos. Estaban como perdidos: se había interpolado en la vida argentina, en forma pacífica y espontánea, un elemento que nunca había preocupado hasta entonces: el pueblo, la cantidad, los desvalidos del suburbio y del interior.

Perón se quedó hablando con Farrell como si nada pasase. Dio su consejo:

—Presidente, anuncie ahora mismo la convocatoria a elecciones y esa gente se irá sin más problema. Es la única solución. Ustedes han hecho el disparate. Yo sólo quiero retirarme en paz del ejército...

—Eso está decidido.

—Bueno, entonces me voy a mi casa —dijo Perón. Farrel se demudó, tomó al domador del brazo y le dijo:

—No. ¡Qué se va a ir! ¡Déjese de joder! ¡Esta gente está exacerbada, me van a quemar la Casa de Gobierno. Ya rompieron las rejas de una entrada e hicieron un boquete en el Ministerio de Marina! Hable. ¡Tendrá que hablarles!

El aire era como el aliento de una enfebrecida bestia tropical. Calor sin amenaza de lluvia. Aire pegajoso. Bochorno insoportable.

Se produjo entonces el mágico momento que justifica a la democracia, incluso en su gris tráfico electoral y en su herencia de demagogos mediocres, de falsificadores sistemáticos de la voluntad colectiva y de cazadores de puestos públicos.

Se produjo el supremo acto de amor entre un pueblo en busca de su libertad, de su justicia o de su sobrevivencia, y el líder, el intérprete de esa voluntad, el instrumento *consagrado*.

Perón vio en la noche la mayor multitud reunida de nuestra modesta historia. Había un inconcebible fervor espontáneo. Era la irrupción de la voluntad popular en un estallido pánico. Era un acto de santa *barbarie* política, la única fuerza capaz de cambiar la historia cuando los mecanismos de la democracia institucional sólo operan para mantener los intereses creados y frenar los cambios indispensables.

Perón, desconcertado ante el océano de afecto y verdad que se perdía en la noche, mucho más allá del espacio de la plaza, pidió que se cantara el *Himno Nacional*.

Nacía un verdadero momento de *poder* sin decadencia. Verdadero poder que, como todo lo importante, tiene que ver directamente con el amor. Perón fue ungido aquella noche en un extraordinario acto de amor que determinaría la vida política durante cincuenta años (hasta el suicidio del peronismo de mercado).

El 17 de Octubre tuvo la fuerza de un acto erótico, de un gran himno de amor. El hombre frío y casi maquiavélico que había en Perón era bautizado, sumergido en las aguas puras del afecto de esa masa que no proclamaba odio revolucionario sino su más justa esperanza de sobrevivir.

Como en todo encuentro de amor, había más misterio y casualidad que voluntad lúcida o ideológica.

Nadie puede prever esas fuerzas que nacen convulsivamente del alma de los pueblos y generan una reforma o una revolución.

Contra toda la "opinión lúcida" de la Argentina "bien", y bien ubicada, eran ungidos con el poder casi a contrahistoria. Aquello era un poco el necesario retorno de la supuesta barbarie de Facundo, contra la opresión y la exclusión de un sistema de democracia formal, o traicionada en el juego fraudulento sistematizado.

Era más de la una. Oyó la llave de Perón abriendo la puerta. Se abrazaron. Ella tenía una de sus "cenas" especiales, comprada en la rotisería de Ayacucho.

—Adiós a Chubut —dijo él—. Más bien tendremos que ir para el lado de Plaza de Mayo...

Esa misma noche, ante la posibilidad cierta de un posible atentado por parte de los oficiales de Vernengo Lima y de los capitanes de Campo de Mayo, derrotados por esa extraña voluntad multitudinaria, se fueron con Román Subiza, de incógnito, a la quinta de éste en San Nicolás.

Se fueron, pero él dejó en manos de Farrell el decreto-bomba, el decreto que inauguraba el tiempo social de la vida política argentina. Era el Decreto 33.302: vacaciones pagas, aguinaldo, Instituto Nacional de Remuneraciones, aumento general de salarios, indemnizaciones por despido. Una bomba para el feudalismo argentino.

FUI UN TENAZ OPOSITOR AL ASCENSO DE PERÓN Y EVA AL PODER. Lo escuché con mucha atención, pero eso de la "década infame" fue un invento de intelectuales resentidos. Algunos la hacen arrancar del 30, con la revolución de Uriburu, y otros desde el ascenso del conservador Fresco a la Gobernación de Buenos Aires. No tiene importancia alguna, porque el objeto central es falso. En la Argentina nunca pasó nada, y menos una década infame. La noción de infamia de los argentinos es la de un niño que vivió entre algodones. Es ingenua, provinciana, banal (por suerte para ellos porque indica que todavía no saben qué es realmente la infamia histórica). Más bien vivieron siempre estupendamente, preservados por la riqueza geográfica, la distancia y la indiferencia de los pueblos de inmigración hacia los incendios y conflictos exteriores. Para empezar, los argentinos se salvaron de las dos grandes fogatas del siglo, la del 14-18 y la del 39-45. Se las pasaron en la cápsula o nimbo colonial-católico-ibérico. Nunca supieron bien lo que les tocó a los chinos, a los rusos, japoneses, alemanes, españoles. Ni nunca supieron de *millones* de muertos, de hornos, pogromos, gulags, Hiroshimas.

A mí siempre me pareció que en la Argentina la Historia era algo imaginario para inspirar y hacer divertida la primera página de los diarios. Ya bañados y en piyama muy planchado, tomando un vermut, yo vi a los porteños de barrio esperando serenamente la llegada del diarero trayendo la cotidiana ración de divertidísimos horrores. El bombardeo de Londres o la batalla de Midway, la carnicería del Ebro, la atroz violación masiva de Nankín. Ni siquiera con los diez mil asesinados recientes, "los desaparecidos", usted puede arrimar el bochín en materia de hecatombes. Fue algo trágico, sórdido, criminal, pero un episodio.

No. A los argentinos nunca les pasó nada que pueda ubicarlos en un puesto serio en el ránking del dolor humano. Por eso gritan, gimen, conferencian, lloriquean. Inventan tragedias falsas como esa de "la década infame". Causa indignación en la sala del hospital cuando el que tiene gripe se queja más que el leproso. Fíjese este absurdo: en diez años de "segunda dictadura" y de oprobio de los derechos humanos, los argentinos tuvieron dos asesinados por la policía y un estudiante al que le torcieron malamente el dedo anular (el hoy doctor Bravo). (Sólo en Badajoz, en dos días de junio de 1937, el general Queipo de Llano hizo fusilar unas diez mil personas en la plaza de toros más sangrienta del mundo.)

Y sin ir más lejos tome el caso de esos dos corruptores, Perón y su Evita. Aquella Argentina de los conservadores les dio todo lo que podían pedir y aún más. Pero ellos se comportaron exactamente igual que los intelectualoides y los estudiantes de clase media, que tanto odiaban: convencieron a todo el pueblo argentino de que estaba poco menos que en la infamia y que era poco menos que un eterno chivo expiatorio, el chivo del sacrificio. Aunque en las vidas de ambos, que provenían de familias muy humildes, se demostrase lo contrario. Mire a Eva: venía de Los Toldos y su mayor actuación o título teatral había sido en un grupo estudiantil de Junín. A los quince años pudo venirse a Buenos Aires para cumplir con su ocurrencia, vocación o rebeldía, pero en realidad con la voluntad personal de querer ser actriz, para rehuir un camino de normalidad burguesa, ya que podría haberse casado con un oficial, un granjero o un abogado, como sus hermanas. Y logró ser actriz y hasta imponerse, pese a sus cortas capacidades.

En cuanto a Perón, con su origen tan humilde aunque más triste que el de Eva, logró ser cadete y hacer todo el Colegio Militar como llevado en la palma del "Sistema". Hasta se transformó, desde subteniente, en una especie de niño mimado del Ejército. Desde que fue mayor hizo lo que se le antojaba y ya como teniente coronel fue jefe de generales, al poder manejarlos con las logias que él mismo creaba. Se fabricó un prestigio de intelectual e hizo carrera de profesor. Lo recuerdo tirando sable y florete en la pedana del Jockey o en el Círculo de Armas, con Anchorena, Tezanos Pinto y *tutti quanti*...

Mire: todas esas humillaciones y privaciones que sufrió Evita entre 1935 y 1939, fueron elegidas por ella, como diría Sartre. Fueron el pago del lujo de no querer tener un silencioso destino de clase media de la provincia. Insisto en que a los argentinos nunca nos pasó nada. Nos deslizamos por el mundo con una altísima, inigualable, calidad de vida. Para mí es intolerable esa voluntad siniestra de Perón, manifestada después de su famoso discurso en la Universidad de La Plata, cuando dijo que había que quilombificar a la Argentina, como realmente lo hizo. ¿Por qué?

Max Scheler estudió el poder y la historia desde el punto de vista del resentimiento. Ellos fueron dos resentidos, pese a que no los conoció Scheler para ejemplificar su trabajo.

Disculpe, pero creo importante salir del estado de sumisa adoración nostálgica y ver las cosas de frente... Yo fui uno de los militares que depusimos a Perón en 1955.

Ahora quedan sólo 272 días. Aunque el tiempo quedó detenido estos días de recordación, de revivencia, de nostalgia. Pero ahora se trata de días. ¡Nada más que 272 días!

LA SEÑORA SE LEVANTÓ LLEVADA POR LAS FURIAS. ERA EL 17 DE OCTUBRE DE 1951 (su último 17 de Octubre y era como si hubiese escuchado la voz de una premonición).

Yo vi que no estaba tan bien como quiso aparentar. Pasé de casualidad, trayendo los diarios en puntas de pie, y la vi apoyada contra el marco de la puerta del baño. Estaba, se veía, mareada. Regresó a la cama y a los cinco minutos volvió a levantarse con un movimiento casi ágil, como para demostrarse a sí misma que podía seguir con el cuerpo la voluntad, tan fuerte, de su espíritu.

Se peinó y se vistió.

—Renzi —me dijo—, hoy tenemos un día más que movido. ¡Quiero que sea un verdadero 17 de Octubre! Has visto: esto se desmorona. El General ni siquiera lo degradó al general Menéndez. ¡En vez de condecorarlo con cinco balazos (¿no habla la Constitución de los "infames y traidores de la Patria"?), lo condena a que siga jubilado, prisionero en su casa!

Mañana, Renzi, vendrán a sacarnos no con los tanques rotos del viejo Menéndez, sino con los taxis de la parada de Constitución.

¡Vamos! Quiero que los convoques a Sosa Molina y a mi hermano (que me traiga toda la información de la instrucción que están dando los suboficiales a los sindicalistas del interior según los planes del General Von F.). Quiero ver todo. ¡Hay que quemar etapas! Necesito con toda urgencia que me muestres los documentos de las compras de armas.

—Está todo en orden. Yo mismo fui al Banco Central, Señora. Las cartas de crédito han sido libradas según lo convenido con los emisarios del Príncipe. Ya se dieron instrucciones al Consulado en Amberes y hasta llegó la confirmación de los espacios de bodega.

—¡Esto no da para más, Renzi! ¡Lo único que falta es que vuelvan a nombrar a Vernengo Lima ministro de Marina! Además quiero ver bien mi discurso de hoy... Estuve planificando una serie de alocuciones, a partir de hoy. ¡Tienen que ser muy fuertes y claras; tienen que convocar a la gente!

Vi que se mareaba otra vez. Perohacía un esfuerzo para no tomarse del cortinado.

—No. No me voy a morir, Renzi.¡Yo acabaré con la enfermedad como se debió haber acabado con Menéndez! Esto del mareo es por causa de la eterna debilidad de mi sangre. No tiene importancia. Ahora con el té haceme traer un chocolate Dolca o Aero, es lo que necesito. ¡Hay que convocar a la gente para el mediodía y quiero ver toda la documentación de la compra de armas! Quiero convocar a la gente con el discurso de hoy a la tarde y, además, quiero dejar todo organizado antes de mi internación. La operación, Renzi, será jugar todo a cara o cruz contra la "conspiración interior", ¡y estoy segura de que ganará!

Aguantó. Yo la veía aguantar cuando volví a entrar con la mucama que traía el té y lo que había pedido. Se había sentado ante la mesita china de la biblioteca y revisaba y memorizaba los párrafos de su discurso para el gran mitin de la tarde.

(El General había movilizado al país entero, trayendo la gente del interior en trenes especiales, como nunca. El General quería hacerle un gran homenaje. Pero pienso que la Señora lo había intuido o lo sabía y más bien, en lugar de aceptar aquel homenaje pacíficamente, quería aprovechar para convulsionar, para convocar, para alertar. Estaba muy furiosa, segura de que todo se desmoronaba en la pasividad de los mediocres que Perón, cansado, dejaba correr.)

YO, ESA MISMA MAÑANA, DESPUÉS DE CORREGIR EL DISCURSO, me filtré en el cuarto de Juan mientras estaba afeitándose. Allí, sobre la cómoda donde ponía las llaves, estaba el sobre que yo había visto llegar tan subrepticiamente. Rápidamente lo abrí y leí: "Cáncer útero-vaginal, bastante avanzado, con peligrosas ramificaciones." No era necesario más. Venía de un laboratorio.tenía la brevedad de lo definitivo. Volví a mi cuarto. Sentí otra vez el mareo. No decía nada definitivo: decía "peligrosas ramificaciones", pero no mortales ni incurables ni irremisibles ni fatales ramificaciones...

En la reunión del mediodía fui muy rigurosa. Exigí el mayor cumplimiento de las órdenes impartidas. Urgí a los gremialistas, especialmente a Soto y a Santín, que asumieran la instrucción militar-sindical como la más urgente tarea. Anticipé que en un futuro próximo, ya establecida públicamente la milicia obrera, tendrían el rango de general. Expresé que, como en el 17 de octubre de 1945, el ejército seguía teniendo un cáncer subversivo y destructor que no había sido extirpado por un increíble error histórico. Dije que habría un enfrentamiento final y que ellos debían estar preparados a luchar con protagonismo militar, *acompañados* por el sector sano y leal del Ejército tradicional. Pero me detuve especialmente en el tema de la Orden Nº 1. Me hice traer los primeros listados de políticos, militares, dirigentes de todo tipo, que eran activistas probados y que conspiraban con los oficiales de Marina y Ejército. Había que tener direcciones, conocer sus movimientos, para poder proceder con fulmínea energía en caso de un nuevo alzamiento complot.

Les dije que ese mismo 17 de Octubre, en el gran acto de la tarde, mis palabras llevarían un mensaje de alerta y de convocatoria.

Cuando salieron de la biblioteca tuve que correr hacia la cama porque no podía más: las lámparas, la mesita china y las caras de Soto y de Santín, como degollados por la Mazorca oligárquica, giraban atorbellinadamente en el espacio.

Fui vestida de negro, tono que enflaquece. Así creerían que estoy mejor, o que no temo por mí, ya que no disimulo mi estado detrás de colores alegres.

En el coche sentí frío, aunque la temperatura, sin tanta humedad ambiente, debía de ser como la del 17 de Octubre del 45. El frío era el mío, el de la enfermedad. Pues ataca con el calor falso de la fiebre o el frío personal, que es como un adelanto de la frescura de las bóvedas.

Íbamos hacia la misma gente (y mucha más) que la de aquel memorable e inicial 17 de Octubre. La diferencia, en cinco años, es que, en lo esencial, hemos cumplido con ellos. Hoy la Argentina es indiscutiblemente el país más armonizado socialmente en América.

Bueno: no tenía que llorar ante esos miles que vitorearían mi nombre ni llorar después, al despedirme. Tendría que hacer lo mío: alertar sin flojeras. Prometer salud de combatiente y voz enérgica, como aquella voz que lográ en Radio Belgrano cuando Catalina de

Rusia convoca al pueblo contra la infamia de los terratenientes boyardos.

Aguanté bien la ovación, pero cuando Perón terminaba su discurso, el mayor elogio y alabanza que una mujer pueda recibir por su tarea de amor a los pobres, me desmoroné. Me saltaron las lágrimas, esas flojas... Me abracé a él y casi estuve a punto de entregarme. Pero como empezaba a sentir la punzada en el bajo vientre (pese a la tremenda inyección de calmantes), tuve rabia y me reorganicé como pude ante el micrófono.

"Nada de lo que yo tengo, nada de lo que soy ni nada de lo que pienso, es mío; es de Perón. Tenía que venir para dar las gracias a la CGT por su homenaje y por esta condecoración que a partir de ahora será mi más querido recuerdo de los trabajadores argentinos.

Y tenía que venir para decirles que es necesario mantener bien alerta la guardia de todos los puestos de nuestra lucha. No ha pasado el peligro. Es necesario que cada uno de los trabajadores argentinos vigile y no duerma, porque los enemigos trabajan en la sombra de la traición y a veces se esconden detrás de una sonrisa o de una mano tendida. Los enemigos del Pueblo, de Perón y de la Patria, saben desde hace mucho tiempo que Perón y Eva Perón están dispuestos a morir por ese pueblo. Ahora saben también que ese pueblo está dispuesto a morir por Perón.

Yo les pido hoy, compañeros, una sola cosa: que juremos todos, públicamente, defender a Perón y luchar por él hasta la muerte. Y nuestro juramento será éste: gritar durante un minuto 'La vida por Perón'."

(Fue más de un minuto. Nunca sentí más fervorosa respuesta a mi convocatoria, a mi llamado casi desesperado. Ellos intuían...)

Y allí me empecé a desmoronar. La voz empezaba a flotar en el fango del sentimiento y del amor. Las frases me llevaban de patinada en patinada hacia un abismo flojo, de niebla azucarada, de premuerte:

"Aunque deje en el camino jirones de mi vida, yo sé que ustedes recogerán mi nombre y lo llevarán como bandera a la victoria. Yo sé que Dios está con nosotros porque está con los humildes y desprecia la soberbia de la oligarquía. Por eso, la victoria será nuestra. Tendremos que alcanzarla tarde o temprano, *cueste lo que cueste y caiga quien caiga*.

Mis queridos descamisados, les pido una sola cosa: estoy segura que pronto estaré con ustedes, pero si no llegara a estar por mi salud, cuiden al General, sigan fieles a Perón como hasta ahora, porque eso es estar con la Patria y con ustedes mismos. Yo los estrecho contra mi corazón y deseo se den cuenta de cuánto los amo..."

Ya estaba llorando todas las últimas frases como cuando Yaya Suárez Corvo, en Radio Prieto, recibía de la Magdalena la noticia de la expiración del Hijo.

Desastre y vergüenza. Y humanamente, deshecha, mujeril, me cobijé en Perón, en su pecho y mojé su camisa y su corbata mientras él trataba de contener ese llanto que sólo se permitía en la oscuridad del cine.

Fue atroz. Dejé mi mensaje, alerté. Pero fue atroz. En realidad, cinco años después, estábamos como en 1945: con todos los poderes de la Sinarquía intactos y en nuestra contra. ¿Por qué no supimos tener el coraje de Stalin o de Mao Tsé Tung?

"ARGENTINA DEBE DE SER EL ÚNICO PAÍS DEL MUNDO DONDE LOS NEGROS SUEÑAN CON PAISAJES NEVADOS." Esta era una de las frases con las que Perón nos hacía reír en aquellos largos días en mi chacra de San Nicolás o en su quinta de San Vicente, cuando preparábamos la campaña electoral, después de que fue plebiscitado en la exposición social del 17 de octubre.

Con frases como esas, analizadas después de reírnos, Perón quería señalar el absurdo y el sentido de irrealidad del pueblo que tendría que gobernar (que tendríamos que gobernar, porque yo iba a ser ministro de Asuntos Políticos y Eva estaba destinada al verdadero y más sutil de todos los poderes, que es la fuerza de atracción de la personalidad carismática; de quien procede el mayor mando, más allá de todo cargo estatal, con la pasión y la determinación del ángel enviado).

En esos días maravillosos de noviembre, Eva dejaba definitivamente su voluntad de ser actriz y con callada humildad escuchaba los monólogos interminables de su maestro que evidentemente gozaba al divagar sobre historia y sociología argentina ante nosotros y ante esa Evita que nosotros veíamos todavía como un misterio, considerándola intelectualmente aún más frágil y desprovista que físicamente.

El tiempo de aquellos días se dividía entre la organización de la plataforma para las elecciones de marzo y los planes de la reorganización del Estado. Después de las comidas, eran largas las tenidas filosóficas y políticas.

En ningún momento se dudaba de que se ganarían las elecciones por una ventaja inédita, pese al enorme poder de los diarios, las radios y los contactos internacionales de las fuerzas tradicionales, del Sistema, como se dice ahora.

En una de esas noches el coronel Mercante, que solía venir con su amiga Isabel Ernst, le preguntó a Perón: "¿Qué pasaría, Juan, si llegan a ganar ellos con su Unión Democrática que concentra aparentemente toda la mayoría nacional?". Y Perón: "Tendríamos que irnos del país, ni Chubut bastaría para que nos perdonen la jugarreta del 17 de Octubre... Pero no te olvides que todos nos votarán: los socialistas, radicales, conservadores, comunistas... Ahora la mitad de todos ellos es peronista y a eso hay que agregar toda la gente que tuvo que entregar su libreta electoral para comer un asado con empanadas de comité... Esa gente no olvida".

Perón era un politeísta político. Como profesor de historia militar que era, admiraba a los imperios. Pero era esencialmente criollo y vivía cierto resentimiento del hombre de la tierra hacia lo extranjero y la actitud extranjerizante. En las democracias anglosajonas, que acababan de ganar la guerra, veía la realización de la peor y la más mortal de todas las decadencias. Para él sobrevenía el gobierno del dinero, de los patanes, del egoísmo. Perón creía aristocráticamente en la jerarquía, era conservador (aunque no le hubiese gustado que se lo dijeran). No podía imaginar un futuro para la humanidad en el que los comerciantes y empresarios, en nombre de las libertades y del eficientismo, pudiesen crear un mundo donde la casta de los *vaishyas*, los comerciantes, pudieran imponerse a los brahmanes, los sabios y los guerreros.

No viene al caso exponer la doctrina política de Perón; es harto conocida y bastaría leer esa síntesis que tituló *La comunidad organizada*. Pero tal vez más interesante sería que yo le leyera o trasmitiera alguna de las observaciones mordaces que expresaba en la intimidad de amigos políticos y que él nunca repetiría en público, pues era sabiamente equilibrado y desconfiaba de los juegos de inteligencia. Se las leo en el desorden en que las fui tomando en un cuaderno que llamé *Diario de San Nicolás*:

"En tiempos de decadencia prevalecen las democracias castradas, tristes, sin alma heroica. Democracias municipales que convocan a los ciudadanos sólo en torno de necesidades estomacales o fisiológicas, cada cinco o seis años. Por eso los anglosajones, vencedores de la Guerra, han reinventado la democracia como panacea universal (hasta los pobres hotentotes de Nueva Guinea tienen que tener una cámara de lores caciques y otra de negros sin tatuaje!). De ese modo les hacen creer a los negros, a los pobres sudamericanos, a los radicales y socialistas que no fuman, que son seres libres y que eligen lo que quieren. Y que las 'naciones independientes' que crean son igualmente libres y respetadas que las mayores del mundo: Inglaterra, Uganda, Suecia, Uruguay, Estados Unidos, Bolivia... Todos iguales, en el mejor de los mundos."

"¿Sabe, Subiza, cuándo hay decadencia? Cuando el que sabe que tiene la razón o la verdad, las depone en nombre de la tolerancia. Por esto, y casi exclusivamente por esto, la democracia conlleva un germen fatal de disolución y podredumbre. Porque el héroe se autoanula. Bolívar se pone a discutir con Balbín o Enrique Dickmann. ¿Se da cuenta de la aberración? Lo mismo vale para las religiones: hoy día el catolicismo nuestro es una religión para viejas y pietistas ingleses, porque nadie ya es capaz de imponer por la espada la verdad de Cristo."

"En política, lo mejor que se puede hacer con el amigo lealísimo es ponerle alguien que lo vigile de cerca."

"Ahora, después de esta guerra ganada por los torpes anglosajones, el mundo quedará varios años en manos del más voraz capitalismo. No es la primera vez en la historia que una idea muerta sigue difuminando su carroña durante cuatro o cinco décadas más. Habrá que aceptarlo, pero conservando vivas las defensas espirituales: el capitalismo es una idea agonizante. Una putarracona sorprendida por el chaparrón de la última madrugada."

Como Mercante nos había mostrado recortes del *N. Y. Times* y de otros diarios norteamericanos, todos calumniosos y agresivos, en especial para Evita y para Perón:

"No te aflijas, Mercante. El problema para el justicialismo va a ser cuando esos diarios, que se creen los dueños de la opinión mundial, nos elogien. Entonces sí estaremos perdidos y a gatas si ganamos las elecciones. Acordate de Braden... Mirá si se hubiese puesto de nuestra parte, ¿tendríamos el 17 de Octubre?"

"Esta izquierda liberal argentina de la Plaza San Martín, compuesta por dentistas con departamento en la calle Santa Fe y de abogados judíos, tiene una invariable admiración por los intereses nacionales de los países 'serios': Estados Unidos, Inglaterra, Francia, Rusia: los vencedores de la Segunda Guerra. Ante ellos se comportan como cipayos; por ser intelectuales, ven en los descubrimientos ideológicos y científicos de esos grandes países, una indudable superioridad a la que se someten con entusiasmo. Son como los monos babuinos que ante el más fuerte de la tribu corren con sus hembras a ofrecerlas y, finalmente, se vuelven ellos mismos de espaldas para ofrecerle su trasero pelado."

Perón tenía más ideas de estadista que de gobernante de lo inmediato. El centro de su accióntenía un solo objetivo: la democratización social de la Argentina. Como él solía decir, los conservadores crearon el país casi de la nada; Yrigoyen forzó la democracia electoral, el voto universal y secreto; a nosotros nos toca democratizarlo *socialmente*.

La democracia se había corrompido en Argentina antes de cumplir un ciclo mínimo. La Unión Democrática que se oponía a Perón en las elecciones programadas era la demostración de una corrupción, una caída en lo amorfo que pretendía aunar tácticamente los intereses feudales de Robustiano Patrón Costas con la revolución comunista de Codovilla y Ghioldi...

En aquellos diálogos de San Nicolás, sus interlocutores sentíamos que Perón era un último bastión de la Argentina en cuanto aventura independiente. Esa maravillosa ocurrencia histórica de haber impuesto una Nación sobre un desierto, y haber logrado que en cuarenta años el desierto de perros cimarrones y de caranchos, se transformase en la sexta potencia económica del mundo (en 1929/30), con una extraordinaria calidad de vida y de vitalidad existencial.

Pero Perón conocía su límite. Éramos un gran país en extensión, con una población inteligente pero mínima. Ese era el talón de Aquiles. Una vez Eva se animó a discutirle y él dijo: "Mirá Eva, los argentinos no podemos hacer nada significativo en el plano del poder mundial, pese a tu entusiasmo. Nuestra única revolución tiene que ser moral, política, latinoamericana. Somos apenas dieciséis millones. Eso es nada. Fallamos al no haber seguido a Alberdi con su 'Gobernar es poblar'. Ahora sólo podemos negociar con la Sinarquía, con mucha prudencia, y crear un modelo de vida independiente que pueda servir de base a la unión latinoamericana. Somos tan pocos y con un crecimiento demográfico tan débil, que pronto no tendremos otro futuro histórico que la alianza total con Brasil."

"Para todas estas grandes tareas el país tendrá que ser férreamente gobernado a través de un Estado fuerte, como hicieron los conservadores. Este es un país de bastardos de primera venidos de todas partes del mundo y creando mezclas disparatadas. No es un pueblo, es un conglomerado heterogéneo y sólo el Estado podrá ir transformándolo, por presión educativa, en un verdadero pueblo. Esto es lo que comprendió el gran Lugones en su soledad final."

Fue allí, en San Nicolás, en aquellos meses tórridos, que organizaron el casamiento por iglesia, en La Plata. Invitaron a unos pocos amigos, a la madre de Perón y a Juana Ibarguren y su hermana. Hicieron un festejo sencillo, una "copa de honor" en la confitería París.

En cuanto a la campaña política, Perón intuyó que lo mejor era no hacer casi ninguna. Toda la prensa, medios de difusión e información, universidades, "fuerzas vivas" y partidos importantes, formaban un entusiasta frente de repudio y levantaron la fórmula radical "Tamborini-Mosca". Perón sabía que la Argentina subterránea se había alzado en su favor. En las pocas presentaciones en público, Perón se vio rodeado de *inesperadas* multitudes. Era como si el pueblo sumergido tuviese un sistema de comunicación secreto, primitivo, eficaz, como los tamboriles que recorren el silencio de la jungla.

Se les ocurrió hacer viajes en tren por las provincias como episodio principal de su campaña política para las elecciones de marzo. Eso se lo organizó Álvarez, el nuevo amigo de la Jardín, que era inspector de Ferrocarriles, el organizador de aquellas fiestas en lo alto de El Molino. (El general Aramburu, uno de los que depondría a Perón en 1955, recordaría "aquellas farras", y premiaría a Álvarez con un consulado en Italia. En cuanto a Jardín, después de ese viaje proselitista en los calurosos vagones del Central Argentino, desaparece del entorno de Eva. Se dice que intentó aproximaciones a Perón que Eva decidió cortar de cuajo.)

Acomodaron los vagones como departamentos y pese al calor feroz de aquellos meses se largaron. El tren paraba en los poblados y cada vez eran esperados por multitudes de olvidados, de gente que venía del fondo de campos resecos. Ellos saludaban a todos. Les daban la mano (cosa que nunca les había pasado a aquellos criollos postergados). A veces, era tanto el esfuerzo y la misteriosa congregación de gente, concentrada cerca de las vías a veces en plena noche, que Álvarez y Jardín, aprovechando cierto parecido con Perón y Evita, a las que por cierto los criollos y paisanos conocían todavía muy poco, saludaban mientras los verdaderos candidatos aprovechaban para dormir, bajo aquellos cincelados ventiladores de techo de los antiguos trenes ingleses.

En Tucumán la manifestación fue descomunal, nunca vista. Muchos murieron aplastados y Eva insistió en ir a la morgue. Se desmayó. Pero cuando se recobró, se empeñó en rendir homenaje, uno por uno, a los correligionarios despedazados por la efusión salvaje.

Había una vibración desesperada. Algo terrible y nuevo. Era realmente el estallido de fuerzas populares ocultas, como una reacción en cadena.

Como usted sabe, es un simple dato histórico, ganaron contra todos los pronósticos y la voluntad de la opinión sensata del *Sistema*. Las elecciones, tal como bien lo pensaba Perón, eran sólo un acto redundante que corroboraría el connubio de pueblo ylíder que había estallado en aquel día tan singular, el 17 de Octubre de 1945.

YA QUE ME LO PREGUNTÁS... En realidad nunca he sentido celos durante nuestra convivencia. Era como si yo y él nos hubiésemos ubicado mutuamente por encima de las batallas del amor. Eso fue así desde el comienzo; después se consolidó porque el poder, los trabajos del Estado y de la Fundación ya nos absorbieron por completo de ese plano donde suelen transcurrir los juegos de amor.

Pero en los primeros tiempos, es verdad, se produjo el incidente de la Jardín, mi amiga. No la puedo culpar concretamente de nada. Y más bien la sigo recordando con simpatía porque está vinculada a mis días más libres y despreocupados (cuando me llegué a creer una actriz importante!)

Además era un ser inimputable, como dicen los jueces. Para ella todo lo sexual o amoroso no era más que un juego. Los hombres eran para ella como muñequitos o fantoches. Incluso lo hubiera sido Perón, en el caso...

Jardín era —o es— un ser increíblemente vital. Una de esas personas que parecen venir huyendo de una gran tristeza, de alguna gran desgracia infantil. Era hija de un gobernador y descendiente de una familia decadente, que alguna vez fue poderosa en Santa Fe. Guardaba en el ropero, entre sus enaguas, el fémur de su abuelo, porque afirmaba que la protegía desde el más allá. (Alguna vez en el cementerio de Santa Fe, asistió a la "reducción" del cadáver, seguramente para trasladarlo a una cripta y ella se guardó el fémur bajo el tapado.) Tenía feroces peleas con su marido, un periodista tucumano de *Noticias Gráficas*, el mataco Heredia, y recurría al fémur como arma ofensiva. Más de una vez salieron en algún diario noticias de estas trifulcas. Generalmente se peleaban por apuestas: se jugaban al pase inglés el sueldo entero. Jardín sostenía que el Mataco le hacía trampas.

Jardín venía a visitarme trayendo empanadas que compraba en un local de la Avenida de Mayo, cerca del Congreso, que se llamaba Kakui. Era la persona más generosa, disparatada, divertida, sexual y sentimentalmente libre que yo haya conocido. Te explico estos detalles para señalarte que se trataba de alguien excepcional.

Y aquí interviene algo que enseguida comprenderás: los peores celos suelen surgir hacia o contra quienes tienen el don de hacer reír a la persona que queremos. Hacer reír debe equivaler a saber hacer bien el amor. Es una forma de poseer al otro, a través de la risa, y llevarlo a una forma de placer.

Durante el viaje en tren al norte, el "gran saludo campero", como lo llamó Juan, porque el tren se detenía en todos los poblados y nosotros dábamos la mano a todo el mundo, la Jardín nos divirtió con ocurrencias de todo tipo. Era la gran animadora. Por ejemplo, bajaba en el arenal reseco de La Banda y compraba quesillo de cabra que nos preparaba con arrope. Cocinaba tamales usando el fuego de la locomotora. Se iba caminando por los estribos laterales de los vagones, haciendo equilibrios, hasta la máquina, y luego volvía trayendo la fuente de tamales chamuscados. Todos estábamos pendientes de ella desde nuestras ventanillas. Lo hacía reír a Perón, a su nuevo marido, Álvarez, al maquinista, al inspector, incluida a mí, que ya sentía celos de su gracia.

Jardín era el desparpajo absoluto. Si ese tren hubiese sido fletado por Robustiano Patrón Costas y la "Unión Democrática", su conducta hubiese sido la misma. Era libre, tal vez el único ser casi demencialmente libre que conocí. Llevaba el cuerpo suelto dentro de sus vestidos bastante provocadores. No había en ella ni culpa ni miedo. Siempre me acordaba cuando fui a buscarla al caserón de Maipú 820, y me puse tan violenta al entrecruzarme con sus amantes: Santamarina, que bajaba, y el respetable director del Banco, que pretendía subir. Y ella desnuda, en el descanso de la escalera, riendo de mi miedo y de mi turbación...

Sí, tuve celos en aquel tren festivo que atravesaba el norte reseco. Ella se peinaba como yo (teníamos algún parecido) y saludaba en mi lugar, a veces con Perón, sustituyéndome ante mi cansancio de estrechar miles de manos.

No me gustó que un día se hubiese filtrado en nuestro coche-dormitorio, con un motivo banal, vestida sólo con una enagua llena de sugestivas cintitas, que seguramente le había regalado el director del Banco.

Pobre Jardín. La desembarqué en Tucumán de mala manera, lo reconozco. Pero no hay nada peor que tener que tomar medidas drásticas cuando uno no tiene explicaciones ni evidencias drásticas...

La otra persona de la que puedo decir que sentí algo parecido a los celos, fue Fanny Navarro, la actriz. Aparte de buena actriz,tenía el atractivo del cuerpo ondulante, prieto, un poco amulatado, que yo nunca tendrá. Eso que llaman *sex-appeal*. En su caso, mi reacción fue bastante rara. En lugar de dejarla, más bien la atraje, la traté sin que en esto hubiese táctica o deliberación de mala fe. Le tuve simpatía y hasta le prestaba joyas que ella sabía lucir espléndidamente. Tal vez mi conductatenía algo de desafío: ver qué pasaba si metía el peligro en casa. Pero, además, la sentía muy amiga. (Siempre se dijo, lo he oído de alguno de mis tantos delatores, que si yo me muero —si muero— ella sería mi sucesora más indicada.) Pero Fanny, como la Jardín, carecen de interés y pasión por nuestra aventura política. Son realmente mujeres, pobres... Fanny es brillante y vive borracha del deseo que provoca en los hombres. Está despreocupada, explicablemente, del dolor de los otros. Le va muy bien con la vida (que para ella es su cuerpo, su peso y el tostado de sus hombros). Ella nunca supo que eso de la política es algo decisivo para un hombre como Perón.

De tanto frecuentarnos, se convirtió en amante de mi hermano Juan, que puso un departamento para ella tan lujoso como el que montó para su otra amiga, también actriz.

Cuando me enteré de la terrible enfermedad de Juan, que lo obligaría a intentar una cura en Estados Unidos, me sentí obligada a llamarla para informarle que mi hermano tenía una forma particularmente dura de sífilis. (La había contraído en las orgías con putas del Albaicín de Granada, durante nuestro viaje a España. Escandalosas y estúpidas orgías que motivaron una queja del remilgado y ultracatólico canciller de Franco, el Martín Artajo.)

Fanny tiene eso de hembra atractiva, de puro sexo, de vitalidad y gracia. Realmente pensé que pudo atraer a Perón. Pero no fue así, nada por ese lado. Perón vive en el fondo de sí mismo, muy, muy atrás y en la penumbra, donde no llegan los brillos de la superficie. Es el hombre que tuvo la infancia más triste. Yo sola lo sé.

ESTOY SEGURO DE QUE LOS MEJORES DÍAS DE LA INTIMIDAD DE AQUEL MATRIMONIO transcurrieron en la modesta quinta de Perón en San Vicente. Eran once hectáreas, con una casita de mala muerte. Él le había hecho agregar una galería de baldosas, le puso una parrilla y criaba allí una tropilla que le cuidaba el pintoresco Naipaul, un zambo echado del ejército por vivillo. Entre esos caballos estaba aquel pintado con el que revistaría las tropas, para escándalo de los culones de Buenos Aires que decían ver disminuida la dignidad presidencial.

En aquel año, antes y después de la asunción al poder, en junio de 1946, vivieron tal vez lo más intenso, íntimo y armonioso de su romance.

Eva hacía su aprendizaje político. Perón explayó ante ella sus teorías políticas. Hablaba para convencerse, para afinar sus propias ideas y planes. Estaba fundando el justicialismo y los viernes o sábados hacía asados con los jefes sindicales, Cipriano Reyes, Gay y tantos otros. También iba el matrimonio Guardo, Mercante, Subiza y el talentoso Figuerola, que fue más o menos el organizador del sólido Estado peronista.

Yo empecé a ir como amigo. ¿Sábe qué me dijo Eva el primer día que fui a San Vicente?:

—Padre, aquí viene como amigo. Póngase cómodo, deje el cura en el perchero.

—No puedo, Eva.

—Sí que puede: en la Argentina la amistad es más importante que la religión.

Perón trabajaba todo el día. A las once le daba a Eva su lección de equitación con montura inglesa y cuatro riendas.

Después, como un ritual obligado, sehacía el invariable asado.

Delante de mis ojos vi nacer, formarse, esa especie de socialismo solidarista, nacional, en el que se destacaba la justicia social como base de un profundo reformismo. (Nunca hubo en el peronismo nada de revolucionario en el sentido de expropiar las estancias y los ganados o las fábricas. Pero sí todo quedaba condicionado a la sólida centralización económica del Estado.)

En el arrogante capitalismo de los ingleses y norteamericanos, vencedores de la guerra, veía la peor lacra y la fuente de todas las decadencias. Perón, según sus monólogos, creía en un Occidente grecolatino, mediterráneo. El resto le parecía más bien barbarie recubierta del barniz de triunfo tecnológico y poderío militar.

Italia había sido su paradigma y su admiración por Mussolini era grande.

En aquellos días me pareció un estadista solitario, que hubiese pensado todos los temas en el medio semianalfabeto de los militares de aquel tiempo, más preocupados por los caballos y por el brillo de sus botas que por otra cosa.

Ahora me resulta increíble, esos dos seres aislados, mateando en la galería de baldosas, y ya dueños —por voluntad exclusivamente popular— del destino político de la Argentina; como dos reyes en alpargatas.

A eso de las cinco de la tarde, Naipaul preparaba el sulky e iba a la panadería para traer tortitas quemadas o bizcochitos de grasa para el mate.

Eva iba recibiendo su instrucción política. Yo no creo lo que dijo Cereijo, que fue ministro de Economía y organizador de la Fundación Eva Perón, que Perón le hacía tomar notas a Eva en un cuaderno y que después le corregía los ejercicios, como un maestro de escuela. Cereijo afirma que vio esos cuadernos.

Las noches eran largas. Se comía, por el calor, debajo de un bosquecillo de sauces y paraísos donde había una mesa larga, de tablones, que Perón presidía, siempre asistido por Naipaul, firme a las órdenes de su amo, como un edecán degradado.

Eva lucía sus especialidades: tomates rellenos con atún y mayonesa, milanesas a la napolitana, suprema de pollo. Se tomaba vino blanco semillón (León o El Vasquito, de litro) en vasos grandes que preparaba Naipaul con soda y hielo. De tanto en tanto se oía la voz de Perón desde la punta de la mesa que decía:

—A ver, Negrito, serviles a los invitados otra vuelta de champagne.

RESPONDO A SU PREGUNTA DICIÉNDOLE QUE SÍ, que esa fue una etapa de absoluta felicidad y de verdadero amor en la vida de Eva. Perón tenía una tendencia sexual hacia las adolescentes, hacia la mujer-niña.

Cuerpo inocente, disponible, espíritu en blanco. Me atrevo a pensar que la fragilidad física de Eva, que además tenía la mitad de su edad, fueron para él tan atractivos como Piraña, o como, después de la muerte de Eva, aquella chiquilina de la Unión de Estudiantes que se llevó a vivir a Olivos.

Usted debe comprender que Perón era un militar de guarnición. Un macho solitario y sureño. Un *milites chubutensis*. No creía que ninguna mujer pudiese reparar mucho en él. Su idea de "pareja" había quedado sepultada con Aurelia Tizón, a quien respetó y quiso. Era una de esas mujeres que estudiaron piano y francés, de buena familia de clase media. Esas señoras que compraban entradas el sábado para la sección vermut del domingo en el cine Ideal de Suipacha.

Eva, en aquellos días de San Vicente, era gracia, pelo suelto al viento, risas que caían desde el sulky que los llevaba al pueblo. (Los veía volver por el camino de tierra, al atardecer, abrazados). Era como si sintiesen que se les venía encima el Poder y gozaban aquellos días de amor como dos adolescentes que ven llegar el fin de unas maravillosas vacaciones de verano.

Se habían casado en La Plata, pero la relación de ellos tenía la carga de lo prohibido y lo clandestino. El casamiento, con su formalidad sacramental, no había logrado alterar ni la conducta de amantes furtivos de ellos mismos ni el trato un poco cómplice de sus amigos, que durante bastante tiempo los siguieron viendo más bien como amantes.

Tiempo después, luego de la asunción del poder a mediados del 46, Eva empezó a ser la "Excelentísima Señora, Doña María Eva Duarte de Perón", a la que todos, salvo los pobres, tenían que decir "la Señora".

Este punto es interesante, creo. Ante mí, en mi calidad de religioso, multiplicaban el cuidado de no manifestar sus efusiones.

¿Cómo se trataban? Mire: usted enseguida me va a comprender si le digo que los dos se criaron en la costumbre criolla. Eran dos chicos criados en la soledad y la pobreza. Nunca había entre ellos gritos ni escenas. Las explosiones atroces, de malas palabras y blasfemias de ella, siempre iban dirigidas para otro lado. Nunca entre ellos. Los dos se respetaban. Pero en aquel largo año de amor, se querían como dos amantes en eterna fuga, largamente preparada. (Ya con el tiempo, antes de la muerte de Eva, se me ocurrió pensar que Perón, que no era un valiente, le temía, como se puede temer a un ángel justiciero, a una fuerza de la naturaleza. Era como si él hubiese aceptado que, ante ella, estaba en un *escalón moral* más bajo. Puede que me equivoque...)

Por otra parte, Eva decía y repetía que no quería ser "señora del Presidente". Le diría que la idea de "Señora", según la sociedad burguesa, le causaba desprecio y risa; así como la otra categoría en boga, la de "mujer ligera", le parecía la contracara de una misma degradación machista. No tenía soluciones claras. Pero sentía rebeldía ante el puesto conferido entonces a la mujer en la sociedad. Y al no tener respuestas definidas, se identificó con la mujer heroica, con las heroínas de las novelas radiales que interpretaba.

Me pareció evidente que Eva despreciaba el "feminismo machista", que consiste en "liberar" a la mujer haciéndole ocupar el espacio y la función de los hombres. Creo que Eva reía de la sociedad de los hombres y de la civilización eficientista creada por los machos.

Después, más tarde, en sus batallas para sancionar el voto femenino y en la organización de la rama femenina del justicialismo, sus ideas se fueron precisando.

Por cierto, la verdad es que después de ella cambió la situación de la mujer en la Argentina. ¡Fíjese que hasta ese entonces se tenía como imagen de mujer liberada a Victoria Ocampo, que ya con más de cuarenta años se encontraba en secreto con su viejo amante para que su papá no se enterase y se disgustara!

YO CREO QUE LOS VI ENAMORADOS, afectivamente muy unidos, hasta el año 48. Después el poder y la pasión política los fueron llevando por caminos paralelos pero diferentes.

San Vicente, aquella tapera de los asados bajo los paraísos, con el champagne de Naipaul, quedó atrás. Construyeron un chalet confortable y la vieja construcción de ladrillo la destinaron a una capillita.

Cuando asumieron el poder vivieron un tiempo en la casa de Eva, en la calle Teodoro García, y luego se trasladaron a la residencia presidencial, ese Palacio Unzué que quedó impregnado y lleno de su grande y terrible muerte.

En la Residencia había una enorme escalera de dos barandas. Yo los encontré a caballo, corriendo carreras, deslizándose desde el primer piso. Eva me pidió que yo controlase la llegada porque se quejaba de las trampas de él.

Ya en el 49 era claro que sus vidas eran paralelas pero disímiles. Eran dos corrientes de mucho poder político: Perón con la estructura del Estado, manejado con mucha energía; Eva con su creciente poder emocional, su pasión de fe social, que le fue llevando todas las horas.

Sus horarios eran opuestos: Perón se despertaba a las cinco de la mañana y ya a las seis estaba en la Casa de Gobierno. Volvía para almorzar y dormir sus dos horas de siesta. A la noche se acostaba a las diez. Ella trabajaba desde las nueve de la mañana hasta las dos o tres de la madrugada. Alguna vez se cruzó con él cuando Perón salía hacia la Casa de Gobierno.

Ella llegaba escondiéndose, en puntas de pie, como una juerguista del bien. Le mentía las horas, cuando él le preguntaba, como una repetida adúltera que ya no es creída: "Anoche llegué a la una. ¡Claro que era la una!"

Lo que pasaba es que ella se había ido para otro rumbo. Había entrado en un vuelo propio que él supo inteligentemente respetar. Era una acción transpolítica o metapolítica, si usted me acepta estas palabras exactas pero complicadas. Eva se había creado una zona de poder paralelo, afectivo, estrictamente *femenino*, pero fortísimo e inesperado. Un poder pasional, que quedó marcado a fuego en el alma del pueblo. La gente sintió que ella usaba el poder para el *bien común*, en el sentido más aristotélico de esta fórmula. La gente no hubiese dado la vida por Perón (como se gritaba frenéticamente en el 17 de Octubre de 1951), pero estoy seguro de que no hubiese vacilado en morir por Evita Perón. El poder lúdico, de los intereses y de los políticos, careció de todo interás para ella, más aún: lo despreció y detestó. El pueblo sintió que Eva vivía el poder con la dimensión trágica del deber, del salvar, del deber hacer, del compartir el dolor y la frustración de los otros hasta la última consecuencia.

A Eva le dolía el dolor del pueblo.

La suya fue una entrega similar a la de la santidad.

—¿Por qué no dice santidad, padre?

—No. No *puedo* decir santidad, discúlpeme. Tengo mis motivos.

—Padre, ¿será por ese "secreto" del cual usted habla?

—De ninguna manera. En todo caso el secreto ese, de existir, la enaltecería más que toda la obra social que el mundo —y seguramente Dios— le reconocen como un hecho indiscutible...

• • •

NOS ENCONTRAMOS CON JOSÉ MARÍA DE AREILZA, EL CONDE DE MOTRICO y embajador de Franco ante el flamante gobierno de Perón, en el Pazo de Mariñán, en Galicia:

Eva me llamaba el "embajador gitano", era una broma, claro. Cuando presenté credenciales, Perón me retuvo dos horas. Quería demostrar desde el comienzo que España era algo sagrado para la Argentina, pese a la derrota del Eje en la guerra. La Argentina fue el único país que en 1946 desobedeció la orden de la nueva patronal mundial de retirar embajadores de España. Sólo quedó el argentino. Además Perón no aceptó el boicot internacional contra España y ordenó que todos los barcos cargados con trigo, de bandera argentina, convergiesen hacia los puertos de España. Son cosas que no se olvidan. Son actos de coraje —gauchadas— que nos hacen retomar esperanza en la posibilidad de nobleza en la vida internacional.

¡Qué tiempos para ser embajador en Buenos Aires: Gómez de la Serna, Agustín de Foxá, Ara, Eugenio d'Ors, Sánchez Albornoz! (Tratábamos, en lo posible, de olvidar la divisoria política de nuestra brutal guerra civil.) ¡Pero nadie puede tener mayor lujo que el de contar con Agustín de Foxá como secretario de embajada! ¡Un talento insoportable! Ni mayor riqueza que la de vivir aquel curioso renacimiento revolucionario de la Argentina, a través de la intimidad de Perón y de Eva.

Ellos me invitaban a cualquier hora a la Residencia. A veces almorzábamos los tres en una pequeña mesa redonda, en la sala que ellos llamaban "el comedorcito". La mesa tenía un estante inferior y allí, debajo del mantel, Perón mantenía y servía un espantoso vino dulzón que recomendaba con entusiasmo.

Eva me tuteaba. Eva tuteaba en general a los dignatarios, embajadores, generales, altos funcionarios, empresarios, según leyes secretas que los diplomáticos no alcanzábamos a descifrar. A veces, algún ministro del gabinete recibía el usted de Eva, y el que estaba al lado se oía llamar con un ¡Che, vení que te necesito! Al general Sosa Molina lo respetaba y le otorgaba el usted. Pero yo estuve en un acto público en el que ella no sabía qué hacer con su estola de piel y, para mi horror, le dijo a un capitán de Navío de la Armada que estaba a mi lado: "¿Me hacés el favor, me la tenés...?" "Encantado, Señora", dijo el hombre. (Sería el futuro almirante Rojas.)

Por otra parte, se acercaba un ordenanza que ella tenía en su despacho de la Fundación, un tal Pichola, y ante los embajadores y ministros, se dirigía a ella así: "Evita, ¿quiere otro cafecito?". Inversamente, un usted de Eva a un dirigente sindical o a un peronista del Partido, era señal de inexorable muerte política.

Era la comidilla y el cotilleo del cuerpo diplomático distinguir estas curiosas formas de poder, tan sutiles como las del Kremlin.

Allí, en el despacho de la Fundación donde cada día recibía a centenares de indigentes, tuve el duro honor de ser invitado varias veces.

Uno se sentaba a su lado en una especie de larga tarima donde habría un rector de universidad, algún obispo, alguna artista de cine famosa de visita por Argentina, etcétera. Todos los días cambiaba el tablado. La función era interminable. Los desastrados e indigentes se sucedían en aquel enorme salón con piso de mosaico. A veces el olor era insufrible porque los chicos, después de las cuatro o cinco horas de espera para "llegar a Evita", se hacían encima...

Al embajador Tzur, de Israel, y a mí, ese día nos costó caro. Porque en un momento se volvió y nos dijo:

—¿Quieren sentir una sensación nueva y agradable? Denme sus billeteras, por favor.

Lo hicimos. Entonces Eva fue dando nuestro dinero a las cuatro o cinco familias que pasaban. Después nos devolvió las carteras y nos dijo:

—Imaginá cuando vuelvas a tu casa en el Lincoln! Sabrás que esa gente se está comprando ropa y comiendo con tu plata. Acordate: vas a sentir una emoción espiritual, intensa, distinta...

Todo esto transcurría en forma muy amable. Pero siempre en el fondo de los ojos de Eva había un fulgorcito desafiante o sardónico.

Eva presidía la corte de los milagros con tailleurs de las casas más elegantes de Buenos Aires o de París. Capelinas o sombreros espectaculares, joyas de Ricciardi.

El terrible Agustín de Foxá aconsejaba llegar pronto, o adelantarse, "con tal de sentarse a no más de dos metros de Eva, para estar protegido por su aura de perfume Amour, amour".

Trabajamos juntos en aquellos años diplomáticamente difíciles, de reorganización mundial. Amarinamos, y llegamos a buen puerto, con el extraordinario, miliunanochesco, viaje de Eva a España y Europa. Pero terminamos mal. Eva tenía un lado de resentimiento donde no perdonaba.

A veces, al pasar frente a la Residencia de España (cerca de la suya) veía los coches de "gente de la oligarquía", como ella decía, y no vacilaba en llamarme inmediatamente por teléfono:

—Decime, embajador gitano, ¿quiénes son los oligarcas que tenés a comer en vez de hacerles conocer el hambre? ¡Tené cuidado que voy a dar orden de que vuelvan los barcos con trigo que mandamos a España!

No podía comprender que más allá de su gobierno y de sus amigos, existía una Argentina que había que invitar los 12 de Octubre, por lo menos. Infantilmente, tiránicamente, exigía absoluta complicidad. "Conmigo o contra de mí", era su lema.

Uno nunca estaba muy tranquilo con esas ironías nada inocentes. Eva tenía muchísimo poder. Tanto poder que podía lograr su voluntad sin fuerza ni violencia visibles.

"La mujer más poderosa del mundo, después de la muerte de la Emperadora regente de China", decía de Foxá. Y tenía razón. El poder es como la fuerza de gravedad: se siente, se intuye. La Argentina era en ese entonces el tercer país financieramente más fuerte (después de la guerra, los cereales y las carnes se pagaban con todo el oro del mundo).

Empezó a hablarme, intencionadamente, del "pueblo español", distinguiéndolo totalmente del gobierno. Esto se debía a que Franco, su esposa y el franquismo, que Perón había elogiado antes del viaje de Eva, la habían desilusionado. Durante el viaje observaba y hacía comentarios duros sobre la pobreza y la situación del pueblo. Cuando tomaba la palabra era para exponer temas sociales casi con la misma fuerza que El Campesino o Durruti o La Pasionaria. Hasta llegó a ser agresiva.

Después de unos meses esta desilusión arruinó la relación conmigo, el embajador. Y tú comprenderás, hay un momento en que me sentí obligado a recordarle que, más allá de Franco o de mi amistad personal con ellos, los Perón, yo era embajador de las Españas. Un día en que quiso vengarse —demasiado groseramente— de mi independencia con algunos "oligarcas" que me habían invitado a su estancia, me citó en la Fundación y me tuvo esperando una hora. Como aquello pasaba de castaño a oscuro, me acerqué a una secretaria y le dije que le reiterase a la Señora que yo estaba allí desde hacía más de una hora. La puerta del despacho estaba entreabierta. Entonces dijo con tan alta voz como para que yo pudiese oirla:

—Decíle a ese gallego de mierda que espere.

Cuando la secretaria, contrariada, se me aproximó, yo dije con tan alta voz como para que Eva pudiese igualmente oírme:

—Dígale a la Señora que el gallego se va, pero que la mierda se queda.

Viajé inmediatamente, claro. Y creo que desde ese día, por haberla tratado de "poder a poder", me respetó.

MAÑANA ME INTERNO PARA LA BATALLA DECISIVA CONTRA MI MENÉNDEZ PRIVADO. Tuve una ocurrencia. Hice bajar el vestido de Dior, aquel que había llevado a la gala del Colón, el que causó tanto comentario, el de las fotos famosas. Seguramente lo hice para animarme, para cortar estas horas muertas, que no pasan. Lo trajeron por el corredor, parado en su maniquí de mimbre. Tiene personalidad propia. Tiene como vida misteriosamente adherida (es por esto que siempre me dieron miedo esas armaduras medievales, inmóviles, que parecen vigilarnos desde la penumbra de los salones, en España). Hoy hice que lo llevaran al baño. Y allí quedó, parado, bajo la luz implacable de los tubos de neón rebotando en el insolente blanco de los mosaicos. Blanco de sala de operaciones (esa palabra obscena: quirófano). No se podría imaginar peor lugar que ese para una prenda de fiesta, de gusto, de alegría. El vestido está enhiesto, sobre los mosaicos, habitado y sostenido por su osatura de mimbre, la misma con que lo trajeron en el avión que piloteaba Acosta. "Ni un sacudón, Señora, ni siquiera una arruga." Yo había llamado especialmente al piloto del avión oficial de la Presidencia y le encomendé que trajera el vestido desde París con el mayor cuidado. Que viniese parado en medio del avión, sostenido por cuerdas.

Le dije a Acosta —tan loca era yo entonces— que esa misión tenía importancia política. Con mi vestido espléndido yo descolocaría a toda la burguesía oligárquica en su reducto máximo: la gala del Colón. Le dije: Cuidado, Acosta, con las tormentas del Golfo de Santa Catalina, desvíese todo lo que sea necesario. Pero tiene que llegar perfecto.

Me quedo sola con Irma y la perrita. Irma y la perrita Canela, que con su jopo de caniche se sienta junto a la bañadera para observarme. Yo misma desabrocho la espalda de ese ser lleno de personalidad y lujo muerto. (Podría ser perfectamente el vestido de Catalina de Rusia al bajar las escaleras de mármol hacia el trono de San Jorge, a cuyo pie la espera Potemkin con los dorados de su uniforme de comandante de húsares.)

Irma me peinó como pudo, agregándome rellenos, para imitar mis peinados de antes. Pero mi cara desaparece, se reduce. Es sólo un perfil afilado de Dama de las Camelias bajo un esplendor de pelo color oro viejo. Algo parecido pasa con mis pies: secos, apergaminados, bailan en los altísimos zapatos de raso del modelo. Y son los mismos que calcé aquella vez.

Busco en el volado del increíble vestido y logro dar con una descolorida, imperceptible, mancha amarillenta. Persiste. La raspo con la uña. Aquella noche del 9 de Julio yo estaba en el reservado presidencial vistiéndome, el modisto Jamandreu se encargaba de hacerlo. Yo tenía un humor de perros y le pregunté: "¿Cuántos rounds dura lo que tocan esta noche?" "Tres", dijo Jamandreu. "Es una ópera". "¡Qué insoportable barbaridad!, le dije. Corré al bar y haceme preparar con la mayor urgencia dos huevos fritos con jamón." Ya vestida, puse el plato sobre las rodillas y se produjo la mancha, por suerte en un lugar donde el volado pudo cubrirla... ¿Ves, Irma? Jamandreu, desesperado y lanzando grititos, trajo del bar una botella de soda y se puso a refregar la manchita cuando sonaban los timbres obligatorios y cuando venía ya Juan con el traje de gran gala, de color azul, con franja presidencial y bastón de mando. Y los dos, frente a la gran escalinata y ante la mirada de todas las gordas famosas y las grandes elegantes de Buenos Aires, que nos espiaban desde arriba, nos sacamos aquella foto que dio la vuelta al mundo en todos los diarios y revistas y que ahora, me dicen, hasta usan para los almanaques de fin de año que regalan en las verdulerías y mercaditos de barrio...

—¿Ves la mancha, Irma? También es apenas un fantasmita, apenas tenue, como perdiéndose en el tiempo.

Trato de ingresar en el vestido como podría hacerlo un caballero en su armadura. Irma me abrocha la espalda con las exclamaciones más entusiastas que puede ir encontrando. Pero yo tengo la desagradable impresión de que podría girar completamente mi cuerpo dentro de la estructura del vestido sin mayores problemas. Irma corre la mano por el volado. Pero yo no puedo disimular: he vuelto a ser como aquella mocosa que llegó con la valija de cartón y se plantó en la esquina de la avenida Alvear. Aquella que debía ponerse las medias de muselina enrolladas dentro del corpiño antes de cada representación en la Compañía de Eva Franco.

—Irma: una vez me preguntaste qué es la enfermedad, qué siento. Es esto que ahora te digo: un desánimo, esa es la palabra, un desánimo definitivo. Los brazos y las piernas como rellenos de plomo, llenos de cansancio puro. Un cansancio que ni el sueño ni las horas en cama absorberán... Y sobre todo el sentir que un vestido como éste, que para siempre lleva adheridos el triunfo y la alegría de aquella noche, es para siempre, para siempre, como cosa de otra vida...

Con impaciencia le pido a Irma que me desabroche la espalda, que me libre cuanto antes de esta cáscara insólita.

—Qué pena!, pero yo ya soy otra...

Veo con desagrado de qué modo el maniqu de mimbre lleva el vestido mejor que yo. El modelo recobra todo su esplendor de sastrería. Así solo, sobre el armazón de mimbre, haría buen papel en el salón más exigente, sin importar mucho el contenido.

Que lo suban nuevamente. Que lo pongan en el desván. Por ahora no quiero verlo más. Fue una verdadera imprudencia.

(Es la enfermedad la que me separa del ayer, del pasado. La Enfermedad. Aunque el pasado esté aquí, a no más de dos años, como quien dice a la vuelta de la esquina. Sin embargo está mágicamente alejado, separado para siempre como por un helado cristal de opalina.)

ANTES DE SALIR PARA EL POLICLÍNICO, donde seguramente afilan los bisturíes del maestro Finochietto, quise verme en los espejos del baño. Completamente desnuda. Ni siquiera la multiplicación de los espejos enfrentados me ayuda. La situación es desoladora, indescriptible. Como decía Juancito, burlándose de aquella flaquita del colegio de Junín: "Tiene menos espesor que una hoja de afeitar de perfil".

Carezco de espesor. Esa es la exacta situación. Las plantas de los pies no tienen casi trabajo.

Pero me miro de frente, por donde estaba el busto y busco algo que me alarmó el otro día y que creo que Juan descubrió con horror, aunque trató inmediatamente de disimularlo: que se me ve la blancura del hueso del esternón.

Entonces puse detrás de mí esa lámpara de pie, ultrapotente, que se usa para dar calor, y en el espejo pude ver mi osamenta. Ya se ve mi osamenta. Son líneas blanquecinas, transparentándose en el pergamino de la piel seca. Son nítidas transparencias blancas y en el centro, la vertical del esternón, que es lo que vio Juan cuando se inclinó para besarme la frente, vestido con su maravilloso traje de general, para el banquete de los agregados militares extranjeros.

Es buena experiencia la que hice. Me da fuerzas para afrontar la internación y la operación. Es la hora de la verdad. Yo o ella, la muerte. Yo o Menéndez y la oligarquía. Yo, Evita, o esa María Eva Ibarguren, ese bicho angurriento que quiere renacer del pasado de no ser, y me quiere poseer y devorar.

Es ya la hora de la verdad.

He cedido, por fin, a los hombres de blanco. Mis magias y creencias quedaron de lado. El sutil mundo privado de la relación personal que se tiene con la enfermedad quedó desbordado. Mi idea de que la voluntad y la acción, conjugadas, suelen alentar al regimiento de células sanas a vencer la batalla, quedó superada en el mundo de cromados y azulejos blancos del Policlínico.

Es una zona de insoportable poder. El poder médico. Las enfermeras nos tratan con diminutivos. Se llega a tal punto de infantilización del enfermo, que una espera ver entrar al profesor con un sonajero o un chupetín en la mano.

Por suerte preparé las cosas para estar consciente lo mínimo posible, antes de pasar al quirófano. Me operará Finochietto. Le dije antes de dormirme con la anestesia:

—Sólo le pido que no le tiemble la mano. Aunque quede la mitad de Eva, acabe con la *otra*...

Los nuevos dolores son mínimos. Vivo, por suerte, en el estado de sueñera permanente y agradables ensoñaciones del mundo de la morfina.

Mi familia, Juan, Renzi, los ministros, se asoman brevemente por la puerta y me felicitan como después de un parto feliz. Están realmente contentos del resultado que les debe de haber explicado Finochietto con toda su autoridad.

Se ve que hemos procedido con fuerza, atacando el centro y las extensiones. Se hizo lo que no supimos hacer con Menéndez.

Fue una experiencia agradable de abandono. Descansé de ser yo misma. En el Policlínico de Avellaneda quedé lacia, como un arco sin tensión. Llevada y traída por médicos y enfermeras. Estaba como en el descanso, o el entrepiso, de mi propio destino. La enfermedad es el retorno a la niñez. La modorra de los calmantes.

Se pierde la vergüenza de no ser. Y la morfina tiene la cualidad innegable de llevarnos a un sueño sin amenaza de pesadilla.

Como estaba esperanzada de vencer, padre, no me encomendé mucho a Dios. Más bien, en forma superficial y supersticiosa, invoqué a la Virgen del Pilar, que era la Virgen de Los Toldos. (Cada uno tiene su santería privada, para esos casos.)

Yo vi en los ojos de Finochietto que decía la verdad. Y estuve realmente segura de que habíamos extirpado a la *otra*.

EVA CREYÓ QUE HABÍA TRIUNFADO y quiso gozar de uno de sus mayores logros, el voto femenino. Pidió que se constituyera una mesa electoral, a cinco días de la operación, en el Policlínico. El 11 de noviembre de 1951 por primera vez votaron las mujeres en la Argentina. Era un salto grande para la costumbre machista de toda Iberoamerica.

A regañadientes, y pese a la oposición cerrada de los radicales, el día 11 Eva votaba en el Policlínico.

Ese voto femenino determinaría una victoria arrasadora, si se piensa que los Perón ya estaban seis años en el gobierno.

Eva se había adueñado de la corriente mundial de reivindicación feminista. Hasta entonces el feminismo era un justificativo para la actividad cultural de clubes de mujeres.

Eva había aprendido en experiencias amargas a despreciar a los hombres y su sociedad machista. Esto es básico para comprender su resistencia a aceptar que se le "masculinice", como ella decía, el partido justicialista femenino. El último triunfo del machismo fue crear esa "liberación" de mujeres ejecutivas como hombres, guerreras o despiadadas como hombres.

Esto que le explico, Eva lo intuyó y lo dijo con todas las palabras. Creía que la fuerza de la mujer seguiría estando en el amor y en el callado poder de la maternidad. Creía en una revolución de la posición de la mujer en la sociedad, pero establecía la condición de "lo femenino" como prioritario: "No hay que perder de vista la maravillosa condición de mujer; lo único que no debemos perder jamás, si no queremos perder el resto".

Sin su fuerza, el voto femenino se habría demorado muchos años en la Argentina. El comité político era cosa de machos.

Todas aquellas señoras ilustradas, que a lo largo de la década del 30 dieron conferencias y organizaron clubes feministas, hicieron un curioso viraje y pasaron del problema del sexo a una actitud de clase. Por un problema de clase se negaron a apoyar a Evita.

Me acuerdo de un atardecer de llovizna, en que íbamos con Héctor Sverdlick y con Enrique Garigiola por la calle Florida, para hacer los trabajos prácticos del Nacional de Buenos Aires, cuando a la altura del Jockey Club, hacia Córdoba, topamos con una disparatada manifestación de sufragistas antisufragistas. Señoras bien, de esas que capitaneaba monseñor D'Andrea, el obispo elegante. Gritaban desaforadamente, como se puede gritar a la sirvienta catamarqueña que al limpiar rompió el jarrón chino: "No queremos votar! ¡No queremos votar!"

Irían las Grondona, María Rosa Oliver, la señora de Borges, las señoras del Hogar de la Empleada y, al frente, paraguas en mano como si estuviera en Liverpool, Victoria Ocampo.

Evita les había impuesto lo que ellas deseaban como objeto de sus conferencias. Evita, en su llamamiento, había dicho con su voz que arrastraba millones lo que ellas murmuraban en charlas sociales, frente a maridos complacientes ante una travesura de señoras. Evita había dicho:

"Nosotras estamos ausentes de los gobiernos.
Estamos ausentes en los Parlamentos.
En las organizaciones internacionales.
No estamos ni en el Vaticano ni en el Kremlin.
Ni en los Estados Mayores de los imperialismos.
Ni en las comisiones de energía atómica.
Ni en los grandes consorcios.
Ni en la masonería. Ni en las sociedades secretas.
No estamos en ninguno de los grandes centros que constituyen el poder del mundo.
Y sin embargo estuvimos siempre en la hora de la agonía y en todas las horas amargas de la humanidad.
Parecería como si nuestra vocación no fuese sustancialmente la de crear sino la del sacrificio!"

Ese discurso y su voluntad de mover al Congreso, hicieron que el voto femenino, que parece que fue idea original de Perón, se transformara en realidad en las elecciones del 11 de noviembre, cuando Eva recién salía de los sopores y vómitos de la anestesia.

Ahora, literatos que no vivieron la época juegan a establecer contrapuntos entre la personalidad de Eva y la de Victoria Ocampo. Eva sabía —como Borges o Bioy Casares— que la Ocampo era una tonta irredimible. (En el "club literario" en que Eva organizaba una cena una vez por semana, interrumpiendo su incesante trabajo en el Hogar de la Empleada, hizo la única broma que se le conoce sobre la Ocampo. Dijo, dirigiéndose a Rega Molina, a María Granata, a Castiñeira de Dios, a Prilutzki Farny, a Ponferrada, a Martínez Payva, a Héctor Villanueva, el grupo de poetas que ella quería: "Victoria... Pero Victoria de Samotracia, porque nada de cabeza y muchas alas...")

A pesar de que aquel grupo de señoras feministas, que gritaba frenéticamente contra Eva en la puerta del Jockey Club esperando que sus maridos pasaran a buscarlas con el coche, fue implacable con ella (Victoria Ocampo promovió internacionalmente un libro, editado en Nueva York, donde doña Juana, su madre, aparece como regenta de un burdel), Eva las desconoció sinceramente; ¡le parecían mamarrachos! Jamás respondió a sus insultos.

No así Perón, quien, después de la muerte de Eva, encarceló durante una semana a todo el grupo, por una contravención al derecho de reunión, en la cárcel del Buen Pastor para mujeres. Perón comentó socarronamente:

—Ya que dicen ser escritoras, les brindaremos por primera vez la experiencia de saber cómo son y cuánto sufren las pobres putas...

Lo cierto es que Eva quiso votar y votó. Los mismos radicales, siempre con sus rencores de patio, que se habían opuesto a brindarle tan merecida oportunidad, accedieron finalmente y mandaron como fiscal a un joven intelectual, piloso y resentido, que después de esos diez minutos sosteniendo la urna electoral, escribiría un sesudo elenco de tesis explicando la naturaleza humana y política de Eva Perón.

Y para terminar quiero que anote algo que pinta las dudas y contradicciones de Eva. Esta luchadora implacable del feminismo, al punto de inaugurar para toda Iberoamérica el voto femenino, desconfiaba de la posibilidad concreta de la mujer. Hay sobre esto una terrible realidad de la que Eva se avergonzó antes de su muerte.

Mucho antes de la elección, cuando se preparaban las candidaturas femeninas, Perón le preguntó quiénes eran las mujeres serias para componer las listas. Eva pasó dos semanas de dudas. Y por razones de "seguridad", convocó separadamente a sus candidatas y les hizo firmar renuncias en blanco autoculpándose de delitos y deslealtades imaginarias. Un procedimiento digno de los gángsteres de la cia o de la kgb. Era un acto fallido surgido del fondo de una sociedad ibérico-itálico-machista, que Eva no había podido superar. También era así...

Esas cartas las retuvo en el cajón más personal de su cuarto. Y un día en que ya estaba muy mal, alcanzó a pedirle a Renzi que las quemase en el lavatorio del baño de la Residencia.

Eva, con su honestidad indeclinable, le explicó a mi amigo Renzi: El poder enceguece y te lleva a tratar a la gente como a niños o como a delincuentes. El poder, Renzi, es intrínsecamente corruptor. Sólo desde una rabiosa voluntad por el bien, con objetivos inmediatos y precisos, se puede ir escapando de esas tenebrosas tentaciones del poder...

Renzi, con su admirable lealtad, quemó esos vergonzosos documentos.

YA DESDE 1948, DOS AÑOS DESPUÉS DE LA JURA PRESIDENCIAL, EVA INGRESA EN SU VIDA TERCERA. Se aleja de lo político inmediato. Tiene repulsión del sistema del poder. Se aparta hacia su política de acción social directa. Se peina con rodete y con el cabello tirante. La Eva de las galas del Colón empieza a ser un recuerdo superado por la imagen reiterada de una samaritana insomne, despiadada consigo misma, por causa de una pasión piadosa hacia los menesterosos y necesitados, que no le dejará fuerzas ni para enfrentar su propia enfermedad.

¿Qué la hizo cambiar?

La verdadera vocación de Eva, disculpe que se lo exprese en forma directa, fue el resentimiento.

Diría entonces que, con ese misterioso cambio, la Argentina se ahorró la sangre y el dolor de una verdadera dictadura. Pues el poder de Eva era tan grande como el de Perón... ¿Cuál fue la causa de semejante viraje?

¿Cuál es el secreto de Eva? ¿Era de tal magnitud como para llevarla a una especie de reclusión monástica en su Fundación, transformándose en una misionaria que pagase una suprema expiación?

Si alguien pudo haber advertido algo en relación a este misterio, ese fue Renzi.

En alguna oportunidad comentó que ella pasaba épocas de depresión y que más de una vez, con un auto de patente común, manejado por un conscripto chofer de los que trabajaban en la Residencia, emprendía viajes que la retenían afuera durante todo el día. Renzi siempre pensó que se trataría de actividades políticas. (A veces Eva se jactaba o aludía a un "refugio" personal en algún lugar de la provincia de Buenos Aires. Pensamos, claro, que Perón también lo conocería y que tendría que ver con la seguridad en caso de atentados —cada mes tenía su complot y su eventual atentado personal!)

Yo sé que el tema le interesa y mucho. Pero pese a lo que le prometí, no puedo más que señalarle algunos neblinosos caminos.

Este es bastante sugestivo: Eva, hacia fines de 1946, pese a la alegría del poder, de la gloria y de la instalación en la suprema cúpula del mando, sufre una gran crisis. (En esa época se habló de un embarazo frustrado, a partir del cual los médicos le habrían confirmado la segura y definitiva infertilidad.)

Se piensa que el viaje a Europa se motivó más en esta causa que por supuestas altas razones de Estado. Perón mismo le declarará a un periodista que por entonces era tal la crisis de Eva que "la mandó a Europa para que se distrajera".

Un curioso incidente coincide con ese estado de alteración. Se trata de la aparición de un monstruo, un humanoide femenino, que se le coló en su despacho a las cuatro de la mañana cuando ya empezaba a amanecer y sus ayudantes y guardias cabeceaban de sueño. Según el relato grabado de Perón, era una especie de mujer que se filtró reptando. Tenía una joroba que terminaba en una especie de sierra dentada. De su cabezota informe, pegada al tórax, pendían unos bracitos parásitos, inhábiles. El monstruo quedó ante el escritorio mirándola con su ojo de Polifemo. Eva estaba desencajada y sorprendida:

—Son ellos... Ellos que vuelven...

Lo hizo retirar. Estaba turbadísima. Ordenó que sus ayudantes le entregasensus aros, carísimos, de diamantes. Como desesperada dote... ¿A qué quería referirse? ¿A qué culpa, a qué visión infernal asociaba esa presencia?

Eva llevaba días y días durmiendo sólo dos horas. Vivía una inexplicable crisis. Perón organizó con celeridad todo lo del viaje a Europa. Eva estaba realmente alterada, alienada en su fervor caritativo.

Si me permite, me gustaría que se aclare la frase de Eva, "ellos que vuelven..."

Parece que Perón le relató a Martínez en una entrevista, que ella había alquilado una pieza, ya desde antes de conocerse (y durante el primer tiempo de su convivencia, en 1944) para atender a un grupo de niños-monstruos que no aceptaban en el Cotolengo.

Pierina Dealessi la ayudó en esa inexplicable y súbita actividad. Eva intentó curar, lavar, alimentar a esos seres que decía haber encontrado al azar, cerca del asilo de la calle Seaver. Una mañana invitó al Coronel a que la acompañase. Creía que los pobres desdichados irían a mantener el orden en que los había dejado un par de horas antes. Cuando abrieron la puerta, el olor era insoportable. Habían cagado y vomitado por todas partes y pintaban con grandes trazos de mierda las paredes recién blanqueadas.

Perón mandó una camioneta del Ejército prometiendo que los enviaba a un asilo de Tres Arroyos. En un descuido del chofer, los monstruitos se desbandaron por los maizales.

Perón recordó con detalles ese lejano y penoso incidente. Y al parecer, Eva quedó extremadamente afectada por esos seres absolutamente inhábiles e indigentes perdidos en la inmensidad de los maizales de la provincia.

—Son ellos... Ellos que vuelven...

¿Eran un símbolo de una pesadilla?

¿Había una obra, misión o pasión secretísima, a la que Eva se dedicaba por un motivo desconocido y que le hizo escribir al padre Benítez que por ese solo hecho, Eva podría presentarse ante el tribunal de Dios en las mejores condiciones a las que un ser humano pudiere aspirar?

En ese año de 1947, en vuelo hacia Europa, Eva le escribe a Perón una curiosa carta-testamento cuya naturaleza es muy sugestiva. Evita tenía miedo del avión y, como estaba en un momento de crisis, dramatizó el vuelo transatlántico al punto de transformarlo en inmediato peligro de muerte. Toma en esa carta disposiciones económicas en relación a su madre y su familia. Luego, refiriéndose al secretario privado de Perón, Rudy Freude, advierte sobre los peligros de esta persona y se refiere a una averiguación que éste habría efectuado en Junín acerca de ella. El resultado de la pesquisa debió de ser muy negativo para el prestigio de Eva, porque ella escribe estas frases: "Te juro que es una infamia (mi pasado me pertenece, pero eso en la hora de mi muerte debes saberlo, es todo mentira), es doloroso querer a los amigos y que te paguen así. Yo salí de Junín cuando tenía trece años. ¡Qué canallada pensar de una chica esa bajeza! Es totalmente falso. Yo a ti no te puedo dejar engañado; no te lo dije al partir porque ya tenía bastante pena al separarme de ti para aumentar aún ésta, pero puedes estar orgulloso de tu mujer, pues cuido tu nombre y te adoro. Muchos besos, besos, besos... 9 de junio de 1947. Evita."

¿Por qué le dice a Perón que al partir de Junín tenía trece y no casi dieciséis años? ¿Podía Rudy Freude movilizarse sin una orden privada y discreta de Perón de que se trasladara a Junín para investigar los hechos? ¿Qué hecho o cuáles hechos? ¿Se había enterado Perón de la versión del importante colaborador del gobierno, Martín Prieto, sobre la supuesta relación de Eva adolescente con el anarquista asesinado con torturas policiales y que usaba el nombre de Damián?

Y si esa relación existió, ¿quedó de ella alguna importante consecuencia?

¿En qué medida el alterado estado de Eva al emprender el viaje tiene que ver con una misteriosa calumnia o una no menos misteriosa verdad?

Lo cierto es que, angustiada y con miedo, escribió esas líneas en pleno vuelo, en el departamento privado que habían preparado en el avión Douglas DC4, fletado especialmente por el gobierno español para el viaje.

Comentando la negativa del padre Benítez a divagar sobre el supuesto "secreto", yo me atrevería a repetir esta charada: El secreto de Eva fue de tal naturaleza como para hacerle perder y ganar el Paraíso, a la vez...

EVA SIENTE EL VÉRTIGO DEL TEMPORAL SOBRE EL GOLFO DE SANTA CATALINA. Intenta atarse con las correas de la cama del camarote preparado en el avión enviado por el generalísimo Franco. Pero comprende que está en el Policlínico. Apenas soñó con su miedo. Fue después de vomitar y creyendo que el avión se transformaría en una bola de fuego cuando, insensatamente, redactó una especie de carta-testamento para Perón. Acto carente de lógica, a menos que creyese que podría enviarle una paloma mensajera antes que el aparato se precipitase a tierra.

Con cierta molestia, siente que aquella carta, que en realidad envió desde la siguiente escala, sólo tiene de sincero el tono de sinceridad.

La llegada y muchos momentos de la estada en España tuvieron mucho de desopilante. (Eva lo comentaría con sus acompañantes, con el padre Benítez, con Muñoz Azpiri, con Alberto Dodero, que financió la costosísima gira. Pero sobre todo en sus comentarios cotidianos con Julio Alcaraz, su peluquero de corte.)

En el aeropuerto de Madrid la esperaba la familia Franco, con la Guardia Mora, y los dignatarios con todos sus entorchados. Se recibía a Eva, con sus veintiocho años, como jefa de Estado, aunque no ocupase cargo oficial alguno.

Según Alcaraz, lo primero que desconcertó a Eva fue Franco mismo. Era un señor petiso, con más de almacenero que de conquistador, con una banda sobre la barriga, condecoraciones que parecían de un tamaño mayor que el normal y bajo una enorme gorra militar que estaba más cerca de la portería de un gran hotel que del rigor marcial.

Alcaraz contó que Eva, en su infantilidad fantasiosa, había imaginado una mezcla de Erroll Flynn y de Von Rundstedt. Ello se debió a que Perón, en sus infinitas charlas políticas, se refería invariablemente a Franco como un excepcional estadista, pero sobre todo, como al guerrero más talentoso de Europa. Había sido el general más joven de España, ganador de la cruenta Guerra Civil e innovador de tácticas militares, como la de mezclar la infantería con los tanques de la caballería, en las batallas del Ebro y de Guadalajara.

El hombre que Perón había evocado como un gigante en sus charlas bajo los paraísos y los sauces de San Vicente, estaba allí, haciendo el saludo romano y era una desilusión.

Según Alcaraz, Eva le dijo que "Franco se me vino a los pies. Era idéntico al pollero de Junín, el padre de mi pretendiente, Caturla". También estaban allí Carmen Polo y Carmen Franco, la hija de ellos, que era asimismo parecida a la hermana de Caturla. ¡Era como si hubiese aterrizado en Junín en un día de carnaval!

Había en toda esa gente algo afectuoso y al mismo tiempo inexorablemente provinciano, detrás del boato protocolar y la inolvidable recepción multitudinaria con que Franco quería expresar su agradecimiento al coraje internacional de Perón (no sólo por no retirar su embajador de Madrid, sino además, por romper el boicot contra el pueblo español y ordenar el envío de masivas cargas de cereales).

Se acomodó Eva con el Generalísimo en un enorme Hispano-Suiza y entraron en Madrid. Era algo así como Cleopatra avanzando hacia el monte Palatino.

Eva tenía poco o ningún conocimiento de España (no habían concretado en Radio Belgrano, el proyecto de Muñoz Azpiri de escribir un radioteatro sobre la reina Isabel). Fue alojada en el palacio de El Pardo, lo que significaba cierta convivencia íntima con la familia Franco.

Cuenta Alcaraz que eso puso muy tensas a ambas partes. Eva creía que la joven Carmen la espiaba como a un monstruo —váyase a saber qué habladurías internacionalizadas había escuchado sobre "la Presidenta". Eva notó que en Carmen había una desagradable sombra de bigotes de monja, apenas una señal de ese catolicismo anticorporal, glandular, mezquinamente cavernícola, que los Franco ejercían en su aburrida cotidianidad. Sí, eran los Caturla de Junín, los pequeños burgueses adueñados del palacio de El Pardo con el título de salvadores de España y de "Caudillo por Gracia de Dios".

Eva recibió la Orden de Isabel la Católica, la más alta y noble de España, en un día de cuarenta grados de calor. Pero como era junio y ella desconocía las variaciones hemisféricas, se aguantó el acto sin sacarse una maravillosa estola de martas cibelinas.

Cuando leía los discursos que preparaba Muñoz Azpiri, dignos de las más bellas conferencias del Instituto de Cultura Hispánica, todo iba bien. ¿Pero quién sujetaba a Eva en su creencia de que el franquismo era más o menos un hermano gemelo del peronismo?

De modo que empezó a decir sus verdades y aquello cayó como un balde de agua fría: Eva reivindicaba todos los valores sociales que el franquismo había destruido con su dictadura. Decía, por ejemplo: "¡Trabajadores españoles! La Argentina está marchando hacia adelante porque es justa consigo misma, y porque en la cruzada de su batalla por su pan y por su salario, supo elegir entre la falsa democracia engañosa y la real democracia distributiva. Las grandes ideas se resumen en palabras tan simples como éstas: ¡mejor pan, mejor vivienda, mejor trabajo, mejor comida, mejor vida!"

A los fascistas que rodeaban a Franco, estas palabras dichas con toda la fuerza cordial de que Eva era capaz, les cayeron como si Lenin y La Pasionaria se hubiesen adueñado del balcón de la plaza de Oriente.

Las palabras de Eva, para colmo, se trasmitían por Radio Nacional de España a millones.

Era un tiempo en que centenares de esclavos de la Guerra Civil estaban excavando la roca del Valle de los Caídos. Eran aún tiempos de fusilamientos y torturas.

Según Alcaraz, al principio Eva actuó como una despistada que se escapaba del libreto hispanista-católico que le preparaba Muñoz Azpiri. Pero enseguida la cosa se transformó en un juego un poco sádico de parte de ella, que en el fondo no les tenía simpatía a los Franco. En sus recorridas empezó a meterse en los barrios miserables, como hacía en Buenos Aires. Descubrió niños desnutridos sentados en los umbrales de Barcelona al anochecer, cuya única cena era una rodaja de pan con aceite y salsa de tomate.

Empezó a ser una pesadilla para sus acompañantes. Viendo gente pobre no vacilaba en decir agresivamente: Denles algo de comer, pronto. ¿Qué esperan?

Cuando se despide de Sevilla, ciudad martirizada por los asesinatos masivos de Queipo de Llano, Eva dice estas palabras insólitas: "Me quedo, con vosotros: obreros madrileños, cigarreras sevillanas, agricultores, pescadores, trabajadores de toda España y de todo el país.¡Dejo mi corazón a vosotros!". Las cigarreras eran el símbolo de todas las viudas de los vencidos. Sólo podían sobrevivir vendiendo cigarrillos de a uno —para sorpresa de Evita— o billetes de lotería. Eva descubrió esas miserias humanas de la venganza franquista cuando en Madrid burló su escolta y su programa y se escapó al mercado de El Rastro donde no se traficaban antigüedades, sino restos de increíbles miserias. Cuando Eva comentó con Carmen Polo de Franco estos "descubrimientos", ésta se limitó a decirle "que lo tienen merecido por ser rojos".

Era subversivo. Escandaloso. Cuando la comitiva, con el Marqués de Chinchilla, la lleva a visitar El Escorial, como el centro de la grandeza de España, núcleo del Imperio y tumba de todos los reyes, Eva, a la salida, bajo la luz enceguecedora del portal les dice a los altos oficiales y al Obispo: "¿Por qué no dedican este enorme y sombrío edificio a algo útil...? Por ejemplo, para colonia de niños pobres, se ven tantos..."

Como en todo viaje imperial, lo cómico y lo anecdótico se filtraba pese a tratarse de uno de los más grandes homenajes o recibimientos que haya brindado España, que no es poco decir.

En El Pardo la vida se había desquiciado a tal punto que, a partir de la visita de Eva, Carmen Franco dispuso que nunca más se alojen invitados extranjeros.

Eva hablaba por teléfono a toda hora. Con Perón y con el gabinete o con sus amigas, muy al estilo argentino. Durante las noches no había paz. El gabinete argentino tenía que estar reunido a las ocho de la noche en el Congreso, en el despacho de Guardo, esperando el irregular llamado de Eva. Les pasaba lista como en el colegio y tenían que informarle de todos los problemas de cada cartera.

Juan Duarte y Dodero salían de putas con los oficiales. Martín Artajo, el relamido canciller, tuvo que advertir los escándalos que estaban produciendo en el Albaicín de Granada, ya que la gente de prensa se estaba enterando. Eva intervendría duramente, con sus tremendas palabrotas, y el circunspecto canciller tuvo que oír esta frase gritada por Eva telefónicamente a su hermano:

—¡Una puta más y te volvés a la Argentina de inmediato! ¡Hay que mostrar que somos un pueblo educado y no un pueblo de hijos de puta y de milongueros como vos!

Artajo, el refinado y multicondecorado franquista ultracatólico, demudado, extendió la base del teléfono para que Eva depositase la horquilla.

—Gracias, Señora, por su intervención.

• • •

La invitada de honor era una subversiva. Franco ejerció una astucia que Eva descubriría tarde, ya al partir de España: le quitó la radio y las alocuciones peligrosamente multitudinarias. Le organizó giras religiosas. Eva empezó a recibir cuanto escapulario y medalla milagrosa pueda existir. Sus contactos con el pueblo empezaron a ser tangenciales.

Sin embargo su poder de convocatoria trascendía al del antipático franquismo en un pueblo que venía de reencontrarse con su destino trágico. Lo de Eva era como un respiro de gracia, elegancia y cierta felicidad. Para los vencidos, el pueblo, Eva era una inocente y fresca presencia de la voz libre que el franquismo obviamente amordazaba.

¿Cómo la veía Franco?

Le diré: Franco era un viejo gato escaldado, un zorro. Inmediatamente se dio cuenta de la inteligencia y del peligro que Eva inocentemente encarnaba. La respetó y su séquito de ministros y obsecuentes se dio cuenta enseguida. En esa Evita había alguien, una personalidad carismática, como se dice ahora hasta de los cantantes de rock...

Franco no entendía bien a ese curiosísimo personaje. Una anécdota puede probar esas dudas del Caudillo. Cuando iban en el coche hacia un acto oficial, aclamados por la multitud, Franco se sintió picado por la serenidad de la frágil mujer-niña (de 28 años) que enfrentaba esas situaciones como un ducho jefe de Estado. Como Franco sabía que los esperaba una entusiasta muchedumbre le dijo a Eva que "la vería llorar de emoción".

—Tal vez llore alguna vez en mi Patria, aquí no creo que me pase, generalísimo.

—Nadie puede resistir el estado emocional ante una masa que nos aclama. Mire, Señora: si usted no se emociona, le apuesto el gobelino de El Pardo que me elogió anoche, yo se lo daré de regalo...

—De acuerdo.

Ante la masa fervorosa de la plaza de Oriente, Eva se mantuvo como era habitual en ella. Y cuando le tocó hablar, se largó con el famoso discurso de "pan y trabajo", digno de Trotski, sin que la voz se le quebrara ni siquiera cuando esa multitud de cuatrocientas mil personas empezó a corear ¡Argentina! ¡Argentina!

A la mañana, antes del desayuno, ya estaba Eva con dos mucamos diciendo que descolgaría el gobelino *La muerte de Darío*, para hacer rabiar a Franco.

Puedo asegurarle que los quince días de Evita en España fueron una pesadilla para los Franco. (Los argentinos somos bastante insoportables.) Dijeron que Eva, además, desconocía las más elementales formas sociales internacionales. Por ejemplo, a la corrida de toros en su honor llegó con notable retraso (los toros bostezaban y fue una corrida lamentable, para colmo con un torero argentino, que es como tener que aceptar un cantor de tangos español —Plácido Domingo, por ejemplo).

En Barcelona el retraso a una comida donde debía concurrir con Carmen Polo fue, inusitadamente, de horas. Decían que se quedaba dormida y que ya se la temía tanto que nadie se animaba a despertarla, como si fuese una fiera, una tigra de Bengala o algo así.

Pero entiendo que la razón era más profunda.

Eva había iniciado su viaje desde una situación de crisis. Se quedaba encerrada en su cuarto. Es interesante señalar el incidente que se produjo en su primera noche en El Pardo. La guardia y los mucamos que le traían el desayuno no tuvieron respuesta a sus llamados para despertarla. Después escucharon ruidos de muebles corridos y por fin apareció Eva. Durante la noche se había prácticamente atrincherado, cerrando con llave y corriendo un armario y una cómoda contra la puerta.

Lilian Lagomarsino de Guardo, excelente y fina persona, que la acompañaba como "asesora social", podría explicarle que esos retardos de Eva se debían a otra cosa más que a mala educación. ¿Por quéhacía de visita en España lo que ya había aprendido a no hacer en su intensa vida oficial en Buenos Aires, junto al militarmente puntualísimo Perón?

¿Qué temía, qué culpa la acosaba?

Hacia el final de la estada, en Barcelona, Eva tuvo el mayor trance de angustia. Fue en el maravilloso Palacio de Pedralbes, donde estaba alojada. Se trató de un irreprimible estallido de llanto de "la mujer sin lágrimas".

Creo que sólo lo admitió a Lilian Lagomarsino. Se quejaba de su impreparación y del "daño que la hacía a Perón" al no estar a la altura de él ni del mundo político donde la había enviado.

No se sabía qué hacer. A todo esto ya Franco había llegado a Barcelona para la cena oficial de despedida.

¿Qué demonios atacaban a Eva?

La cena fue en el Patio de los Naranjos y se oía el rumoreo de una multitud que se había reunido por Evita, no por Franco, en la plaza de San Jaume. Fue cuando Eva le dijo esta guarangada a su compañero de mesa:

—Si me permite un consejo, Generalísimo, cuando quiera reunir pueblo, mándeme llamar.

Franco se despidió de Eva seguro de que ésta le tenía una indisimulable inquina. Y cuando Eva llegó a Lisboa no vaciló —seguramente por instrucciones telefónicas de Perón— en encontrarse con el príncipe Don Juan de Borbón. Nada más irritativo para el Caudillo, y el Príncipe se lo advirtió. Eva se limitó a responderle:

—Si el gordo se enoja, no importa.

Franco había neutralizado el discurso subversivo de Eva atosigándola de misas, escapularios y visitas a las cien mil vírgenes de España. Siempre con Carmen Polo y su hija Carmen, la nena mirona.

Pero Eva tomaría revancha en su ineludible discurso de despedida por la red nacional de España, que llegaría a millones de silenciados y vencidos. Palabras que causarían estupor entre los dirigentes militares y clericales del franquismo. Porque Eva se iba de España hablando de los trabajadores y de las mujeres trabajadoras, como ya lo había hecho en Sevilla, en Santiago de Compostela y en Granada, excluyendo nombrar el gobierno y a los vencedores de la Guerra Civil que la habían invitado:

"Recojo vuestro clamoreo apoteótico, porque en mí no se ha glorificado a una mujer, sino a la mujer popular hasta ahora siempre sojuzgada, siempre excluida y siempre censurada. Os habéis exaltado a vosotras mismas, trabajadoras españolas, quienes reclamáis con todo derecho que no vuelva jamás a implantarse la vieja sociedad en la que unos seres, por el mérito de haber nacido en la opulencia, gozan de todos los privilegios, y otros seres, por el pecado de haber nacido en la pobreza, habían de padecer todas las injusticias. El oscuro linaje y la pobreza no podrán ser ya jamás barreras a nadie para que pueda lograr sus aspiraciones y el triunfo de sus ideales. Dejo parte de mi corazón en España. Lo dejo para vosotros, obreros madrileños, cigarreras sevillanas, agricultores, pescadores, trabajadores de Cataluña, del país todo. Lo dejo a vosotros. Adiós, España mía..."

MARAVILLOSA SALA DEL RITZ, frente a la Place Vendôme. Pasan los modelos. Me toman las medidas los amariconados sastres de la firma Dior. Hay una señora, Coco Chanel. Afuera, palomas que toman el último vuelo de la tarde. Los periodistas en el vestíbulo y afuera, esperándome para cualquier deseo, el auto que el ministro Bidault (según Perón el hombre más importante de ese gobierno) había puesto a mi disposición. Era el que usaban De Gaulle y Churchill cuando llegaban a París.

Las colecciones: la sobriedad de colores, el afinamiento de la línea, el predominio de lo geométrico. "Usted es *naturalmente* elegante, Señora, pero *trop habillée*; debe vestirse como si hacerlo fuera más simple, aunque eso le va a costar más tiempo y dinero", le dijo la señora Chanel.

Mi pecado irredimible: la ropa, el intento siempre insatisfecho de elegancia, las joyas. Allí, en el Ritz, se sucedían los demonios de lo femenino en su quintaesencia: Dior, Rochas, Rouff, Fath, Jean Patou, Lucien Lelong. Me hacen, en la mejor casa, ese peinado, tomado hacia atrás, que me quedará para siempre. Basta de bucles y de arquitecturas sostenidas con rellenos. Eso era París. El Ritz. La secreta dictadura de la elegancia verdadera.

En La Coupole (nos escapamos con Juan, Muñoz Azpiri y Dodero), quedaban las viejas orquestas de tango con los bandoneonistas con enormes bombachas de seda, botas acordonadas de caña corta, gran rastra a la cintura y pañuelo al cuello. Falsos gauchos incapaces de disimular su infinito reaje porteño. Jirones de la orquesta de Pizarro y de Bachicha, vagos herederos del curda Arolas.

En esta cayeja sola,
y amasijao por sorpresa,
fue que cayó Eduardo Arolas
por robarse una francesa.

ERNESTO ROND, EL "CANTOR NACIONAL" también vestido de gaucho de Dior, me dedica *Madreselvas* y *Pero yo sé*.

Los estoy viendo. Es 1920 y falta Gardel o Julio De Caro con su violín afónico y rante. Y todo aquello, que evoco en este Policlínico, me resulta lejanísimo y vagamente cómico.¡Qué extraña conducta la de los humanos, las cosas que inventamos y hacemos! Tomé la menta *frappée* que era lo más francés que yo sabía pedir y me apoyé con los ojos cerrados escuchando a Rondó. Estaba en Buenos Aires. Buenos Aires era mi secreta hermana y me había venido a saludar con un travieso salto transoceánico.

Vieja pared
del arrabal
tu sombra fue
mi compañera.
De mi niñez
sin esplendor
la amiga fue
tu madreselva

Como siempre los franceses, que son mucho más evolucionados que el resto del mundo, desde Coco Chanel hasta el Conde Robert de Billy, se dieron cuenta de que Eva era un ser especial, más allá de las agresiones de la prensa que no sabía cómo situar al peronismo y prefería la comodidad de clasificarlo como un fascismo heterodoxo. Eva les llamó la atención. Primero, socialmente, sus "descubridores" fueron Robert de Billy y la Duquesa de la Rochefoucauld. Organizaron una cena con nobles: De Broglie, D'Harcourt, Luynes, el duque de Brissac.

En cuanto a lo político, Eva firmó un acuerdo de crédito para cereales con Georges Bidault y fue recibida a almorzar por el presidente Auriol en el Palacio de Rambouillet. Robert de Billy, que usted conoció y trató en alguna de sus conferencias en la Maison de Amérique Latine, me contó cómo los interlocutores de

Eva, que se expresaba mediante las traducciones de los intérpretes (a veces la ayudaba Lilian Lagomarsino), sorprendió a los invitados narrando detallados episodios de la vida de Napoleón, en particular referidos a Josefina y a la época de sus amores con María Walevska... Usted me entiende...

Eva carecía de la básica formación cultural y de la información política mundial que se requiere para tratar a los jefes de Estado europeos (para que tenga idea, era tan ignorante como casi la mayoría de los presidentes constitucionales y militares que se encaramarían en el poder de la pobre Argentina). Pero tenía intuición y una enorme y encantadora personalidad; y sobre todo un punto fuerte: sabía que su obra de acción social era seria y ejemplar, algo que esos políticos olvidaban o no sabían hacer: transformar el poder en una instancia humana, en instrumento de com-patía política.

Eva desconcertaba a quienes querían humillarla o descalificarla por su incultura (exterior). Creo que le va a interesar esta entrevista de *Le Monde* hecha por uno de esos periodistas típicos: un revolucionario fracasado que tiene que trabajar para una gran empresa capitalista seudoliberal, seudoizquierdista, seudotodo:

—¿Es usted católica de verdad, Madame Perón?

—Creo serlo. Pero tengo mis dudas.¡Para qué voy a negarlo!

—¿Por ejemplo, Madame?

—¿Por ejemplo...? ¿Por qué Dios permite tan terrible desnivel entre los hombres? Por más vueltas que le doy en mi cabeza no puedo explicarme que el hambre y la miseria moral y material de la inmensa mayoría humana sea el precio de los excesos de lujo de unos pocos, poquísimos. Este es, para mí, el gran misterio del mundo. Cuando lo pienso, la cabeza se me pierde y me sube del alma una rebeldía superior a mis fuerzas. Si el comunismo no fuera ateo, yo no sé si no sería comunista.

—Y en la Iglesia Católica, ¿cree usted?

—También creo en la Iglesia. Aunque me desagrada hallarla más política que espiritual. La veo, además, tan lejos de Cristo y del Evangelio. Cuando me preparé para hacer la primera comunión, el cura no quiso dármela porque yo no llevaba trajecito blanco como las demás chicas, mis compañeras.¡Cómo me hirió! Todavía no se me ha borrado del alma aquello...

—¿Cuál es su lectura predilecta?

—Lo dije ya en Roma: Plutarco.

—Pero, ¿lo ha leído usted?

—No, no. Ni lo leeré jamás. Pero me lo ha contado mi esposo. A Perón no se le cae Plutarco de la boca...

—¿Qué música le gusta más?

—La más corta. Porque de música y de pintura entiendo tanto como de chino.¡Menos que nada!

Lo de la primera comunión de Eva es un incidente que discutí con ella un par de veces. Formaba parte de su arsenal de cargos y antipatías contra la Iglesia Católica. Ella se preparó, en Junín, en los cursos de catecismo de la parroquia, y cuando llegó el 8 de diciembre, pese a su pasión, como doña Juana no había podido alcanzar a comprarle el traje de organdí y tul de estilo, que transforma a las chicas en una especie de mininovias y a los chicos en muestras gratis de almirante, el imbécil cura se negó a aceptarla entre las primero-comulgantes. Una insensibilidad horrorosa. Que en el caso de la pequeña Eva, hija de una persona descalificada y sin padre, alcanzaba al nivel de crimen moral de parte de aquel cura de pueblo, que probablemente haya llegado a obispo... ¿Comprende usted?: Yo, un hombre de la Iglesia, aunque castigado, siento todavía vergüenza. ¿Cómo decirle a Eva que un cuervo desteñido no hace invierno? ¿Que aquel cura desdichado no es la Iglesia, que era solamente un amanuense de El Gran Inquisidor?

En cuanto al otro tema... Hoy, a tantos años de su muerte se podría decir que Eva fue comunista: no creía ni entendía un futuro con una sociedad comandada por comerciantes, por ganadores de dinero, por empresarios. Entendía que la única posibilidad de la justicia social pasaba a través del Estado. Su comunismo era intuitivo, cordial, y no tenía nada que ver con las formas vigentes. El suyo era el comunismo emocional, el del revolucionario, no el del funcionario. Sentía que no podría organizarse la vida de los pueblos sin la base de solidaridad. El egoísmo individual era para ella la muerte; la solidaridad, la vida.

Pero nada de esto podía explicárselo. El comunismo era tabú, algo vinculado con el Mal, algo condenado sistemáticamente por la Santa Religión. Eva no podía comprender esto, porque en Cristo veía antes que nada un comunista.

En el atroz musical, de fama mundial, que le dedicaron, la vinculan con el Che Guevara.

Este insalvable error de la estupidez yanqui, sin embargo, de algún modo acierta.

Cuando Eva murió, me tocó decir, después de la misa, la plegaria que escucharía ese medio millón de personas hincadas bajo la lluvia, ante el altar erigido en la 9 de Julio. Y tuve que ser entrañablemente fiel con ella y con ese pueblo. Tuve que decir en mi oración aquellas palabras de verdad que me condenarían irremisiblemente en mi "carrera" de cura, pero no ante Dios:

"Compañeros: Si el comunismo enseña a los niños de las escuelas la religión y propone el ejemplo de Cristo a la imitación de los muchachos; si el comunismo inspira su política social en las encíclicas papales; si el comunismo, ante el dolor y la enfermedad enseña a alzar los ojos al cielo; si el comunismo nos congrega bajo la lluvia, bajo la inclemencia del frío en esta mañana, a los obreros y a los dirigentes de los sindicatos y a los dirigentes de la Confederación General del Trabajo; compañeros, si esto hace el comunismo, ¡bendito sea el comunismo!"

• • •

EL RESULTADO POSITIVO DE LA OPERACIÓN cambia sustancialmente el panorama. Se acabó el agonizadero. Convoqué a una reunión de urgencia a Fiora y la gente de los Hogares de Tránsito. La rama femenina del Partido tiene que funcionar en un trabajo de relevamiento de las necesidades sociales, especialmente en lo referente a la condición infantil y la femenina. Les dije con toda claridad: Tenemos que salir de lo accidental y de lo anecdótico, esto debe ser una política nacional.

Me olvidé de la enfermedad. Tuve que aguantarme la previsible gritería de los médicos. Les dije a las jefas, la rama femenina del Partido: La enfermedad fue apenas un episodio lamentable, pero una advertencia. Eso, gracias a Dios, quedó atrás, según el profesor Albertelli estaré ya bien en dos o tres semanas.

He visto claro y me siento con toda la fuerza moral (la física vendrá, quiera que sí). En lo político, prepararse a que el justicialismo no le deje espacio a la reacción, elaborando un nuevo sistema militar de defensa del Estado, de las instituciones legales y de la democracia. En lo social, en mi tarea, imponer con toda energía, doctrinaria y prácticamente, que atender al dolor humano es la única batalla para el bien común. (Por esto, y sólo por esto, el pueblo votó masivamente por el peronismo el 11 de septiembre). Preparar discursos muy fuertes. Adoctrinar. En suma: me siento renovada. El cuerpo quedó librado de su enemigo (escuché que prácticamente me vaciaron). Ayer, al salir del Policlínico, empecé a los gritos —otra vez el grito, la vida, la rabia!— y mandé que se desarmaran en el momento los altarcitos con mi foto y dos velas que los internados y las enfermeras improvisaban por los rincones de cada piso del Policlínico.

¡Me enfurecí! Era yo misma, Evita, y les grité: ¡¿Quién carajo creen que soy, la difunta Correa?!

Y cuando llegué a la Residencia, encontré que habían preparado el cuarto de vestir de Perón como una perfecta habitación de hospital, con una cama alta, con palancas, y una vitrina cromada para la legión de botellitas con medicamentos.

No sin una pesada discusión, me obligaron a ponerme el piyama celeste y a meterme en cama. Tendré que aguantarme dos semanas todavía, con paciencia y acatando la dictadura de los hombrecitos de blanco.

Pero en toda la Residencia, en el rostro de las chicas y de los choferes, hay un clima de exaltación. Me abrazaron como a un general vencedor.

Por la noche entró Juan, acompañado por Renzi, que traía un balde con una botella de champagne Pommery. Tomé un sorbito porque estoy tan débil que me dormiría en el acto. Él me abrazó y yo sentí ese infinito placer, placer de amor, de ir como cayendo, como hundiéndome en su pecho, cobijada en ese aroma de tabaco negro del abuelo don Diógenes.

Y sentí en mi sien las lágrimas calientes de Perón. Y claro, eran de alegría, alegría por el triunfo.

GENERALMENTE, UN SUEÑO INQUIETO SUELE SER MÁS CAÓTICO QUE LA REALIDAD. Pero cuando me desperté comprendí que la imaginación onírica se había quedado muy por debajo de lo que pasaba en un día de la Secretaría de mi acción social directa.

Entra un viejo criollo, tímido, seguramente de las provincias secas. La mujer habla por él. Le parece demasiado —e indecoroso— pedir una dentadura postiza. Dicen que es para un cuñado de Catamarca. ¡Que le tomen las medidas en el dispensario odontológico, estoy segura de que deben ser parecidas a las de su cuñado! Luego, una señora estafada por el escribano que le hipotecó la casa abusando del mandato. Orden a Jurídicos. Investigar. Si hay algo, ¡que me lo citen con la Policía Federal! El chico con cáncer óseo, que escucha mientras me explican la situación. Me mira escondido detrás de sus padres, con esos ojos apagados, de mirada larga... ¡Consultar al ministro Carrillo! Si sólo puede ser en Houston, preparar ya reserva, pasaje y viáticos. ¡Llamar a la Embajada!

Pero progresa un revuelo escandaloso en el fondo del salón. Los sindicalistas de la construcción, que me esperan desde hace dos horas, abandonan su puesto y se arremolinan para atender a un viejo espástico, increíblemente deforme, que avanza arrastrándose. Envío a Pichola que está preparando café para los invitados de honor. Habrá que llevar al viejo en ambulancia a un buen hogar de ancianos, pero quiere verme. Me abro camino muy difícilmente. Me tiende los brazos desarticulados y los dedos abiertos en direcciones disparatadas. Lo abrazo. Llora. Vuelvo al escritorio. Y allí está esperándome Serge Lifar con los fotógrafos y el cónsul de Francia. Tengo vomitada mi blusa de Jacques Fath que recibí el viernes. Debo cambiarme para las fotos. Pero los dos chicos de la familia que espera alojamiento, han tomado "agua mala a la altura de Ciudadela" y tienen diarrea. Un chocolate claro se les escurre por las piernitas. ¡Atenderlos con preferencia! Lifar sonríe. El olor es realmente fuerte. ¡Encender los ventiladores de verano! La orden se repite como un eco desde mi estado mayor hacia el personal de maestranza. ¡Encender ventiladores de verano!

Y ya entran Cereijo y Gómez Morales con los enormes —odiados, imprescindibles— carpetones de la contabilidad. Informan de los donativos de tres grandes empresas: Alpargatas, Molinos y Bunge y Born. Llegó el embarque de veinte mil máquinas de coser Singer. Han hecho un precio excepcional y

Mercedes Benz pagó el embarque. ¡Llamar al embajador alemán!

Conseguir pantalones para los chiquitos con diarrea. Antes ponerles pañales. Ya que estamos, en vez de pantalones, dos trajecitos de marinero de los donativos de El Niño Argentino.

Se acabaron los billetes de diez. Hay que esperar. Hablo con Lifar. Cómo mejorar el Colón en lo que hace al ballet. Los argentinos tenemos un sentido corporal muy plástico, ¿por qué no sabemos formar bailarines como ustedes? Me habla de Diaghilev. Invitarlos. Pero es imposible...

Firmar las órdenes de envío. Las mantas para el terremoto en Ecuador. La penicilina especial para la señora Breda de Haz, que escribió desde Indonesia; hacerlo por correo diplomático urgente.

Cereijo está preocupado: se repartieron en un año cuatrocientos mil pares de zapatos. Excede las donaciones. Hay que compensar cuentas. ¡Que se prepare un listado de productores y comerciantes de calzado! ¡Habrá que formar una comisión!

Se firma el acuerdo para los dos millones de botellas de sidra y los dos millones de panes dulces que se repartirán a fin de año a los indigentes de todo el país, usando los edificios y estafetas de correo. Para la sidra se hizo un contrato con los productores de Cuyo, que tenían excesos sin ubicar.

Urgente reunión en la punta del estrado: ¡Que no se arroje más una papa al mar! ¡Sinvergüenzas! Los acopiadores e intermediarios, como hubo superproducción de papas, especialmente en Balcarce, las arrojan al mar para mantener el precio. ¡Qué vayan a advertirles los del ministerio de Agricultura pero con una delegación armada de la Policía Federal! ¡Ese es el mayor delito, eso de escupir en el rostro de Dios! ¡Procesarlos por sabotaje contra la Nación! ¡Que sirva de ejemplo a los que echan el vino en las acequias y a los que no curan la aftosa!

Llegaron los nuevos billetes de diez, y sigue la procesión. Muchos relatos son inverosímiles o sospechosos. En esos casos interviene la Comisión de Averiguaciones y Control.

Se recibieron doce mil cartas de todo el país y del exterior en dos días. Las treinta mecanógrafas y los consultores y controladores están excedidos. Convoco al grupo de administración: se necesita un tercer turno de mecanógrafos para cubrir las veinticuatro horas.

Súbito alboroto: el hospital de campaña que va a Jujuy por el problema de la epidemia no puede parar en Tucumán porque hay una huelga parcial de los talleres ferroviarios. ¡Otra vez los socialistas con sus razones revolucionarias! ¡Otro delito en nombre de una razón superior!

Ya llamaron al Ejército, pero no pueden intervenir saltando el orden jerárquico. ¡Que me den inmediatamente con Sosa Molina, o con Forcher! ¡Si no pueden hacer seguir un tren humanitario hasta Jujuy que me manden los galones en una caja! ¡Que pasarán el fin de año con la familia pero vestidos de civil! ¡Quiero el tren a las diez de la noche en Jujuy!

Me informan de parte de Cereijo, a quien desperté a las cuatro de la mañana por ese importante asunto: Se consiguió nomás el carro de lechero, completo, con tarros de leche, medidas de estaño y un buen caballo. Todo le fue entregado al vasco a las siete y treinta, según lo ordenado. "El señor Ibargüengoetía firmó de conformidad en tres recibos".

Por lo menos algo: el noble lechero vasco con sus ojos azules e ingenuos, no va a creer —todavía— que emigró hacia un país de vivillos y de hijos de puta.

ESTAMOS EN VENECIA en la Galería 1 del Campo Sant'Angelo donde Giorgio De Chirico inaugura la que sería su última muestra en vida. Es un tórrido día de agosto a la insólita hora de las tres de la tarde. Cruzamos el "campo" hacia el café de enfrente con Serge Lifar, Manuel Mujica Lainez y Oscar Monesterolo. Mujica Lainez evoca aquella ya lejana noche en el Colón, 1951. Lifar llegó a Venecia, como lo hacía invariablemente en agosto, para el privadísimo homenaje a su maestro Diaghilev. Tomaba el *vaporetto* de San Michele y en ese umbrío e incomparable cementerio dejaba una sola rosa sobre la lápida del coreógrafo, su amigo.

Tomábamos café con agua mineral y Lifar recordó a Evita. Aquel largo día en la Fundación, que luego continuó cuando subieron al Cadillac para visitar dos barrios obreros de la periferia de Buenos Aires. Y recordó esa noche del Colón, el lejano triunfo en una curiosa ciudad europea, como centrifugada de su continente originario.

—Pero Eva, la Señora, me hizo ver el otro lado de Buenos Aires, su suburbio americano, por decirlo así. Como vi que se había tenido que cambiar dos veces durante la mañana, le pregunté por qué, además, tanto lujo en la ropa, las joyas, el sombrero... tan *overdressed*. "Los que no tienen nada quieren que su amigo poderoso luzca con toda la pompa. Es un sentimiento casi mágico que me cuesta explicar. Todos me preguntan lo mismo."

En ese viaje interminable hacia las barriadas obreras me dijo algo que merece ser recordado: "Aquí, como en su París y en todo el hipócrita mundo occidental, se afirmó la siniestra conciencia de que todo es vendible y comprable, que todo tiene que costar dinero y quien no lo tenga se las tiene que aguantar, aunque esté enfermo y los que pasen hambre sean sus hijos inocentes. La mayor perversidad consistió en ligar la idea de 'libertad' con esta infamia. Yo quiero demostrarme y demostrar que eso es falso. ¡Se puede ayudar! ¡Extirpar el dolor, dar el mínimo indispensable para sobrevivir!¡No es imposible! La filosofía capitalista se encubre detrás de supuestas leyes económicas, presupuestarias o de mercado. ¡Es falso! Por más que crean haber triunfado, han creado una sociedad enferma que explotará, como en octubre de 1917. ¡Es una sociedad moral y filosóficamente falsa!"

EVA ARREMETIÓ CONTRA LA MALDAD BUROCRÁTICA. Más aún: fue una combatiente furiosa, violenta, capaz del escándalo y de la exoneración fulmínea.

Para Eva el supremo test sobre la capacidad y la calidad humana de un funcionario era observar la forma de trato hacia el necesitado, el indigente.

Hasta sus ministros vivíamos aterrorizados por sus llamados intempestivos, a cualquier hora, por alguna denuncia de maltrato burocrático en alguna de las reparticiones a nuestro cargo.

Odiaba el trámite, el papelerío, el sadismo burocrático, policial, o de cualquier especie. Entre las delegaciones de la Fundación Eva Perón y los comités de la rama femenina del justicialismo, había creado una red nacional, de penetración capilar, para informarse y actuar en todos los campos.

Evita se armó en dos años un implacable sistema de informaciones propio.

Le voy a contar una experiencia insólita, un 14 de julio, en que por azar me tocó acompañarla al festejo del día de Francia. Siempre estaba "vestida", pero ese día, por tratarse de Francia, más que nunca: sombrero con tules, un vestido floreado de gran vuelo, collar de esmeraldas.

Por un azar del tránsito el auto y la escolta se detuvieron. Frente a un Banco, en Cerrito, había una viejita mal entrazada, llorando, hablando con unos curiosos. Dio orden de esperar y bajamos. La viejita no entendía ni sabía explicar lo que le exigían en la sucursal del Banco. Le mostró a Eva el documento y entraron en el edificio.

Eva se tomó todo el tiempo. Caminó a lo largo del mostrador principal llevando por el hombro a la viejita llorosa. Yo le vi la mirada llameante, por último se oyó su voz terrible paralizando a los cagatintas y todo el movimiento del Banco, desde el gerente hasta el ordenanza:

—¡Díganme, señores!: ¿quién de ustedes fue el hijo de puta que le dijo a esta señora que vuelva mañana?

Claro, en ese Banco una semana después habría otro personal. En esas cosas a Eva no le temblaba la mano ni con nosotros, sus ministros...

La Fundación fue el gran instrumento operativo de Eva y concentró todo el espíritu de acción social del Justicialismo. Creció vertiginosamente con el dinero de los casinos, hipódromos y loterías, con las donaciones de empresas y sindicatos. Nació con 10.000 pesos y cuando los militares, al tomar el poder hacen el balance, se encuentran con un capital de 3.500 millones. Una organización *nacional* de dispensarios, policlínicos, escuelas, comedores infantiles, hogares de tránsito para tratamiento de urgencia de desamparados (dirigidos por 26 sacerdotes capellanes). Se empleaban 14.000 profesionales y 6.000 obreros para las construcciones de escuelas y sanatorios. En todo el país había depósitos para pedidos de urgencia: zapatos, ropas, enseres de cocina, juguetes, remedios, herramientas.

Todo se solventó legalmente con pequeños descuentos en algunas actividades y leyes (13.941 y 14.042 de impuesto al juego y casinos y la Resolución 266).

Los marinos me detuvieron, me llevaron a declarar, pero no encontraron nada irregular.

En algunos casos, Eva presionó para obtener donaciones de empresas remisas. En esto entraba un elemento dictatorial. Se vengó, por ejemplo, de la firma Massone y de unos fabricantes de caramelos que no quisieron hacer el envío pedido para los Hogares de Tránsito.

Algunos marinos que me interrogaban se iban maravillando de semejante organización nacional y de tamaña movilización para la justicia distributiva.

EN EVA SE DABA LA RABIA POR LA JUSTICIA. Una implacable voluntad de desterrarla. Lo hacía a la criolla, llevada por la furia santa. Y claro,cometía algunos errores. Al principio cedió a venganzas en el medio artístico y sindical. Pero nunca concretó nada memorablemente grave.

Yo le pregunté, alguna vez, por qué se había alejado de la Eva anterior, y se había *recluido* (políticamente) en esa pasión absorbente de la "acción social directa". La pasión de su "tercera vida".

Eva me miró desorientada desde sus almohadas. Pensaba. Yo la había desconcertado con mi pregunta. Era como si le mostrase un espejo que reflejaba a otra persona, diferente de la que ella creía ser. No supo qué decirme.

Después, con los años, meditando en el exilio-prisión a que me condenaron mis pares por mi "imprudencia peronista", llegué a la conclusión de lo siguiente, a ver si me sigue: Cuando Eva sintió por primera vez el misterio —la fuerza— del poder en su mano, como un elemento para ejercer el sagrado mandato del bien, nadie, ni el mismo Perón, la pudo ya sujetar. Fue algo así como cuando se fugó de Junín, ¿quién la hubiera parado?

Y oiga: En un país y en un tiempo en que el poder no era más que un instrumento para la gloria, el honor, el enriquecimiento personal o el orgullo, Eva vivió la fiesta del poder en su dimensión divina (como diría Teilhard de Chardin: "el medio divino del poder").

Lo vivió como un amor supremo, hasta la locura. Hasta la última consecuencia.

Además, esto es muy importante que se sepa, Eva había sentido desde el 17 de octubre el carisma o el ungimiento sagrado del pueblo, del *demos* (el verdadero, no el de los politiqueros), corroborado por las aplastantes mayorías de 1946 y de las elecciones de 1951. Eva estaba convencida de que su acción respondía a la esencia misma de la democracia y de la voluntad del pueblo, y que ese mandato era absoluto.

Además, se sentía representante de los que nunca se habían podido expresar, *incluso* en tiempos de democracia: Las mujeres, los desamparados, los enfermos, los distintos...

Sólo unos pocos, incluido por supuesto el sagacísimo Perón, se dieron cuenta de que en Eva había estallado esa pasión transpolítica, una especie de vuelo místico.

Eva, en su genialidad, descubría el poder en su dimensión sublime: *poder dar*. Poder acompañar al que sufre. Poder hacer el bien. Poder alimentar. Y, sobre todo, poder directo, como el de los santos medievales o la Madre Teresa de Calcuta.

Y ese poder de santidad, de inesperada generosidad, se empezó a constituir en la verdadera justificación y esperanza del peronismo. (Si después de cuarenta años de sátrapas, ladrones, melancólicos y entreguistas, en la Argentina se sigue votando por el peronismo, ¡es por ese gran corazón de santidad de Eva!)

—¿Pero por qué usted, padre, no informó al Vaticano o a su Orden que Eva era una santa, por cierto más notable que el buen Ceferino Namuncurá?

—Ya se lo dije: ese es un problema teológico. Tengo mis motivos... Pero tengo la seguridad de una cosa: la verdad final sobre Eva habrá que buscarla en los archivos secretos del Vaticano, en el fascinante búnker antiatómico que existe en los sótanos del Vaticano y que usted visitó, exteriormente, claro...

LE AGRADEZCO QUE SE HAYA TOMADO EL TRABAJO DE VENIR A VERME. Pensé en lo que me adelantó por teléfono, acerca de la curiosa mitificación mundial de Eva. No creo en el azar. Se lo sintetizaría así:

• Asumió el poder con la furia del justo que lucha contra el Mal (incluido el poder mismo como aparato tradicional de dominación y de demagogia).

• Intuitivamente Evita sintió la descompensación filosófica, el inhumanismo. Intuyó que sólo una violenta y rabiosa convocatoria de acción social podría rehumanizar estas políticas de decadencia y nihilismo. Se trataba de una cultura de la solidaridad que había que imponer a las ideologías resecas, que estaban agonizando triunfalmente, como hoy vemos.

• Eva era un Rimbaud de la política: una mística del bien en estado salvaje. Ella no podría explicar ni entender estos puntos que le estoy enumerando. Eva trasgrede, desconoce, todos los códigos y trucos de la política moderna. Ni las astucias de Maquiavelo ni las estrategias de Von Clausewitz, a las que era tan adicto su marido. (Perón se quedó —y triunfó— pero en el llano de la realidad. Evita voló, ejecutó un sueño.)

• Para la mujer de Iberoamérica fue una Bolívar. Fíjese: no tuvo ningún cargo "macho", de los machos. Ni presidente ni comandante. Manejó todo desde el ser, desde la cocina. Con el espíritu de lo femenino, como un contrapoder necesario. Como imagen, el solo hecho de no vestirse como las funcionarias o senadoras de hoy; y emperifollarse, pintarse, enjoyarse y ser mujer —sin los travestimientos que vemos según el poder masculino— la ubicó, por sola presencia, en una actitud revolucionariamente femenina: se podía ser mujer y mandar y organizar más y mejor que los hombres.

La etapa positiva de los pueblos es muy breve, la decadencia o la mediocridad dependiente, muy larga. La Argentina de la Organización y la Generación del 80 fue, esencialmente, un acto de insolencia: imponerse, ser, y ser una Nación de primera, sin pedir permiso al mundo exterior, automáticamente colonialista.

La ocurrencia de los Perón fue no menos admirable: promover la democracia social, la igualización de derechos y posibilidades en una Argentina y en una América latina de "negritos" insignificantes y una insignificante (moralmente) minoría blanquinosa adueñada del dinero y de los prestigios. ¡Qué patriada! ¡Qué gauchada para esos tiempos!

Para un peronista como yo, viejo ex funcionario, ver esta Argentina de lacayos y de gorditos aprovechadores que comen con sus teléfonos portátiles en La Recoleta, a doscientos metros de la momia de Evita, la sensación de fracaso e inutilidad es total.

En nombre del peronismo homúnculos sin dimensión filosófica alguna, sin visión espiritual, degradan la Argentina a la categoría de un conglomerado periférico sin perspectivas ni voluntad propia. Un grupo de pragmáticos sin proyección metafísica acaba de fundar el peronismo de mercado.

Con todos sus defectos e ingenuidades, la política de Perón y de Eva parece hoy tan increíble como el coraje de Facundo, la genialidad educativa de Sarmiento o la decisión fundacional de Roca. ¡Haber movilizado a todo un pueblo, convocando jóvenes, mujeres y dirigentes, en torno a la solidaridad, a la lucha contra la indigencia! ¡Hacerle comprender a la gente que ésos son los valores a defender y que el Estado debía movilizarse en torno a una dimensión moral colectiva y no al mero enriquecimiento individual y la desolidarización de la comunidad...! ¡Qué quijotada, qué maravillosa humorada!

¡Imagínese mi situación de ex ministro, teniendo que escuchar a estos lacayos metafísicos que consideran que el cristianismo está superado cuando los datos de ayer, de las Naciones Unidas, indican que entraremos en el siglo XXI con sólo un quinto de la población mundial sin penuria o estado de indigencia! ¡¿Cómo permitir a los peronistas de mercado que conmemoren a Eva el 26 de julio?!

NUNCA DEJARÉ DE AGRADECERLE, PADRE, lo que usted hizo por la visita a Roma. Ahora que pasó el tiempo, quiero que sepa que tengo conciencia de lo impulsiva que pude haber sido... En todo caso usted hizo más de lo que debía y se lo harán pagar caro... ¿Pensó, padre, lo que le pasaría si los Perón no estuviésemos en el poder?

—No.

—Pues es muy simple, se vengarían de usted. Lo echarían o lo postergarían. Sus pares y la Iglesia misma. Los jesuitas nunca le perdonarán que alguien encumbrado, cura de El Salvador, donde estudian los hijos de la burguesía pagando buena plata, los haya indispuesto con la clientela. Se vengarían de usted...

—No. No lo creo, Eva. La Iglesia no es una empresa comercial.

—Ojalá no tenga que recordar este diálogo y darme la razón. Todos dicen: Qué vergüenza, el "confesor" de Eva es un jesuita... Lamento decirle que todo sigue más o menos igual. Casi hicimos una revolución para que todo siga igual. En la Iglesia, el que triunfó es monseñor De Andrea, el monseñor de la gente bien... Ellos son los que convencieron al papa Pacelli y no usted, desgraciadamente.

—¿En qué sentido?

—Antes de viajar, tal vez usted no lo sabe, busqué un acercamiento a la señora Harilaos de Olmos, marquesa pontificia. Yo sabía que si ella trasmitía al Vaticano la opinión corriente de los oligarcas, en el sentido de que era una descastada, una ramera, yo no tenía posibilidad alguna de ser nombrada marquesa o recibir la Rosa de Oro. Pensaba que ella tenía más poder que toda su voluntad, padre. Y así fue.

—¿Lo deseaba verdaderamente?

—A no poder más. Ese marquesado, entonces, claro, me parecía lo máximo, mi mayor y definitiva venganza. Yo era otra, claro. Un ser feliz, casi arbitrario, más bien brutalmente primitivo. Hoy todo eso me hace sonreír tanto como cuando protesté porque el Santo Padre entraba en San Pedro por una puerta diferente de la que me asignaron en el protocolo de la ceremonia... Para hacer ese tipo de saludables burradas hay que estar, padre, animalmente muy sana. En mi salvajismo, a ese Papa imponente y tan frío me hubiese gustado decirle mis opiniones: que sólo Cristo, la Virgen María o Jehová o el Espíritu Santo tenían derecho de entrar en la Basílica por una puerta especial. Y en algún momento de esa audiencia tan seria, del 27 de julio y de veintisiete minutos, me sentí tentada por contarle que en 1927, su hombre en Junín me negó la primera comunión, pese a haberme preparado con todas las chicas de la clase, porque a mi vieja no le fiaron para el organdí del vestido blanco de estilo... No dije nada. Y ahora, pasados los años, tengo todavía la suerte de arrepentirme más por lo que no hice, que por lo hecho.

—¿Le habría dicho al Santo Padre esas cosas?

—Sí, no quiero dejar de ser mezquina, padre. Hay como una secreta ley de la naturaleza: si no se sigue el impulso, uno contradice una fuerza elemental, primigenia. Todavía hoy —créame— no puedo dejar de pensar que la educación y las buenas maneras castran...

—En mi primer viaje a Roma, preparando el suyo, expliqué con todas las pruebas del caso la obra que usted estaba haciendo. Era demasiado pronto, la Fundación estaba en ciernes...

—Ahora se ve claro, padre: el Papa no tenía ninguna evidencia como para designarme marquesa pontificia. Hay que ser realista... Prevaleció la leyenda negra acerca de mí. Esa vez, monseñor De Andrea le ganó por ventaja apreciable, padre. Ahora me he vuelto más sensata y eso del marquesado me parece banal, lejano, casi una batalla de opereta... Es increíble que la enfermedad cumpla la función de irnos gastando, de envejecernos espiritualmente, como una preparación necesaria para la muerte. No para aceptarla, sino para poder ir entrando en ella sin que sea como un chapuzón en las aguas heladas de un lago negro. Y hasta por ahí, la enfermedad nos deja un residuo, una migaja de cierta sabiduría, de cierta amable comprensión o tolerancia de las cosas. Algo similar a la famosa sabiduría de los viejos, que más bien debe de ser fatiga o resignación...

EVA SE PRESENTÓ EN LA ENTRADA del patio de San Dámaso, de traje negro largo, cubierta con una mantilla negra y llevando como única joya la Gran Cruz de Isabel la Católica que le había impuesto Franco un par de semanas atrás. La Guardia Suiza y la nobleza vaticana lucían todo su esplendor. El monseñor Benjamín Nardone la esperaba con el Gran Maestre, príncipe Alejandro Rúspoli, ser imponente, con un parche negro cubriendo su ojo tuerto, con capa corta de cuello alto, calzones cortos, medias negras, escarpines plateados con el espadín a la cintura. Todos los nobles llevaban traje de ceremonia, y frac los de menor jerarquía.

Eva pasó revista a la Guardia Suiza con el Barón Henry de Pyffer d'Altishofen. De allí, con el Príncipe León Massino, subió por los vastos corredores hacia la biblioteca papal. Se le concedían a Eva los honores de las reinas y jefes de Estado.

Durante la audiencia, Eva explicó la política justicialista y su naciente organización de acción social directa. El Papa expresó sus plácemes por una política que seguía los lineamientos del cristianismo y de las encíclicas. Le regaló un rosario y una medalla de oro, en recuerdo de la visita. Impuso a Perón, en su calidad de Jefe de Estado, la Gran Cruz de Gregorio el Grande, condecoración menor que la que otorgara al general Justo años antes.

Creo que Eva se sintió emocionada, agasajada y tratada preferencialmente en lo que hace al ceremonial. Pero estaba en la plenitud de su espíritu de lucha y se sintió decepcionada al no comunicársele ninguna de las supremas honras, ni la Rosa de Oro ni el marquesado como a las señoras Harilaos de Olmos y María Unzué de Alvear.

Creo recordar que el chambelán secreto del Papa era el cardenal Masalli Rocca y que sería con esta eminencia con quien Alberto Dodero debía formalizar el donativo de estilo para la acción misional de la Iglesia. Y creo que a la salida de la audiencia Eva le hizo a Dodero la señal convenida: se entregó el "cheque chico" de cincuenta mil pesos y no el "enorme", que Dodero tenía preparado en el bolsillo derecho, de un millón de pesos, y que hubiese significado una donación inusitada en esos tiempos de durísima crisis de posguerra.

Creo, ya que me pregunta, que Eva había maquinado esa posibilidad, convencida de que la "leyenda negra" sobre su vida había prevalecido ante los oídos papales, impulsada por el activo resentimiento de la oligarquía católica —religiosa o laica— de Buenos Aires.

Al día siguiente, cuando el emisario del cardenal entregó en la embajada argentina, donde Eva se alojaba, la valiosa joya con la condecoración para Perón, ella permaneció en su cuarto, de pésimo humor, e hizo firmar los documentos por el embajador.

Tenga por seguro que la visita al Vaticano no contribuyó mucho para serenar el litigio interior de Eva con la Iglesia Católica...

Ese malhumor explica que, pocos días después, en París, declarase en forma tan directa que "veía a la Iglesia más política que espiritual, tan lejos de Cristo y del Evangelio..."

LA MUERTE VUELVE COMO UN JUERGUISTA, EN PUNTAS DE PIE. Se filtra calladamente. Deja imperceptibles señas de su presencia, como los roedores enamorados. Juega con el recóndito miedo de toda persona normal de encontrarla otra vez instalada, con su terrible paciencia de celadora de reformatorio, esperándonos para llevarnos de una buena vez a la salida del Palacio.

Empecé a encontrar señales. Sus imperceptibles pisadas.

Ya a fines de noviembre, a cuatro semanas de la operación, no había evidencia alguna de ese seguro aumento de peso vaticinado por los hombrecitos de blanco, a razón de casi un kilo por semana.

Me impuse comer mis manjares infantiles y mandé a Irma a hacer buena provisión de chocolate Aero, galletitas merengadas, papas fritas de copetín y caramelos de dulce de leche. Me hice mi propio régimen, y me encerré en el baño para tratar de tragar todas esas cosas que poco tenían que ver con la dieta científica del doctor Albertelli.

Pero después del paseo en coche del domingo 2, me sentí mareada (y doblemente mareada por el esfuerzo de no marearme para no desilusionar las esperanzas y optimismos de los queridos otros).

Y ya sobre la medianoche, se produjo el inesperado alfilerazo, que traté de disimulármelo, atribuyéndolo a las quemaduras por las radiaciones equivocadas que me habían propinado.

Pero yo ya estaba sobre la pista: la inseparable Ibarguren, la pequeña asesina, se estaba moviendo otra vez dentro de mí, reorganizaba su ejército diezmado. ¡Qué desesperanza deberían estar sintiendo mis desanimados glóbulos blancos!

Tutto da ricominciare.

AL PRINCIPIO HABÍAN DECIDIDO SALIR SOLOS ESE DOMINGO. El General manejaba. Me llamaron y él me pidió que los acompañara. Me senté en el asiento de atrás.

La Señora pidió ir para el lado del centro, luego del puerto y salir por la Costanera Sur. Íbamos en silencio. En la entrada de Córdoba dijo:

—Creo conveniente cerrar la ventanilla, está refrescando...

—Es verdad, empezó a refrescar —dijo el General y se estiró para dar vuelta a la manivela, ya que a ella le costaría. Después también levantó el vidrio de su lado.

Había muy poca gente en la calle. Algunas parejitas de novios, en remera y comiendo helados.

Fuimos bordeando las dársenas por ese empedrado desparejo, cruzado por vías muertas y herrumbradas, con cardales secos, que separan a Buenos Aires de su río como si quisiera darle la espalda. Ella quería seguir por allí, y como era un auto tan grande, asimilaba bien los sacudones.

Desde atrás yo observaba el ojo inmóvil de Eva. Su mirada pasaba por el paisaje de cargueros y lanchones sin que expresara nada, automáticamente. O como si le costase un especial esfuerzo cambiar la posición de sus ojos.

No hablaban. El General conducía, al parecer pensando en cosas muy concretas y precisas. Seguramente pensó que mi presencia convenía. Cuando el coche se detenía ante algún cruce, se miraban en silencio. Su comunicación sin palabras era muy intensa, muy profunda.

En la Costanera pasaron frente al restaurante Munich. Después subimos hacia la ciudad.

—Entrá por Corrientes, Juan —dijo la Señora. Y la recorrimos. Ella siempre con la mirada inmutable. Era como un ojo de pájaro, inmóvil y atento, pero como de cristal. Sin expresión humana.

—Tal vez convenga decirle a Apold de comunicar este paseo —dijo el General.

La Señora lo miró y asintió con la cabeza.

—Es tu primera salida.

Pero yo, que la conozco tanto, me daba cuenta de que había perdido la mitad de su color. Y que cuando perdía su color, enseguida se le producían los mareos.

—Mejor volvamos, Juan, ya está bien. Fue un lindo paseo.

Yo —y creo que también el General— nos sentimos aliviados, porque el calor era ya insoportable.

Al llegar a la Residencia, me dijo:

—Decí que preparen té y, por favor, hacé cerrar las ventanas porque está refrescando mucho.

• • •

DESPUÉS DE LOS ESTUDIOS Y ANÁLISIS, que la señora de Perón exigió que se hiciesen bajo anestesia total, pues el martirio y la humillación le eran ya intolerables, hubo una última reunión de especialistas y me encomendaron a mí, como ginecólogo, que informase al General. Además, ya los tratamientos exigían prácticamente mi presencia permanente en la Residencia. Solicité la audiencia al Presidente, en nombre de todos los médicos.

Son cosas que no se olvidan. Era una mañana esplendente de Buenos Aires, con el sol que entraba a raudales por los ventanales de la Casa de Gobierno. Le advierto que yo soy socialista y no tenía simpatía política alguna por Perón o por el poder autocrático; pero cuando entró, con su uniforme militar, rodeado por sus edecanes, su personalidad me impresionó. Aunque sea una observación extracientífica, debo reconocer que el carisma les agrega a los líderes por lo menos cinco centímetros de estatura. Siempre parecen los más altos.

Yo leí el breve y terrible informe.

—¿Es irreversible, absolutamente irreversible? —preguntó.

—Así es, General. Absolutamente. Lo lamento.

Entonces vi que sus ojos se llenaban de lágrimas. Se levantó del escritorio y salió del despacho. Tan erguido como al entrar, pero ahora parecía ir cargando una lápida.

LA HE TERMINADO DE PEINAR Y LA LLEVÉ AL BAÑO PARA SUS BREVES NECESIDADES. La perrita me mira sin saber que nos mira (aunque una nunca puede estar segura de hasta qué punto estos animalitos intuyen la muerte, porque a veces, cuando ladra enojada, mostrando agresivamente los dientes, me parece que la descubrió y me quiere proteger como de un peligro).

Vamos hacia el Jardín, bajando despacio las escaleras porque hoy tengo muy pocas fuerzas. Tal vez ella sea ya la mitad de mí misma y mis pobres piernas enflaquecidas tienen que hacer un gran esfuerzo ante su injusta inactividad. (Para ella no existe el famoso "quien no trabaja no come".)

He leído un artículo sobre los siameses de Francia: están unidos por la espalda, comparten muchos órganos, otros no. ¿Cómo será el cuerpo de ella, de la otra? Ese ser monstruoso y mudo que debo cargar.

Bajamos los escalones del Jardín. Ella inmóvil, debe de estar en permanente somnolencia, acurrucada en posición fetal. Debe de oírme hablar. Debe de oír en la noche los quejidos que lanzo dormida ante las punzadas de su maldad.

Lo cierto es que pese a mi indignación ante los médicos y pese a aquel vergonzoso carterazo que le tiré al doctor Ivanissevich, no he podido desplazarla, expulsarla ni abortarla por mí misma ni con todas las baterías del Policlínico. La Ibarguren existe. Debería ya decir: "Hoy la Ibarguren comió con ganas" o "La Ibarguren hoy no quiso hacer pis". Hay que reconocerla, definitivamente.

Es inaudito que Dios, el Dios del padre Benítez, haya inventado o tolerado la existencia de seres hechos de pura maldad destructiva, de pura muerte, de puro no-ser. Ella es la antiEva. Pese a los esfuerzos de Irma y de Renzi por obligarme a alimentarme, ¿con qué entusiasmo o ganas podría yo hacerlo sabiendo que la Ibarguren está allí, aparentemente adormecida pero siempre ávida como un chimango? Apenas me deja algo de lo que como. Pero ya me comió las ganas de comer y eso es muy mala señal. ¿Cuánto pesará ahora la Ibarguren? ¿Cinco kilos, quince? ¿Será ya la mitad de mí misma, se quedará con todo? ¿Para qué? No come mi comida, me come a mí. Eso desanima para seguir comiendo...

En el diccionario enciclopédico de la biblioteca encontré que se los llama cáncer porque tienen o suelen adquirir la forma de un cangrejo. Crecen y se reproducen por otras partes del cuerpo. Devoran las células sanas originando una entusiasta y caótica proliferación de "células de núcleo monstruosamente grande". "En su tratamiento no se puede esperar ayuda alguna del organismo atacado, ya que éste carece de defensas contra él y, en realidad, lo alimenta." En algunos casos, cuando el cangrejo se dispone a comer hueso, se provee, según la Enciclopedia, de verdaderas mandíulas. El horrorizado paciente puede escuchar en la noche ese casi imperceptible roer de rata devorando alguno de sus huesos.

¿Es el mismo Dios, padre, que creó a nuestra deliciosa y desafortunada Geraldina, el de los claveles, el de la gracia de esos picaflores que estuvimos viendo del lado de los rosales...?

Dios mío, ¡oh, Dios! ¡Mátame como quieras y cuando quieras, pero no me mates con tanto dolor, con tanto insufrible dolor! ¡O mátame lo antes posible, pero que nunca a la Ibarguren se le dé por roerme los huesos! No lo soportaría y entonces sí, entonces sí rompería las tablas de tus leyes...

ES INÚTIL EL ENGAÑO DE RENZI con su destornillador para falsear el fiel de la balanza (dos veces encontré el destornillador y lo oculté yo misma por su olvido). La enemiga come con calma, preferentemente de noche. Lo hace con la voracidad silenciosa y culpable con que suelen comer las sirvientas la comida de los patrones. La Eva María Ibarguren, la bastarda.

Todavía no ha echado dientecitos como para emprenderla con los huesos, según leí en la Enciclopedia.

Sabe que si lo hiciera se le acabaría la felicidad de comer para siempre... A las dos, claro. A ella y a Evita Duarte. Porque al fin de cuentas, soportar el horror es indecoroso. Le repetiré esta idea indiscutible al padre Benítez, que más bien se espanta ante el tema y lo rehúye.

La Ibarguren me come de adentro (gordita glotona, mirona nena argentina de pantorrillas anchas). Su ritmo, pese a las astucias de Renzi, es de un kilo por mes, sin que nada garantice que su apetito no pueda tornarse aún más voraz.

Anoche el padre Benítez me leyó el Sermón sobre la Vida y la Muerte, de Bossuet. Es una inteligente y calma exposición sobre la necesidad de morir, como "un ceder nuestro espacio de materia y de ser, para otra invención de Dios". Sería como si Dios anduviese corto de recursos naturales, en especial de energía y materia humana, cuyo ochenta por ciento, como se sabe, es agua. (¡Además, Dios no debería andar distraído y reclamarle la devolución de la materia a gente de treinta y dos años!)

Mañana, 1º de Mayo, será un día importante. Seguiré con mi convocatoria a la lucha y a la movilización. (Al menos dejar el camino preparado para derrotar a la Ibarguren política: el cáncer de la oligarquía en armas.)

Se logró un paso importante: el 18 de abril el General firmó la famosa "Orden General Nº 1". Esto tendrá un efecto terrible de advertencia en los oficiales desleales del Ejército y en los politicastros conspiradores que siempre piensan que todo será gratuito, según lo que pasó con el alzamiento de Menéndez.

Casi se respetó nuestro texto íntegramente: "Al atentado contra el Presidente hay que responder con miles de atentados". Hay una lista de trescientos sospechosos de conspiración, cincuenta empresas y embajadas extranjeras que propician el alzamiento inconstitucional contra el gobierno del pueblo y unas treinta firmas argentinas que pasan dinero a los oficiales subversivos. Nuestra decisión no puede quedar más en claro: "Será necesario el aniquilamiento por todos los medios y con la mayor decisión de los elementos perturbadores, de las fuerzas organizadas de la revolución y de todos los dirigentes que actúen en ella y en el país."

La orden era confidencial y se mandó a los gobernadores y altos funcionarios.

Es un paso importante: desde ahora sabrán que hay que pagar, que la guerra es a muerte, caiga quien caiga y cueste lo que cueste. No descansaré hasta ver a los muchachos de la CGT con trajes de comandantes. Aunque al General no le guste mucho.

Volvemos a tomar la iniciativa, Ibarguren... Caiga quien caiga y cueste lo que cueste.

YO LE DIRÍA QUE EN FEBRERO DE 1952 se perdió toda esperanza razonable. Y Eva lo supo porque, como me dijo una vez, "se había hecho ducha en leer en el fondo de los ojos de los médicos".

El error en las aplicaciones de rayos, hechas por un chambón, le produjo quemaduras atroces. (Su hermana Blanca conserva, como una reliquia, un trozo de piel de casi cinco centímetros. Piel quemada.) Era mayor el dolor de las quemaduras internas, que no cicatrizaban. Aquello se había transformado en un calvario.

Yo la visitaba para hablar de temas religiosos y le llevé una oración que había escrito y que rezábamos juntos. A veces, a cualquier hora de la noche me llamaba. Hablaba en algún momento cuando el temporal de dolor escampaba. Ya se refería más o menos desembozadamente a su propia muerte. Pero fue precisamente en esas semanas decisivas cuando creyó que debía librar su última batalla de movilización política.

Eva estaba convencida de que el peronismo se desmoronaba y que sobrevendría una increíble noche reaccionaria impuesta por los militares al servicio de la oligarquía. El camino "político" y no combatiente de Perón le parecía una ceguera.

Fueron días patéticos, y nadie hubiera podido disuadirla. Sentía que su salud estaba perdida o sacrificada. Sólo quería refinar la dosificación de calmantes para poder organizar sus líneas de combate como un general asediado, con muy poco espacio para sus estrategias.

En "las horas libres" (las que en su lenguaje, eran las que le dejaba el dolor) anotó verdaderas frases de guerra para convocar a su gente. Eso fue en mayo, en el acto del 1º y en la reunión de gobernadores que convocó especialmente, hasta el 4 de junio en que cometió —o se cometió— la hombrada más increíble, que ya le relataré.

Sólo quiero transcribir algunas pocas frases de su grito de guerra. Las dijo desde el balcón de la Casa de Gobierno, en su último discurso. Fue vestida con un *tailleur* gris, con una banda negra en la cintura (ya combinaba los colores como para que no se le notara la agonía). Ante esa enorme muchedumbre que ya la despedía en cada viva, dijo cosas de este tenor:

"Yo le pido a Dios que no les permita a esos insensatos levantar la mano contra Perón porque¡guay de ese día! Ese día, mi General, yo saldré con las mujeres del pueblo, yo saldré con los descamisados de la Patria, muerta o viva, para no dejar en pie ningún ladrillo que no sea peronista. Porque nosotros no nos vamos a dejar aplastar jamás por la bola oligárquica y traidora de los vendepatrias que han explotado a la clase trabajadora.

Yo quiero hablar hoy, a pesar de que el General me pide que sea breve, porque yo quiero que mi pueblo sepa que estamos dispuestos a morir por Perón, y que sepan los traidores que ya no vendremos aquí a decirle¡Presente!, a Perón, como el 28 de septiembre, sino que iremos a hacernos justicia por nuestras propias manos.

Antes de finalizar, compañeros, yo quiero darles un mensaje: que estén alertas. El enemigo acecha. Los vendepatrias de adentro, que se venden por cuatro monedas, están también en acecho para dar el golpe en cualquier momento. Pero nosotros somos el pueblo, y yo sé que estando el pueblo alerta somos invencibles, porque somos la Patria misma."

Ahora se trataba de una Eva Capitana, verdaderamente, pero sin cuerpo y sin ejército. Todo su cuerpo apuntaba a mantener enhiesta su voz inconfundible. Lo logró apenas. Cuando terminó se abatió, literalmente, sobre el pecho de Perón. A la noche, Perón me confiaría:

—Entre mis brazos no había más que una muerta...

Había encargado en la casa Ricciardi unos medallones que decían "Recuerdo de Eva Perón". Yo he visto regalar uno de ellos a un gobernador que no podía disimular las lágrimas. Pero, al mismo tiempo, con una voz insistente, casi desesperada, ella lo instaba a cumplir con el plan de movilización armada.

Estaba exaltada, sobreexcitada por las drogas, convencida de que el justicialismo se precipitaba en la nada de la vida democrática corriente, donde se cambian las cosas para que todo siga...

Su acto político final fue el 28 de mayo cuando recibió a los gobernadores y legisladores electos. Sus palabras fueron las de una Pasionaria en agonía, herida de muerte. Les dijo:

"Únicamente los movimientos de fanáticos del bien son los que perduran. Tenemos que olvidarnos un poco de los que nos hablan de prudencia, y ser fanáticos. Los que proclaman la dulzura y el amor se olvidan que Cristo dijo: "He venido a traer fuego a la tierra porque quiero que arda más."

LA TORMENTA DE LA NOCHE ME LLEVÓ A UN ALUVIÓN DE DICIEMBRE, en Los Toldos. Estábamos en la cocina, agrupados casi como el ganado cuando teme los rayos. La furia de agua y viento parecía ya llevarse el techo de chapas de zinc. Se doblaban los enclenques arbolitos del patio trasero y la Santa Rita se desenganchó de la columna, perdiendo sus maravillosas campánulas, arrastradas por el vendaval hacia las tablas del retrete.

Nos reíamos. Toda la tribu vociferaba rodeando a la Madre. Y yo gritaba más que nadie, porque era la que más miedo tenía. Tal vez creíamos que nuestro griterío desafinado, nuestro coro un poco histérico, podía alejar a los demonios del temporal.

Eso era hacia fin de año.

Para la noche del 31 de diciembre, hicimos asado con ensalada, que nos gustaba a todos. El señor Rosset le fió a mamá. Era el modesto banquete criollo: en la fuente enlozada, calentada sobre el fogón, para no servirlo enfriado, estaban los equitativos pedazos que corresponderían a cada miembro de la tribu.

Pero en el almacén, yo lo había oído, no nos fiaron para sidra ni pan dulce. Era lógico. La libreta negra del almacén tenía una larga columna, que llamábamos "la lombriz solitaria", de números sin pagar.

Era el peor momento de la tribu. La tribu en el pajonal reseco del desierto. Tocando fondo y sólo llevados por la fuerza de la cacique. Estábamos en ese punto en que el pobre ya reza, en primer término, pidiendo que no sobrevenga alguna enfermedad en la casa.

Para la noche de Reyes, el 6 de enero, mamá se las ingenió para encontrar entre los descartes y devoluciones del almacén de ramos generales, aquella enorme y bellísima muñeca coja que seguramente le cedieron por dos pesos. Era rubia, alta y con esa belleza un poco sosa que suelen tener las suecas, pero era renga. Coja sin disimulo: desde arriba de la rodilla.

La trajeron los Reyes y la dejaron al lado de mi cama con caja y todo. Ella le había fabricado una pollera larga, para disimular lo indisimulable. Yo apenas estaba abriendo los ojos y ya saltando a la suprema alegría de esos casos, cuando descubrí la tragedia de la pobre sueca, seguramente caída de lo más alto del camello, como explicó mi madre.

Agradecí y seguramente por primera vez en mi vida me inicié en saber alargar mi alegría para prolongar la de los otros, o para aventar sus dudas.

Pobre muñeca, nunca pude sacarle una sonrisa, pese a la prótesis de madera que fabricó Juan con una percha rota y agregándole un zapato de cartón, casi igual.

La estoy viendo a la rubia: tal vez un poquito mofletuda y más bien poco sexy, pese a su alargada osamenta. Su pelo dorado, su piel de plástico, tan pulida, como hecha para una eternidad terrenal. Su cabello de fibra sedosa, que yo trencé y destrencé mil veces. ¿Qué se habrá hecho? Seguro que llegó a Junín, la recuerdo. ¿Y después? ¿Y después? Tal vez, como dijo Bossuet, según el padre Benítez, su plástico y su estopa humildes, fueron materias que reclamó el Creador para ensayar otras formas. Tal vez fue elegida por Alguien, como le pasó a Enoch, para morar en otro espacio, en otro tiempo, en otro cielo. Tal vez, en la lenta corrupción del basural. O quizás, intacta y hasta reconstituida su pierna arruinada, goza la fama de un museo o integra la colección de un maniático. O tal vez ocupe para siempre la oscuridad de un último fondo de cajón de una cómoda olvidada en la bohardilla de algún caserón. Un caserón que se podría llamar Villa La Recoleta...

Pero aquel fin de año fue la más dura intemperie para nuestra desolada tribu. Sin embargo, con el temporal, el techo de zinc no se voló. Tal vez fue verdad la magia, y lo pudimos retener con nuestro canto y nuestra gritería. Un temporal como el de ahora, que abate y lava con furia las pizarras del elegante Palacio Unzué, como preparándolo para recibir a mucha gente.

Ahora son sólo cincuenta días. Apenas cincuenta cortos días de invierno, infinitos días de dolor y miedo. Sólo cincuenta.

4 DE JUNIO DE 1952. LO MÁS INCLEMENTE DEL INVIERNO. Un día de ramas secas sacudidas por el viento. Había clareado con ráfagas de lluvia pegando contra los cristales de los ventanales de Austria. Había visto con un solo ojo, en lo alto, nubes que se deshacían con la furia del viento que soplaba desde el río, desde la Costanera. Gemía el viento y se oía su voz nítida en la Residencia, antes de los primeros movimientos del personal.

Gime, gime el viento
y es un lánguido lamento
su canción de abril...

Dos veces intentó Eva, a solas, abandonar la cama. Observó lo leve que era la marca de su cuerpo en las sábanas, apenas una imperceptible señal, entre las sábanas y colchas, tal vez un espacio apenas tibio, como si la durmiente hubiere sido solamente una sombra.

Se mareó. Se tuvo que sostener contra la pared del baño. Esperó con temor de caerse y de que alguien la encontrara como el otro día: cuando los agentes de seguridad la hallaron, seguramente desmayada, ante el umbral del cuarto de Perón.

Pero ya tenía oficio de enferma. Respiró profundamente tres veces, tratando de detener los deslizamientos de su mente y de su vista en el mareo. Y después, como lo estaba temiendo, sintió la feroz puñalada, el alfilerazo, detrás del cuello, como entrando desde la clavícula hacia el esternón. "La Ibarguren, la astuta, se consiguió esta vez una aguja de colchonero o esos estiletes cortos que usan para acabar con el toro en las corridas."

Entró Renzi, seguramente en un primer intento diplomático. Corrió las cortinas y candorosamente incapaz para la necesidad de mentir, dijo:

—El coche está preparado con el sistema que inventaron los muchachos, pero desgraciadamente llueve y el pronóstico de la Aeronáutica señala chaparrones y todavía más frío. Anoche llegó a cuatro bajo cero...

—Renzi. Renzi... He oído. Está bien tu recitado. Pero Renzi, hay un momento de tu vida, o de tu muerte, en que el agua ya no te puede hacer nada y el frío del polo sur te parece una bendición o un alivio... Ya no hay más baldazos...

—Señora, yo creo que lo más prudente sería quedarse en la cueva, calentita... Me parece honestamente una locura...

"Que llueva, que llueva/la Vieja está en la cueva..." Todos nosotros, toda la tribu a coro, en la casita de Los Toldos erguida en el barrial batido por la lluvia. El granizo aturdiendo sobre las chapas de zinc. Y Elisa y Blanca haciendo tortas fritas en el fogón de la cocina económica al rojo crepitante. Y la Vieja en su cueva, protegiendo a su tribu, en la Singer, dale que dale. Y el coro de gritos como desafiando o burlando el atroz azote del granizo: "Que llueva, que llueva/la Vieja está en la cueva..."

Más tarde es Apold, que estuvo hablando con Perón y con mi madre en la biblioteca, que llega, también en calidad de emisario. Habla de insensatez y reitera el tema del tiempo. Agrega que ese 4 de junio, día en que Perón tiene que asumir la segunda presidencia, mi presencia sólo sería formal, innecesaria. Habría que esperar la recuperación que los médicos aseguran empezará a producirse en un plan de pocas semanas.

—¡Apold! ¡Apold! —Se va, como avergonzado, porque tuvo el descuido de quedarse mirando, fascinado como si ya viese mi propia muerte, el blancor de los huesos de la clavícula.

A las tres de la tarde saldremos de la Residencia, en la limusina descubierta. Primero hacia el Congreso para el discurso y la jura y de allí a la Casa de Gobierno para la toma de posesión. Organicé con Renzi que allí me esperará el doctor Finochietto. Sé que me lloverán puñaladas de la Ibarguren y necesitaré esas inyecciones, ya directamente sobre los centros de dolor insoportable, que él sabe aplicar, con esas agujas largas, para situaciones públicas como la de hoy.

Si me quedo en la cama, puedo darme ya por muerta. ¡Cómo invita la cama, antesala del ataúd, del nicho, de la repugnante y estúpida horizontalidad eterna!

El aparato que inventaron los muchachos del taller, se ubica en el lugar que me corresponde en la limusina. Lo diseñé yo misma: es como un banquillo de acero, con un almohadón, sobre el que me sentaré dejando el vuelo del tapado de piel por encima. A los lados del asiento de yeso, suben como dos muletas que debo calzar en los sobacos, porque no podría tener derecho el cuerpo cuando se produce la punzada de la nuca. Tendré que saludar, si puedo, un poco dura con los antebrazos casi inmovilizados.

Preparé unas breves palabras. Muy fuertes y muy cortas, en el sentido del llamado a la movilización contra las fuerzas golpistas que pronuncié el 1º de Mayo. Pero debo renunciar: me he quedado sin voz. (Antes, la semana pasada, me di cuenta frente al espejo de que no tenía labios, sino dos líneas blancas, casi rectas, sobre las cuales yo dibujaba con el rouge lo que recordaba de mis labios.) Pero ahora, seguramente, la Ibarguren me comió la lengua, porque cuando estaba Renzi y me acordé de la tormenta en Los Toldos, yo creí estar cantando a todo pulmón eso del ¡que llueva, que llueva!, pero era ilusión: Renzi, espantado, no oía nada y dio vuelta la cara para no mostrar lágrimas. Hoy no tengo voz. Ni pública ni privada ni radial ni casera. Y yo sin voz, francamente...

A las 15:02 salimos del portal de la Residencia y tomamos por Alvear.

En Callao nos espera la guardia solemne de Granaderos, con uniforme de gran parada. A las 15:18 deberíamos estar en la explanada del Congreso y allí está todo preparado para que entre sostenida, pero rodeada de gente. En total serían dieciséis minutos de dolor puro, si es que el dolor me ataca. Es una patriada. Según el padre Benítez, el herido busca conmover a Dios. Es insensato: ¡Dios no puede conmoverse ni remover la estúpida legalidad que creó! (Yo he leído en algún lado que este Dios que nos tocó como Creador, es en realidad un Dios de segunda, un chambón, por así decirlo. Es como un Dios aprendiz, que todavía no pudo evitar el error, la injusticia, la mezquindad. Su producto contiene más dolor que amor. Más grito que risa.)

La caravana de la escolta se detuvo y allí, a dos metros, en la vereda de Plaza Francia, están las mismas cuatro baldosas desparejas, junto al cordón de granito de la alcantarilla donde Eva apoyó la valija marrón, para descansar y para leer bien la dirección que le habían anotado los vivillos del café: "Alvear y Austria. Pensión. Preguntar por Don Justo, el encargado." Y en la otra esquina, ya subiendo hacia el monumento de Ramón Falcón, va Eva, la chica de la valija marrón, hace apenas diecisiete años, sintiendo los primeros goterones de la lluvia que la empapará sin que pueda hallar refugio en su desamparo.

Cincuenta metros más arriba ya está la multitud detrás de los cordones de soldados y conscriptos, vivando su nombre. Cree distinguir una vibración emocionada. Seguramente muchos creer an no verla más. ¡Evita! ¡Evita!

El nombre se repite hasta el infinito. En las gargantas de muchas mujeres adquiere el tono de una exclamación histérica.

Eva trata de ensayar el saludo. Trata de mostrar los dientes, como en una sonrisa permanente.

El arnés preparado por los mecánicos de la Residencia funciona bien, no oscila. Está sostenida como el Cid Campeador en su batalla final... Perón va derecho, imponente en su uniforme máximo. El frío le hiela la cara. Trata de no mirar hacia Eva.

Pero Eva empieza a sentirse más bien feliz: no se produjo el temido ataque. El fortísimo calmante la hace flotar sobre Buenos Aires. Es agradable.

No cede a la tentación dramática de sentirse en despedida. No piensa que esa esquina de Quintana que está doblando es la última esquina de Quintana que doblará. Se siente despojada. Sobrevuela Buenos Aires y escucha el grito reiterado, frenético, de la multitud que parece querer transferirle mágicamente su soplo infinito, cósmico, de vida.

El pueblo es un felino, un enorme y misterioso gato que todo lo intuye, que comunica con rapidez asombrosa lo que necesita saber para sobrevivir, para defenderse. Así, fue el gato misterioso que saltó rabioso en aquel bochornoso 17 de octubre. Y hoy, lo siento y lo presiento, el gato ya intuye mi muerte: esas manos, estiradas con los dedos un poco más entreabiertos, esos gritos en el borde de la histeria, alguna humedad de más en muchos ojos.

En Callao suenan las bandas militares. Es el paroxismo para la chica de la valija marrón, los comandantes de las unidades militares solicitan la venia. Convergen hacia la limusina presidencial dos columnas de la caballería de Granaderos, con su estandarte histórico, sus gonfalones, su banda de clarines quebrando el aire helado. Los tambores constantes que recuerdan el galope de las memorables cargas históricas: San Lorenzo, Maipú, Junín y Ayacucho.

Eva flota dulcemente de mano de las benéficas drogas descorporizadoras.

Callao, como un río elegante. Los frentes de las casas ricas embanderadas (obligadamente). "Ellos, el enemigo, el Ternero Alegre, espiándonos detrás de los visillos corridos y, a veces, detrás de la bandera puesta por temor. Intactos. Seguros de su contraataque. Esperándonos en sus apacibles sillones de cuero, con un whisky en la mano. Esperando que pasemos y que desaparezcamos..."

La limusina para frente a la confitería del Águila. Enfrente, el Petit Café y el cine. Hasta allí llegábamos caminando en la noche de verano. Noches de 1944 o de 1945, con el Coronel. Largas noches del amor. Apenas ayer. El destino nos llevaba, sin que lo supiéramos, como a esos amantes exhaustos, dormidos en el fondo de la barca que baja cada vez más rápido hacia la catarata.

La perfumería Ivonne, donde compraba las ofertas de cosmética. "Dos tonos de esmalte y el removedor de regalo."

Intenta extender la mano. Ve sus dedos como un mínimo resplandor blanco en la bocamanga del tapado de cibelinas. La mano de Perón está firme, apoyada contra el pantalón, mientras que la derecha toca el lateral de la gorra, al hacer la venia de saludo casi en forma permanente. Pero la muleta del arnés le impide desplazar la mano y cruzar esos apenas diez centímetros de aire helado que la separan de la mano de Juan. Desiste. Y ya cruzan por la esquina de Córdoba, el otro ancho río que sube desde las dársenas. El ángulo de la funeraria, el café donde iba Blomberg, allá la librería La Nena, en la esquina. A media cuadra el café insomne, con fondo de billares y la ventana donde muchas veces estaba Manzi. Todos se separaron de nosotros. Pero nos quedó el pueblo. ¡El pueblo, don Homero, nada menos!

Hay una primera línea, entusiasta y gritona, en el borde de las veredas. Más atrás, parados en los umbrales, gente de servicio de las casas, o curiosos más bien apolíticos o críticos u opositores.

En el umbral de la peluquería cerrada hay un portero venido a menos, con ropa de antiguo esplendor. Eva sonríe. No sabe quién canta, pero alguien, seguramente Juanita o Elena, dice el tango con voz rea y neta. Eva cree oír y sonríe, flotando en el vapor de la droga.

Parao en la vereda
bajo la lluvia
que me empapaba
la vi pasar...
El auto
limusine
como un estuche
de mí la aislaba
con su cristal.
Frenó
Me dio dos mangos...

En la esquina de Corrientes, un caballo de los Granaderos escandaliza con inesperados corcovos. Las grandes carteleras. La pieza de Sandrini que ya lleva dos o tres años. La Liga de Profilaxis Social. La agencia de correos donde llegó jadeante para mandar a Junín el artículo con la mención de Edmundo Guibourg: "Muy correcta en sus breves intervenciones". Primer triunfo y última derrota en el ciclo cósmico de la Serpiente Emplumada (según Muñoz Azpiri). Ahí va la chica en la mañana espléndida y clara de abril, Corrientes arriba. Arriba como si todo fuese infinito y abierto.

Apolo. Politeama. Comedia. Corrientes. Nacional. La chica, Eva, esperaba que el iracundo viejo cancerbero del Politeama se moviese de su puesto, para poder filtrarse y llegar a la oficina del administrador. "¿Hay algún papel para mí, dramático o comedia...?". El viejo siguió seguramente allí, todos estos años. En su espantosa silla de madera, detrás del ventanuco sucio. Eva se le filtró entre los cortinados y bambalinas del teatro. Se le escapó.

Ahora, la cuadra de la pensión. Con el mismo escalón de mármol roto y el cartel de cartón (inflacionario: "Camas a 5 pesos").

El frente del gran bazar y el galpón donde el anarquista Di Giovanni decide el todo o nada.

Se aproximan ya, y la multitud llega al paroxismo. Le hacen gestos. Intentan romper la barrera. Es como un 17 de Octubre, pero no de comienzo, de despedida. Casi sólo gritan: ¡Evita! ¡Evita! Apenas puede ver la entrada de El Tropezón. Pero recuerda a Pablo Suero. Intenta seducirla, preparándole sobre una tostada el largo moco del caracú con sal y pimienta, como a él le gustaba. Gotitas de sudor en la frente rojiza del autor-empresario.

Allí, exactamente frente al viejo departamento de la Jardín, la comitiva se detiene. El jefe de Granaderos se aproxima en un magnífico caballo blanco que habría envidiado el mismo San Martín y saluda con el sable en dirección a Eva y luego al Presidente, reconociendo que hay dos presidentes o un poder bicéfalo o que "Tanto monta, monta tanto, Isabel como Fernando".

En la vidriera de El Molino, el postre "Imperial" como una joya, o como la maqueta de un palacio oriental, exhibido sobre un terciopelo rojo.

La Ciudad es la vida. No, no es como la vida. Es, simplemente, el Palacio, el lugar de la fiesta o del dolor. La casa feliz, el hospital, el corso y el cementerio...

Ahora veo el pasado y el futuro. Es el presente, este frío y estos cálidos vivas, que me parecen ilusorios. Estoy en un lugar donde los ojos de los otros no me alcanzan, y sin embargo yo puedo observarlos, como cuando me escondía detrás del armario, en Junín.

Empezamos a ascender, rodeados de maravillosos granaderos, la explanada que se curva hacia Rivadavia. Falta menos de un minuto y la puñalada de dolor no llegó.

Allí, en la explanada que baja hacia la calle Entre Ríos, hay un sorprendente silencio. No hay vivas. La gente, una multitud, mira hacia el suelo con sus gorras y sombreros en la mano. Hay una llovizna inclemente, fría y constante. Baja lentamente una cureña, cubierta por la bandera nacional, según el homenaje que se les concede a los jefes de Estado. Y el clarín de Granaderos toca un lúgubre llamado largo y grave. Un aullido, un grito de silencio en el aire gris. Eva no comprende ese extraño y lúgubre silencio en la otra explanada, la que baja hacia Entre Ríos. Siente un brevísimo latigazo de espanto. El clarín de saludo le pareció que ejecutaba el largo toque fúnebre de Silencio. Cosas de la droga.

Pero allí está formado el grueso del Regimiento de Granaderos, ante el Congreso. La brisa helada alcanza un saludable olor a bosta, y Eva recuerda el cruce de Los Toldos en sulky. Y rememora la frase de Perón en algún 9 de Julio feliz, que ahora le parece lejanísimo: "El olor a bosta del Regimiento de Granaderos es la única prueba del poder y de tu gloria: el olor del regimiento escolta más elegante del mundo..."

QUE YO RECUERDE, FUE LA ÚLTIMA SALIDA de Eva. Fue un acto de coraje. O de desesperación final de quien sabe que pasará del lecho blanco de la enfermedad terminal al ataúd.

En vilo, los hombres de seguridad, disimulando un tumulto de enardecidos periodistas, llevaron a Eva hasta el estrado presidencial. Perón, más que jurar como presidente de un segundo período, aprovechó el poco tiempo que concedía la enfermedad y la amenaza de un desmayo, para ofrecerle a Eva los más grandes homenajes. Ella era, definitivamente, el centro del peronismo. Era el corazón vivo de un cuerpo envejecido; paradójicamente, porque ese corazón ya no tenía fuerzas vitales.

En el estrado sus ojos brillaban, pero no tenía casi cara. Miraría esos palcos llenos de altos oficiales, funcionarios, senadores y diputados. Gobernadores. Todos en traje de ceremonia, como una nueva burguesía efímera, ya solemne y ya olvidada de sus misiones.

Creo que nunca se hizo homenaje tan emocionado y verdadero como el que se brindó a Evita en el Congreso. El juramento presidencial de Perón parecía un acto accidental.

Pero yo la observaba a Eva: no le concedía importancia a nada de aquello. Le parecía insustancial, banal, o formal. Su mirada brillaba con la tenacidad crítica de alguien que se queda sin fuerzas, pero con un intacto espíritu de lucha.

Con el mismo tumulto de disimulo se llevó a Evita alzada, otra vez hacia el sillón con muletas que se había preparado en la limusina. Yo, como Presidente de la Asamblea Legislativa, iba apenas dos pasos atrás de ellos, y pude oír cuando Perón le imploró que desistiese de continuar a lo largo de la Avenida de Mayo y del acto de toma de posesión en la Casa Rosada.

Eva seguía con la mirada obstinada. Tal vez movió la cabeza en un gesto de quien desecha un último reclamo de sensatez.

Cuando bajábamos la explanada del Congreso, yo, instalado en mi coche oficial, ignoraba que a las pocas semanas lo haríamos otra vez, siguiendo el más emocionante y espectacular cortejo fúnebre que veríamos en nuestra América. Con la cureña llevada por los jefes de treinta y nueve sindicatos. Y un mar de flores tristes y de miles de rostros compungidos, de gente que se arrodillaba como en presencia de la más conmovedora epifanía.

En la Casa de Gobierno, Eva no se desmayó, pero fue brutalizada por los más atroces dolores. Ella los había previsto, porque allí estaban Finochietto y Taiana.

Finochietto, mientras se preparaba la salida hacia el acto del Salón Blanco, le dijo que tal vez era conveniente que se tendiera a reposar en el sillón del despacho adyacente al presidencial.

—Si me alargo y me pongo horizontal, ya no podría enderezarme. Ustedes me tendrían ya que pasar al cajón.

Nos dejó helados. Creíamos que no podría hablar, porque la sabíamos atravesada por la espada de dolor, como el toro noble en su agonía.

Entonces, allí, sentada, recibió tres feroces inyecciones que Finochietto tenía preparadas.

Yo no quise mirar. Ya aquello me resultaba increíble e irresistible. Estaba en la primera fila del Salón

Blanco, cuando la veo llegar al lado del General, ¡intentando una sonrisa!

Se había empecinado. Tal vez pensaba que el nuevo triunfo de Perón y del peronismo se debía al voto femenino. Era la primera vez que la mujer votaba en la Argentina. Se pensaba que este aporte fue decisivo en el resultado: ¡ganamos por el 62,5 por ciento después de seis años de gobierno! En la Capital Federal, reducto de la oposición oligárquica y radical, alcanzamos el 55 por ciento. Sí, tal vez era el triunfo de Eva. Para algunos, cuya opinión no comparto, ella se había transformado en el corazón viviente de nuestro movimiento. En el verdadero centro del poder.

Aquella noche del 4 de junio, hubo que llamar de urgencia al doctor Taquini a la Residencia. El estado de Evita era calamitoso.

El buen doctor tuvo la ocurrencia de achacarle en tono airado esa disparatada y larguísima salida en un día de perros. Eva intentó, todavía, una última explosión:

—¡Usted no sabe con quién está hablando!

Pero esta vez Taquini no se achicó:

—Me parece que la que no sabe con quién está hablando es usted, Señora. Yo vine para cuidarla, para decirle lo que no debe hacer...

Sí, creo que aquella fue la última salida de Eva. Y como todo lo de ella: una despedida por todo lo grande, con su collar de rubíes y diamantes, la escolta de Granaderos y su inefable aura de perfume francés. Todo eso no para ocultar su enfermedad, sino ya para despistar a la muerte.

Ahora faltan cuarenta y un días. El tiempo, inesperadamente, ya casi no corre. Se alargó en un campo de tedio y de miedo: es el tiempo sin esperanza.

DURA REPRIMENDA DEL GENERAL por mi conducta. Sobreactúa su indignación para disimular que ya da lo mismo. Mi obstinada salida del 4 de junio me costó diez días de sopor febril. Inmovilidad, ronquidos amenazadores. Por minutos, una sospechosa lucidez y voluntad vital. Diez días en que la Ibarguren comió con todo el tiempo en su favor. En la balanza (en la verdadera, la del baño de Perón, y no en la que torpemente trafica Renzi), he dado treinta y siete kilos: un claro viaje a la inexistencia. ¿Quién aprovecha los kilos robados, o la Ibarguren vive fuera de mí, como un vampiro?

Y en un momento de calma, después de su enojo, es ya el tiempo de decirle a Juan que la suerte está echada, *les jeux sont faits*, que entre nosotros, al menos, depongamos el esfuerzo de jugar a la falsa esperanza:

—Sé que estoy muy enferma y sé también que no me salvaré. Pero siento y pienso que hay cosas más importantes que la propia vida y si no las realizase me parecería no dar cumplimiento a mi destino. Por eso las reuniones del 1º de Mayo, lo del 4 de Junio... ¿Cómo no te iba a ver jurando tu mandato?, era el más grande placer imaginable para mí.

Juan se emociona y lucha por controlarse.

También tendría que decir algo parecido al padre Benítez y a la "tribu"... ¿Pero cómo decir algo a mi madre, a ella, cuando a Dios se le ocurrió la decisión de cambiar el orden del juego y debo descartarme antes del turno biológico?

Deberían saber que soy de la naturaleza de los gatos: que quisiera estar sola y quieta y en un rincón oscuro, para morir. ¿Pero cómo imponerlo? Me acordé de la gata blanca del potrero de Junín, que se escondía también para parir.

Al despertar se abren mis ojos con vital ingenuidad: como para zambullirse en la vida, en el nuevo día. Luego, inmediatamente, se impone la sombra negra y la voz: No, eso de la vida es una buena costumbre que ya no te corresponde. Te vas a morir, es irremisible.

Y sin embargo, durante dos o tres segundos, estuve mezclada al tontón grupo de los de la vida. Estuve durante un instante con los olvidados de la muerte, con todos los felices inconscientes. Los desenterrados.

Y enseguida, es el golpe negro de la congoja. La tristeza inefable e intransferible de los que sabemos que ya no hay nada que hacer y que debemos partir del Palacio sin más trámite. Evitando el lagrimeo del último umbral.

Una ya no grita ni llora ni reclama. La desesperación asimilada es sólo congoja.

Una cierra los ojos y busca la placidez de entrega al entresueño, la bendita calma de la droga, el gran capellán... Una escucha que Pilar o Irma o María Eugenia se apresuran a correr las cortinas porque creen que duermo. Y toda la familia y los agobiados velantes se distienden. Alguno baja a prepararse café o a almorzar, otro corre para cumplir algún urgente trámite —trámite aburrido de la vida—, demorado por su velar. Y Renzi, que llama inmediatamente a la Presidencia desde el teléfono de la bibliotequita, y creyendo que nadie puede oírlo, con su susurro casi gritado:

—Esté tranquilo, General, ahora duerme...

Esta es mi muerte, el trámite de mi famosa muerte.

Despedida. Ausencia. Cesantía. Haber habitado la magia del instante. Haber querido ser la mariposa que voló más alto, como en un tonto desafío. Viven veinticuatro horas las mariposas. Y allí está, en esas horas todo lo de la vida: nacer, crecer, amar, hacer, morir.

El amargo sabor del "nunca más": Ya no pasaré más por la vereda angosta y despareja de Esmeralda al 700 rumbo al parloteo eterno y feliz de la peluquería. O me digo: Ya no cerraré más la puerta del baño de la Secretaría para pintarme y descansar del gentío (y veo el pestillo de bronce de la puerta con *diabólica* nitidez).

EL PADRE BENÍTEZ, SUTILMENTE, va llevando nuestro diálogo incesante —como el de dos amigos un poco desesperados caminando en un largo atardecer—, hacia el elogio de la resignación.

Dice que estos largos diálogos son, o equivalen, a una confesión. Pero yo sé que todo lo íntimo, la más oscura región de toda vida, es incomunicable. Incluso si se confiesa un hecho criminoso o el más atroz pecado, una se queda del lado de afuera.

El padre conoce mi mayor secreto, como también mi hermana Blanca. Pero ni aun en ese extremo se llega al límite oscuro del alma. A veces sin pensar, más allá de las palabras, una en el sosiego de la premuerte se puede acercar a ese centro y puede *sentir* que Dios ve esa región oscura. Y como dije la palabra secreto, lo miro al padre y lo sorprendo (una vez más, aunque él me crea ya mansa o más bien frita):

—Yo también conozco, padre, su secreto. Sé por qué está con nosotros, con el peronismo a muerte, corriendo el riesgo de hacer peligrar su relación con la Orden... Su secreto es humanísimo y aunque la Iglesia no lo vea, Dios, que todo lo ve...

Como si no hubiese oído, el padre sacó el tema de Enoch. Enoch caminaba con Dios y Dios decidió quedárselo de compañero celestial. Lo arrebató de la Tierra. Enoch tuvo el premio de conocer, anticipadamente, la jerarquía de los ángeles y los secretos de la Creación.

Yo escucho respetuosamente. Adivino el deseo de Enoch de retornar. ¿Por qué tendrán encanto la vida y la Tierra? ¿Por qué el condenado a muerte regatea por una mañana más, aunque sea sólo para estar echado en su catre mirando el techo de la celda?

—Padre: en todo lo que podrá adoctrinarme o recomendarme, de corazón, como sé que usted lo hace, hay esfuerzo de consolación. Consuelo de leyendas brillantes. Pero la vida, padre... La pimienta del Paraíso, que era soso, fue la muerte. Saber que no vamos a ver más al ser amado, al hijo, en algunos casos, a la madre... La muerte tornó terriblemente atractiva la vida humana. En el umbral de la muerte se siente miedo y deseo de ese sabor maravilloso de la vida que se va. No. No hay consuelo.

Nos quedamos pensando. Después le digo:

—Sí. Enoch fue arrebatado antes de tiempo. Y se me ocurre que debió de haber sentido nostalgia de la Tierra. Su interés por bajar no sería para grandes cosas o acciones, tipo revoluciones, venganzas, cumplir con amores frustrados, hacer o hacerse justicia. Su interés sería por las pequeñas cosas de la vida: reencontrar algún amigo, para reír, recordar, caminar por las calles del barrio. O elegir el esmalte de uñas un sábado a la mañana en la perfumería de Harrods, o encontrarse con Pierina y la Jardín en el restaurante La Perlita, de la calle Charcas, y reírse a más no poder de los hombres...

—Sí —dice el padre—, debo reconocer que Lázaro, cuando es retornado a la vida por milagro de Cristo, no se empeña en nada memorable o espectacular...

Ahora quedan unos días. Menos de un mes de meras horas vacías. El vacío de la nada invadiendo y vaciando la vida. Todos esperan.

Mi plan sería claro: prepararme para un supremo esfuerzo en un día como hoy, en que tengo algún impulso en los brazos. Esperar pacientemente la nochecita. Ponerme un tapado, con un echarpe que me cubra la cara, la boina vasca y anteojos. Y escurrirme por la escalerita que da al garaje. Llamar a alguno de los chicos, los choferes conscriptos, y hacerme llevar hasta la primera parada de taxis. Contratar uno y hacerme llevar dos o tres horas hasta la casita de la provincia. Y quedarme allí, echada, pese a todos los malos recuerdos que el lugar me pueda traer. Y esperar morir, como la gata blanca.

Ese sería mi deseo para escapar a la impudicia de esta muerte tan llorada. El General comprendería, sonreiría callado, sin dar órdenes. Él también es medio gato.

—ESE DÍA, EL 29 DE JUNIO, FUE EL DEL ÚLTIMO MENSAJE. Su testamento —dice el doctor Taiana—. Estamos en el café Sacher de Viena, en una tarde de invierno.

Como la crisis nos había hecho pensar en la inminencia de la muerte, yo entré con el ánimo de quien ya la vería por última vez. Pero inesperadamente la encontré con la lucidez que suelen tener momentáneamente los enfermos terminales. Comprendo que haya aprovechado ese instante de impulso para redactar las páginas de su testamento, en el que disponía que fuera leído en la concentración del 17 de Octubre de ese año, en la que ya no estaría. Era una pieza confusa, exaltada, llena de desesperanzado amor por el pueblo, los "descamisados" a quienes donaba sus bienes —que eran bien pocos, salvo las joyas—. Pedía que éstas sirviesen como un fondo para préstamos a los indigentes. Pero esa pieza constituye más bien su más desgarrada oración y la desesperada convicción de que sin ella toda la aventura justicialista peligraba... Pero no interesa que yo hable de política. Sí, puedo decirle que hay en el mensaje una expresión fervorosa y decidida de amor a Perón. De reconocimiento enamorado al hombre que, por su visión política, hizo nacer a la verdadera Eva...

Y ahora que estamos aquí, creo que le interesará una anécdota de ese día, que tal vez puede explicar el sentimiento desgarrador de amor maternal interrumpido por la muerte. Cuando yo estaba con ella, por el corredor pasó Perón hacia su dormitorio y tuvo un ataque de tos, de su inveterada tos de fumador.

Eva interrumpió mi diálogo y me dijo:

—Por favor, doctor, hagan algo por esa tos del General. No puede ser. Oblíguenlo a un tratamiento... ¡Es importante!

En la exaltación de ese momento de lucidez, sus ojos estaban rígidos, llenos de exigencia. Le prometí actuar. Pero me sentí súbitamente emocionado.

• • •

HOY TENGO FUERZA. CARGUÉ LA LAPICERA DE RENZI, y aunque la letra no me sale muy pareja, escribí de un tirón mi mensaje. No tuve miedo de ser un poco cursi (Muñoz Azpiri hubiese seguramente tachado la mitad), pero esto que se va a leer en la Plaza de Mayo quiero que lleve todo mi sentimiento.

"Quiero vivir eternamente con Perón y con mi pueblo.

Pero si Dios me llevase del mundo antes que a Perón yo quiero quedarme con él y con mi pueblo, y mi corazón y mi cariño y mi alma y mi fanatismo seguirán con ellos.

Yo estaré con ellos para que sigan adelante por el camino abierto de la Justicia y de la Libertad hasta que llegue el día maravilloso de los pueblos.

Yo estaré con ellos, con Perón y con mi pueblo, para pelear contra la oligarquía vendepatria y farsante, contra la raza maldita de los explotadores y de los mercaderes de los pueblos.

Dios es testigo de mi sinceridad; y él sabe que me consume el amor de mi raza, que es el pueblo.

Pero es más grande el amor de Perón por el pueblo que mi amor; porque él, desde su situación de privilegio, supo llegar hasta el pueblo, comprenderlo y amarlo. Yo, en cambio, nací en el pueblo y sufrí en el pueblo. Tengo carne y alma y sangre de pueblo. Yo no podía hacer otra cosa que entregarme a mi pueblo.

Quiero que sepan, en este momento, que lo quise y que lo quiero a Perón con toda mi alma y que Perón es mi sol y mi cielo. Dios no me permitirá que mienta si yo repito en este momento una vez más:

No concibo el cielo sin Perón.'

Por fin, quiero que todos sepan que si he cometido errores los he cometido por amor, y espero que Dios, que ha visto siempre mi corazón, me juzgue, no por mis errores ni mis defectos ni mis culpas, que fueron muchas, sino por el amor que consume mi vida.

Dios me perdonará que yo prefiera quedarme con ellos, porque Él también está con los humildes.”

Ahora quedan sólo veinticuatro horas. Ya no hay sueño ni lucidez. Sólo un gran mar en la noche cerrada. Los pies ya en la rompiente.

ERA LO MÁS ÁSPERO DEL AÑO. LO MÁS INCLEMENTE DE UN JULIO digno de la bruma europea. Saltaba algún gorrión aterido en las ramas secas de la calle Austria. Toda la Nación esperaba, la Nación humilde. Yo fui caminando desde la parada de ómnibus de Callao, y vi las hogueras de la gente en la calle. La multitud oraba. Cerca de la Residencia había que pasar un sólido cordón policial. Esa gente había rezado durante toda la noche.

Cuando entré tuve que esperar, me dijeron que estaba con Nicolini, su amigo de Junín. Y en la biblioteca estaba el señor Ricciardi, el joyero, entregándole a Renzi las medallas que Eva le había encargado. Medallas recordatorias.

Aquellas eran las últimas horas de lucidez de Eva, después entraría en el largo sopor que culminaría a las 20:23, en que la madre y las hermanas, su hermano, Perón y los médicos, escuchamos un suspiro final y luego el increíble retorno de su rostro a una placidez sonriente, búdica. Como si el tenso arco por fin se distendiese, después de lanzar su flecha en el espacio. Besamos su frente. Y hubo que correr detrás de su hermano Juan, que salió gritando hacia el pasillo como si hubiese perdido la razón.

Pero antes, como decía, mientras esperaba que saliese Nicolini, me alegré de que Eva pudiese tener todavía unas horas de lucidez. Nicolini nos contaría después que le dijo: "No intentes nada, Nico. Te hice llamar porque te quiero mucho. Muchas veces aparento estar en un sopor profundo para que la gente esté más tranquila. Chau, Nico, hasta la eternidad."

Cuando entré estaba casi exaltada, sobreexcitada. (Tres días antes se había despertado aterrorizada y saltó de la cama llamando a las enfermeras: había creído en el entresueño que estaba dentro del ataúd y que la velaban.)

Había tomado la extrema unción y me dijo con su voz muy débil pero clara:

—Padre, lo esperaba para decirle que se me ocurrió que si naciese de nuevo, me daría tiempo para ser feliz. ¿Cuántas veces me reí fuerte, libre, con ganas?

—Usted tiene que ser feliz. No creo, con toda honestidad que haya alguien que le dé una significación más profunda que usted a este don que es la vida. Eva, sopla fuerte en usted el viento de Dios. No. No me vaya a decir nada... Usted camina en el sendero de Dios.

—Como Enoch... —dijo Eva—. Siempre fui una insolente, padre. Anduve atareada, como loca, en la Fundación. Con la insolencia mía... Corriendo como quien trata de remediar los olvidos y los descuidos de Dios para con la pobre gente...

Ella trató de disimular mi emoción. Me mostró lo que llamaba sus "amuletos", casi con algo de infantil, como mostrando los deberes bien hechos. Tenía en el bolsillo chico de su pijama la estampa de Santa Rita que le había traído su hermana Erminda y de bajo de la almohada sacó la carta del padre Pío, el texto de la oración que yo compuse y que rezamos juntos, a veces por teléfono, en los momentos de más desesperante dolor físico y la carta de sor Inés de Jesús, que le enviara el Nuncio en París, Angelo Roncalli. Entre los amuletos tenía la frase que le envió, como una visión o advertencia, ese hombre que había conocido a Eva sólo durante una hora y que luego sería un Papa santo. La frase estaba fechada en París y decía: "Señora, siga en su lucha por los pobres, pero sepa que cuando esa lucha se emprende de veras, termina en la cruz".

Y mientras, yo buscaba alguna frase en mi calidad de ministro, de sacerdote. No encontré ninguna que no fuese una reiteración banal o formularia de exculpación o de esperanza. Me quedé como tonto releyendo la carta manuscrita del padre Pío.

Ella me dijo:

—No busque palabras, padre, estoy en un pozo muy hondo y de este pozo ya no me sacan ni los médicos ni nadie, sólo Dios... Me voy, padre.

Entonces, me salió del alma, y le dije:

—Volverá y será millones.

—Volverá y será millones... Ve, ese paraíso sí que me gustaría...

Y por suerte se oían los llantos de las hermanas y de la pobre madre que se acercaban a la puerta para ver lúcida a su Eva por última vez.

Me pregunta usted por la despedida de Perón, en esa última hora de conciencia. Ellos no hablaban, se miraban. Eva tenía ya hacia él un sentimiento de piedad materna, de madre condenada a abandonar e irse.

Ellos habían vivido, en su código, todos los pormenores del drama. Estaban totalmente unidos más allá de la cortedad de las palabras.sabía la mujer que perdía. Su único par en el desierto político. Su amiga querida, insoportable, odiada, indominable. Insustituible amiga de la risa y del triunfo.

Perón contó que trataron de no abrazarse. La voz de Evita se perdía en una fatiga insuperable. Le dijo: "Ya no tengo mucho por vivir. Te agradezco lo que has hecho por mí. Te pido sólo una cosa más... No abandones nunca la lucha de los pobres. Son los únicos que saben ser fieles".

Primero llamó a Irma, su mucama de siempre, que entró con los ojos rojos e hinchados. Le dio la medalla. Y le dijo: Te voy a dar mi última orden, pero ¡a cumplirla! Se lo comunicás al General si es necesario: le decís a Alcaraz que cuando me preparen, me haga el peinado de siempre, pero apenas un poquito más flojo en las sienes, como para rellenar un tantito la imagen.

Irma lloraba y como Evita sabía al dedillo sus problemas, le dijo esta última frase: Nunca estuve conforme con la vida. Por eso me escapé de mi casa. Mi madre me hubiera casado con alguien del pueblo, cosa que yo jamás hubiera tolerado. Irma: Una mujer decente es la que se lleva al mundo de los machos por delante.

Yo me presento: soy Sara Gatti, la manicura de siempre de Evita, ya de los tiempos del salón Leila, de Alcaraz, en la calle Esmeralda.

A mí me llamaron de urgencia cuando estaba saliendo para ver *Carne y espíritu* en el cine Gaumont. Me tocó, le digo modestamente, el privilegio histórico de recibir sus últimas palabras en este mundo, que me las dijo después de haber estado como esperando que cesara la incomodidad de mi llanto. Cortando por lo sano, dijo: "Treinta y tres años, treinta y tres kilos, eso es todo... Mirá bien, Sara, es una orden: dentro de un rato van a entrar todos porque me voy a morir, después te van a llamar para prepararme. Me sacás este rojo chirle que tengo y me ponés el Queen of Diamonds transparente, que hice comprar ayer. El de Revlon".

Epílogo

Usted ya sabe: fue *o velorio mais grande do mundo*. Vinieron de RKO a filmarlo con el grupo de técnicos que trabaja con De Mille y John Buston. Si hay algo que nos sale bien a los argentinos, son los velorios. Somos grandes veloristas.

Como siempre, la sustancia de tanta forma fue el llanto, el dolor profundo del pueblo, de mis descamisados.

El doctor Ara, especialista en extrañas artes egipcias, cobró cien mil pesos por embalsamarme. Fui totalmente ajena a esa insólita voluntad momificadora. Pero me agrada, soy mujer y ya sabe mi vituperada pasión por el lujo y la cosmética.

Durante más de un año Ara se encerraba por las noches en la CGT y me inyectaba por la vena del tobillo sus líquidos de la eterna juventud. Trabajaba calladamente, como un dador de no-vida, de pura apariencia, según artes que se remontaban por el Alto Nilo hasta cuatro mil años antes de Cristo. El baño de natrón. Alcoholes inyectados a sesenta grados en piletones de acero. Tricloros, cristales de timol, parafinas.

La ciencia secreta, durante el día me exhiben en la Confederación del Trabajo, bajo un cristal. Desde lo alto el doctor Ara con un largavistas controla que no avance sombra de corrupción bajo mi piel. Cuando ocurre, me hace retirar y proseguimos en el trabajo nocturno de los piletones. Quedé bien sonriente. Yo que me quejé al padre Benítez de no haber vivido en la sonrisa. Ahora tengo una eternidad para mi leve sonrisa.

"La enemiga soy yo." Siempre lo dije. En 1955, cuando los discípulos del infusilado general Menéndez arrasaron con la democracia del pueblo, fui secuestrada y maltratada. En su torpeza, los militares no creyeron que era yo. Creyeron que era la muñeca aquella, la sueca, y el doctor Nerio Rojas, solemnemente, pidió mi meñique y un pedacito de lóbulo para analizarlos.

Cuenta Walsh que un oficial enardecido abrió la caja donde me habían metido pero no se atrevió a violarme. Me dio una trompada que me hundió un poco el pómulo hasta 1972, en que Ara, ya en España, me reparó. Una verdadera escena de tango:

El recuerdo que tendrás de mí será horroroso
me verás siempre golpeándote
como un malvao...

Volví a las calles. No asumían la responsabilidad de quemarme o de echarme al río. Estuve en un furgón estacionado en Viamonte y Rodríguez Peña. Después, en un depósito del Servicio de Informaciones entre cajones con aparatos viejos de radiocomunicación. ¡A un paso del departamento de Posadas!

Un oficial que asumió la presidencia, con el que yo había bailado en la casa de Álvarez y de la Jardín —¿se acuerda?—, impidió que me echasen al anonimato del fuego. Preparó varios ataúdes falsos y entre los falsos muertos me despacharon hacia Italia. Tuve suerte con el destino. Me tuvieron en Roma y después fui a parar al cementerio de Milán bajo el nombre de "Señora Maggio".

Volví a Roma, todo por haberme dado vuelta aquella vez en la Fontana di Trevi para arrojar esa moneda sin mirar, en el fragor de los chorros de agua...

Pasé años hasta que, en 1972, aquel oficial elegante que tomó la puerta Nº 8 de Campo de Mayo para que entrase Menéndez a alzar la Caballería, decidió después de diecisiete años de humillaciones, mandarme en una camioneta a través de la Costa Azul hasta Madrid. Ahora era teniente general y presidente de facto.

Allí nos reencontramos. Como siempre, en silencio. Era una mañana como sólo las puede tener Madrid cuando quiere. Y él vio que yo le había guardado mi levísima sonrisa. Y nos volvimos a decir todo, como cuando comíamos en el Munich de la Costanera y cuando él, con el café, encendía aquel cigarro negro, que olía igual al del abuelo Diógenes.

Agradecimiento del Autor

A lo largo de los años he ido recogiendo las más variadas versiones sobre Eva Perón. De los muchos que la admiraron y de los pocos que la odiaron desde posiciones políticas previas. Por eso es una novela coral. La extraordinaria personalidad de Eva, y su mito, la ubican ya por encima de los mezquinos odios o sometimientos que suele despertar la política.

He tratado de respetar todo lo sustancial. He desplazado algún diálogo o anécdota en el tiempo y salvo uno o dos personajes secundarios, con nombre cambiado, todos los personajes son reales. Dice la eximia Margueritte Yourcenar: "Se haga lo que se haga, se reconstruye el monumento siempre según la propia manera. Pero es ya mucho si las piedras que se usan son auténticas."

Gracias entonces a quienes me fueron acercando los matices y los colores necesarios, las variaciones que hacen surgir el tema humano más allá del estereotipo vulgarizado.

Gracias a José María de Areilza, el "embajador gitano", a Hipólito Jesús Paz, a José María Castiñeira de Dios, a María Granata y a Francisco Muñoz Azpiri. A Enrique Oliva. A Jorge Taiana —por nuestros diálogos de Viena—, a Ramón Cereijo. A aquellos marinos y oficiales de mi amistad, que prefiero no nombrar, y que le rindieron a Eva el homenaje de odiarla como a un hombre. A Otello Borroni, a Marta Cichero, a Marysa Navarro y a Erminda Duarte que con sus obras documentaron el gesto y la anécdota de Evita. A Tomás Eloy Martínez. Al rarísimo embalsamador y poeta Pedro Ara (y a Luisa Sofovich, Ramón Gómez de la Serna, Amílcar Taborda y Oscar Uboldi, en el recuerdo de lejanas noches del Edelweiss, donde me presentaron a Ara).

Y gracias a la gente del cine que me ayudó a conocer la segunda vida de Eva. A Lucas Demare y Ángel Magaña, a Carlos Olivari y Sixto Pondal Ríos, de lejanas horas en las oficinas de Artistas Argentinos Asociados, junto a mi padre, Ernesto Parentini. Allí escuché directas o indirectas alusiones a Eva de Manzi, de Chas de Cruz, que la dirigió en su primera película y de Petit de Murat, a quien debo un emocionado recuerdo por sus relatos de la noche de aquel Buenos Aires de los primeros pasos de Eva. Días de Lumiton, de Efa, de Pampa Film.

Mi reconocimiento especial a Silvana Roth, a Elena Lucena y a Marcos Zuker. Y a Fernando Ayala. Todos dieron su aporte (Elena Lucena al contarme cómo Eva decidió comprarse unos zapatos que le gustaban en la casa Perugia, o Silvana Roth, que en un café de Belgrano trató de sintetizar el curioso concepto que tenía Eva de los hombres).

Y un afectuoso recuerdo para Esmeralda Heredia, la Jardín, lejana tía de remotos escándalos que seguramente admiraron a su amiga Evita Duarte.

Y el más entrañable agradecimiento para el padre H. B. quien, por su cultura filosófica y religiosa, por su amistad y presencia en las horas decisivas, es la persona que más pudo acercarse a Eva Duarte, más allá de lo político y de la anécdota. Fue el testigo interior de la tercera —y la más intensa— vida de Eva. Rozó el misterio y el inefable secreto de Eva.

Me brindó el mayor apoyo desde su aislamiento injusto, de tantos años. Me guió en relación a esta obra con sus larguísimos monólogos grabados que yo escuché en las infinitas tardes del invierno de Praga.

En un larguísimo atardecer, en una casa semiabandonada, hablamos del misterio de Enoch y de aquella estirpe de seres que son arrebatados por Dios, por los dioses (o por los demonios), antes de tiempo.

A. P.

Bibliografía Orientadora

Ara, Pedro:
El caso Eva Perón (apuntes para la historia).
Madrid: CVS Ediciones, 1974.

Bayer, Osvaldo:
Severino Di Giovanni.
Pistoia: Editorial Vallera, 1983.

Borroni, Otelo y Vacca, Roberto:
La vida de Eva Perón. Tomo I. Testimonios para su historia.
Buenos Aires: Editorial Galerna, 1970.

Cichero, Marta:
Cartas Peligrosas.
Buenos Aires: Editorial Planeta, 1993.

Costanzo, Francisco A.:
Evita. Alma inspiradora de la justicia social en América.
Buenos Aires,1948.

Cuadernos de Marcha.
El peronismo 1943-1955.
Montevideo: Marcha, 1973.

Cuadernos de crisis:
Eva Perón.
Buenos Aires, 1974.

Di Núbila, Domingo:
Historia del cine argentino. 2 vols.
Buenos Aires: Edición Cruz de Malta, 1959.

Duarte, Erminda:
Mi hermana Evita.
Buenos Aires: Ediciones "Centro de Estudios Eva Perón", 1972.

Fayt, Carlos S. y otros (Abel Posse):
La naturaleza del peronismo.
Buenos Aires: Viracocha, 1967.

Frondizi, Silvio:
La realidad argentina. 2 vols. Buenos Aires: Praxis, 1957.

Gambini, Hugo:
El 17 de octubre de 1945.
Buenos Aires: Editorial Brújula, 1969.

Germani, Gino:
Estructura social de la Argentina. Buenos Aires: Editorial Raigal, 1955.

González, Horacio:
Evita.
Sâo Paulo: Editorial Brasilense, 1983.

Granata, María:
La mujer en la gesta heroica del 17 de octubre.
Buenos Aires: Subsecretaría de Informaciones, 1953.

Imaz, José Luis de:
Los que mandan. Buenos Aires: Eudeba, 1964.

Irazusta, Julio:
Balance de siglo y medio.
Buenos Aires: Ediciones Theoría, 1966.

Jamandreu, Paco:
La cabeza contra el suelo. Memorias.
Buenos Aires: Ediciones de la Flor, 1975.

Luna, Félix:
El 45. Crónica de un año decisivo.
Buenos Aires: Editorial Sudamericana, 1972.

—: *Perón y su tiempo*.
Buenos Aires: Editorial Sudamericana, 1985.

Llorca, Carmen:
Llamadme Evita.
Barcelona: Planeta, 1980.

Main, Mary (María Flores):
La mujer del látigo. Eva Perón.
Buenos Aires: Ediciones La Reja, 1955.

Martínez, Tomás Eloy:
La novela de Perón.
Editorial Legasa, 1985.

Martínez Estrada, Ezequiel:
¿Qué es esto? Catilinaria.
Buenos Aires: Editorial Lautaro, 1956.

Naipaul, V. S.:
The return of Eva Perón.
EE.UU., 1985.

Pagano, Mabel:
Eterna.
Buenos Aires: Editorial Nuevo Sol, 1985.

Pavón Pereyra, Enrique:
Perón (1895-1942).
Buenos Aires: Espiño, 1953.

—: *Coloquios con Perón.*
Buenos Aires, 1965.

Pena, Milciades:
Masas, caudillos y elites. La dependencia argentina de Yrigoyen a Perón.
Buenos Aires: Ediciones Fichas, 1973.

Perón, Eva.
Por qué soy peronista.
Buenos Aires: Editorial Volver, 1982.

—: *La razón de mi vida.*
Buenos Aires: Editorial Peuser, 1951.

—: *Historia del peronismo.*
Buenos Aires: Editorial Freeland, 1971.

—: *Conducción política.*
Ediciones "Mundo peronista", Buenos Aires, 1952.

Perón, Juan Domingo:
La comunidad organizada.
Editorial Presidencia de la Nación, Buenos Aires, 1974.

Pichel, Vera:
Mi país y sus mujeres.
Editorial Sudestada, Buenos Aires, 1968.

—: *Evita íntima.*
Buenos Aires: Editorial Planeta, 1993.

Real, Juan José:
30 años de historia argentina.
Buenos Aires: Actualidad, 1962.

Sacquard de Belleroche, Maud:
Eva Perón. La Reine des sans chemises.
París: La Jeune Parque, 1972.

Santander, Silvano:
Técnica de una traición. Juan D. Perón y Eva Duarte, agentes del nazismo en Argentina.
Montevideo, 1953.

Sebreli, Juan José:
Eva Perón ¿Aventurera o militante?
4ª edición. Buenos Aires: La Pléyade, 1971.

Taylor, J. M.:
Evita Perón.
Buenos Aires: Editorial Belgrano, 1981.

Walsh, Rodolfo:
Los oficios terrestres.
Buenos Aires: Editorial Ávarez, 1965.

TITULOS PUBLICADOS EN ESTA COLECCION

		ISBN: 84-7888-
1	**EL DÉCIMO MANDAMIENTO,** Lawrence Sanders	128-X
2	**LAZOS DE SANGRE,** Sidney Sheldon	125-5
3	**RASTRO EN EL CIELO,** Wilbur Smith	127-1
4	**CEREBRO,** Robin Cook	126-3
5	**VENGANZA DE ÁNGELES,** Sidney Sheldon	136-0
6	**FIEBRE,** Robin Cook	134-4
7	**EL CUARTO PECADO MORTAL,** Lawrence Sanders	133-6
8	**TENTAR AL DIABLO,** Wilbur Smith	135-2
9	**TEMPORADA EN EL INFIERNO,** Jack Higgins	138-7
10	**EN EL NOMBRE DEL PADRE,** A.J. Quinnell	137-9
11	**VORAZ COMO EL MAR,** Wilbur Smith	150-6
14	**UN EXTRAÑO EN EL ESPEJO,** Sidney Sheldon	155-7
15	**COMA,** Robin Cook	149-2
17	**TRAFICANTES DE DINERO,** Arthur Hailey	172-7
20	**EL APAGÓN,** Arthur Hailey	173-5
23	**RÍO SAGRADO,** Wilbur Smith	187-5
24	**MUJERES DE LA MAFIA,** Lynda La Plante	195-6
27	**CONSPIRACIÓN DEL JUICIO FINAL,** Sidney Sheldon	196-4
28	**PINTADO EN EL VIENTO,** Cathy Cash Spellman	188-3
31	**VUELA EL HALCÓN,** Wilbur Smith	211-1
32	**CARRUSEL,** Rosamunde Pilcher	212-X
35	**MÁS ALLÁ DE LA MEDIANOCHE,** Sidney Sheldon	221-9
36	**CONTRABANDO BLANCO,** Stuart Woods	220-0
39	**HOMBRES MUY HOMBRES,** Wilbur Smith	234-0
40	**LA ESFINGE,** Robin Cook	235-9
43	**RECUERDOS DE LA MEDIANOCHE,** Sidney Sheldon	237-5
44	**VOCES DE VERANO,** Rosamunde Pilcher	236-7
45	**EL LLANTO DE LOS ÁNGELES,** Wilbur Smith	238-3
48	**CARIBE,** James A. Michener	248-0
51	**ESCRITO EN LAS ESTRELLAS,** Sidney Sheldon	250-2

52	**DÍAS DE TORMENTA,** Rosamunde Pilcher	**249-9**
55	**EL LEOPARDO CAZA EN LA OSCURIDAD,** Wilbur Smith	**251-0**
56	**MÉDICO INTERNO,** Robin Cook	**247-2**
59	**LA PROMESA,** Danielle Steel	**252-9**
64	**EL CANTO DEL ELEFANTE,** Wilbur Smith	**255-3**
70	**FALSO PROFETA,** A. J. Quinell	**325-8**
71	**NADA ES ETERNO,** Sidney Sheldon	**307-X**

De venta exclusiva en Hispanoamérica

		ISBN:950-04-
12	**CEMENTERIO DE ANIMALES,** Stephen King	**1390-6**
13	**LA CAZA DEL OCTUBRE ROJO,** Tom Clancy	**1391-4**
16	**EL PEREGRINO,** Leon Uris	**1392-2**
18	**CORAZÓN DESNUDO,** Jaqueline Briskin	**1393-0**
19	**PARQUE JURÁSICO,** Michael Crichton	**1445-7**
21	**PELIGRO INMINENTE,** Tom Clancy	**1457-0**
22	**ACOSADA,** Mary Higgins Clark	**0532-6**
25	**LA SUMA DE TODOS LOS MIEDOS,** Tom Clancy	**1493-7**
26	**NOTICIAS DE LA TARDE,** Arthur Hailey	**1494-5**
29	**AMOR,** Leo Buscaglia	**1471-6**
30	**EL SEGUNDO ANILLO DE PODER,** Carlos Castaneda	**1472-4**
33	**CONGO,** Michael Crichton	**1527-5**
34	**JUEGOS DE PATRIOTAS,** Tom Clancy	**1474-0**
37	**SER PERSONA,** Leo Buscaglia	**1551-8**
38	**EL FUEGO INTERIOR,** Carlos Castaneda	**1552-6**
41	**SOL NACIENTE,** Michael Crichton	**1560-7**
42	**EL CARDENAL DEL KREMLIN,** Tom Clancy	**1561-5**
46	**NO ME IRE SIN MI HIJA,** Betty Mahmoody	**1473-2**
47	**EL CONOCIMIENTO SILENCIOSO,** Carlos Castaneda	**1563-1**
49	**NO LLORES MÁS,** Mary Higgins Clark	**1572-0**
50	**LA MUJER DE TU HERMANO,** Andrew Greeley	**1573-9**
53	**EL GUARDAESPALDAS,** A. J. Quinnell	**1562-3**
54	**HISTORIA DE UNA HERENCIA,** Rosamunde Pilcher	**1574-7**

57 **EL GRAN ROBO DEL TREN,** Michael Crichton 1575-5

58 **EL ARTE DE ENSOÑAR,** Carlos Castaneda 1576-3

60 **MARTE Y VENUS JUNTOS PARA SIEMPRE,** John Gray 1613-1

61 **EL EXTRANJERO,** Albert Camus 0245-9

62 **EL SOLITARIO,** Guy des Cars 1379-5

63 **LA IMPURA,** Guy des Cars 0123-1

65 **SEPTIEMBRE,** Rosamunde Pilcher 1674-3

66 **REFLEXIONES SOBRE EL AMOR,** Leo Buscaglia 1675-1

68 **MARTE Y VENUS HACEN LAS PACES,** John Gray 1671-9

69 **EL DON DEL ÁGUILA,** Carlos Castaneda 1677-8